KB034757

감각의 시절

이신조는 1974년 서울에서 태어나 명지대학교 문예창작학과와 같은 과 대학원을 졸업했다. 1998년 『현대문학』 신인공모에 단편 「오징어」가 당선되어 문단에 나왔다. 소설집 『나의 검정 그물스타킹』 『새로운 천사』, 장편소설 『기대어 앉은 오후』 『가상도시백서』, 서평산문집 『책의 연인』 등이 있다. 1999년 제4회 '문학동네작가상'을 수상하였다.

이신조 소설집
감각의 시절

펴낸날 2010년 5월 20일

지은이 이신조
펴낸이 홍정선 김수영
펴낸곳 ㈜**문학과지성사**
등록번호 제10-918호(1993. 12. 16)
주소 121-840 서울 마포구 서교동 395-2
전화 02) 338-7224
팩스 02) 323-4180(편집), 02) 338-7221(영업)
전자우편 moonji@moonji.com
홈페이지 www.moonji.com

ⓒ 이신조, 2010. Printed in Seoul, Korea
ISBN 978-89-320-2054-9

* 이 책의 판권은 지은이와 ㈜**문학과지성사**에 있습니다.
  양측의 서면 동의 없는 무단 전재 및 복제를 금합니다.
* 지은이는 2008년 한국문화예술위원회가 지원한 창작지원금을 수혜했습니다.

이신조 소설집

감각의 시절

문학과지성사
2010

차례

음악을 듣거나 책을 읽거나
너를 기억하기 위해 필요한 고독

모든 것을 낱낱이, 생생히, 온전히 기억한다는 거짓말.

기억은 알을 품고, 잎을 틔우고, 바람에 펄럭이고, 안개에 휩싸이고, 굳어 갈라지고, 젖어 풀어지고, 껍질처럼 구르고, 밧줄처럼 매달리고, 굴을 파고, 길을 잃고, 터지고, 쏟아지고, 뽑히고, 소용돌이치고, 벌겋게 달아올랐다 어둡게 식고, 우쭉우쭉 자라났다 바짝바짝 시들고, 분필처럼 부러지고, 화장처럼 번지고, 반죽처럼 엉기고, 겨울잠을 자고, 밤 기차를 타고, 철책을 넘고, 다리를 절고, 얻어맞아 주저앉고, 기어올라 소리치고, 주름이 잡히고, 살얼음이 끼고, 머리털이 서고, 시큼하게 발효한다, 기억은.

기억은 처치 곤란이다. 나의 기억은 언제나 나를 넘어선다.

기억의 침략, 기억의 위반, 기억의 횡포, 기억의 소환, 기억의 종용, 기억의 계략, 기억의 균열, 기억의 발작, 기억의 실종, 기억의 도단, 기억의 파경. 모든 것을 낱낱이, 생생히, 온전히 기억한다는 명백한 거짓말.

그러나 기억은 춤춘다. 춤추고 노래한다. 기억은 모험을 떠난다. 오지를 탐사한다. 황홀하게 찾아 헤맨다. 기억은 말달린다. 휘파람을 분다. 눈을 감았다 뜨면 들판이 별을 낳는다. 장작에서 타닥타닥 불티가 인다. 기억은 성층권으로 간다. 눈[雪]의 결정(結晶)을 신속한 판단과 탁월한 안목으로 결정(決定)한다. 호수 가장 밑바닥의 물고기들이 아가미를 연다. 기억은 조개를 캔다. 약초를 캔다. 금을 캔다. 소금이 될 만한 것들을 한곳에 모아둔다. 발자국과 이슬과 배냇짓과 아침의 부엌은 기억의 다른 이름이다. 기억은 꿀과 버섯과 그림자와 비밀에 관여한다. 오직 유일한 것으로 살아 있기 때문이다.

기억은 나라는 질료가 세계에 스며들어 태어난 새로운 세계다. 나와, 나의 세계였던 너와, 나와 나의 세계였던 네가 만들어낸 세계와. 그러니까 나의 기억과 너의 기억은 우리를 넘어선다. 하여 필사적으로 나는 너를 떠올려야 한다. 너에 대한 나의 기억을 완성해야 한다. 모든 것을 낱낱이, 생생히, 온전히 기억해야 한다. 내가 세계를 만들어낼 수 있는 방법은 이것뿐이다.

 폭포. 늦여름, 그때다. 나는 너와 함께 폭포를 보고 있다. 나는 네가 폭포에서 나와 같은 것을 보고 있다고 믿고 싶다. 나는 이성적이지 않다. 너의 표정이 갑자기 동요하는 것 같기도 하다. 너는 담배를 꺼내 문다. 너도 이성적이지 않다. 폭포는 좀 느닷없다는 느낌으로, 산맥을 넘는 국도 초입에서 나타났다. 너와 나는 세 시간 넘게 국도를 달려온 참이다. 두 시간 전쯤 지름길을 놓쳤더랬다. 폭포는 자연 폭포에 조금 손을 댔다는 인공 폭포다. 압도적인 장관이라고까지는 할 수 없다. 그러나 무언가 언어 이외의 것을 환기시키며 쏟아져 내려 너와 나를 멈추게 한다. 너와 나는 비틀스를 들으며 왔다. 오블라디, 오블라다. 너는 비틀스를 처음 듣는 사람처럼 비틀스를 따라 불렀다. 나는 네게 조지 해리슨에 대해 말한다. 네번째 시디, 혼자일 때 그랬던 것처럼 「Something」과 「While My Guitar Gently Weeps」를 여러 번 반복해서 듣고 싶지만 그러지 못한다. 네가 차창을 열자 이내 조금도 그러고 싶지 않아졌음을 깨닫는다. 너는 수동 기어를 부지런히 변속하며 산맥을 넘는다. 늦여름, 그러나 충분히 덥다. 충분히 들끓는다. 오후가 이울도록 너와 나는 멀리 왔다. 폭포 대신 바다가 보인다.

 그날 밤, 너와 나는 찧고 까분다. 나는 손뼉을 치며 바닥을 기며 웃는다. 너는 끝도 없이 얘기를 들려준다. 창밖으로 바다 대신 산이 보인다. 사실은 보이지 않는다. 내가 울음을 터뜨린 것은 이틀 뒤다. 너와 나는 믿을 수 없음을 자꾸만 믿고 싶어진다. 홀린다는 것. 둘 다 욕실에 들어가면 한참이나 밖으로 나오지 않는다. 너는 나를 다른 방으로 데려간다. 에어컨디셔너의 리모컨은 내 차지다. 너는 페터 회의 『스밀라의 눈에 대한 감각』을 읽는다. 네가 밑줄을 그을 때 사용하는 연필이 언제나 B라는 것을 알게 된다. 나는 너의 연필깎이 속 톱밥 같은 나무 찌꺼기들을 상상한다. 흑연의 냄새. 방 안에 눈이 내린다. 너는 오래전, 처음 연병장에서 사열을 하던 어느 추운 삼월의 아침에 대해 들려준다. 그때 흩날렸던 눈발에 대해 들려준다. 나는 거친 옷감의 군복으로 빼빼 마른 몸을 감싸고 딱딱하게 굳어 눈을 맞고 서 있는 스무 살의 시리고 쓰라린 너를 본다. 너는 나를 밑줄 긋는다. 이것 봐, 스밀라는 쌍둥이자리 여자야. 여섯 번 중에 마지막, 너는 정말 내 말대로 한다. 이글루 같다. 네가 뱉어낸 숨에 방 안의 눈이 녹는 것을 본다.

돌아오는 날의 정오는 온전한 폭염이다. 너와 나는 바다가 가까운 호수로 간다. 주변의 모든 것이 이글거리고 있어 너와 나는 차라리 좀 편안해진다. 호수의 이름은 어느 시인의 이름과 같다. 호수에는 동산만큼 커다란 **바위**가 있다. 바위는 호랑이가 웅크리고 앉아 있는 것 같다는 모양대로 이름을 가졌다. 바위는 데일 듯 뜨겁다. 나는 몸을 굽히고 너의 발자국을 따라 달구어진 바위를 오른다. 너와 나 말고 아무도 없다는 것은 전혀 신기한 일이 아니다. 플레어스커트를 그러안고 나는 뜨거운 바위 위에 앉는다. 빨간 폴로셔츠의 너는 저만치 떨어져 담배를 피운다. 이글거리는 머리꼭지, 검은 선글라스 안이 설산처럼 환하다. 뙤약볕의 바위 위, 시간이 데칼코마니처럼 뭉개진다. 문득, 소리가 사라진다. 세상 모든 구멍에 코르크 마개가 끼워진 것 같다. 그리고 아주 오래전을, 나는 기억해낸다. 바위가 호수에 다다르기도 전, 어쩌면 호수가 바위에 다다르기도 전, 그때처럼, 너는 부신 빛 속에서 곧장 내게로 다가온다. 그때처럼, 너는 내게 키스한다.

어쩌면 시작은 그날이 아닌, 그다음 날이었던 것인지 모른다. 이른 여름, 그때다. 그날, 「스왈로우테일 버터플라이」. 네가 처음 그것을 진정 음식의 이름쯤으로 알아들어 나는 한참 웃는다. 이와이 슌지 특별전, 너는 나를 기다리고 있다. 극장 좌석 아래 어두운 바닥을 더듬어 네가 주워 준 나의 노키아 휴대폰, 분주한 거리에서 스쳐 지나간 분방한 어린 커플, 묽은 커피를 마시던 네 입에서 무심히 흘러나온 누군가의 이름, 할증이 시작된 택시 안에서 받은 문자 메시지. 영화 속의 나비는 창문이 닫히는 순간 창턱을 넘지 못하고 창틀에 짓찧어진다. 햇빛, 질병, 문신, 부서진 나비 날개. 그러나 아니,

그다음 날이다. 다음 날, 너는 그 전날과 같은 시간, 같은 극장으로 혼자 「릴리 슈슈의 **모든 것**」을 보러 갔었다고 며칠 후 내게 말한다. 네가 비밀을 털어놓듯 나직이 말하지 않았다 해도 이미 고백이 아니기는 어렵다. 나는 그 영화를 보지 않았지만 혼자 울고 있는 소년에 대해 알고 있다. 횃불, 나는 횃불 아래에서 너와 말을 하고 있는 것 같다. 세상의 모든, 그날의 다음 날.

네가 내게 준 첫 책은 **사전**이다. 아주 크고 아주 이물스러운 사전이다. 내게 주겠다며 네가 국경 너머에서 사 온 사전이다. 그 사전의 '사랑'은 내가 사용해왔던 사전과 마찬가지로 네 가지 뜻으로 풀이되어 있다. 두음법칙이 적용되지 않아 '연인'은 '런인(戀人)'으로 표기되어 '이성으로서 마음속으로 그리며 사랑하는 대상을 이르는 말'이라 적혀 있다. '열정(熱情)'이란 단어는 뜻밖에도 사전 어디에도 없다. 대신 '정열(情熱)'과 '(남녀 관계에서) 정욕만 추구하는 저렬한 마음'이라 풀이된 '렬정(劣情)'이 존재한다. 그 사전에는 '혁명' '투쟁' '계급'과 같은 단어들이 중요하게 다루어져 있다. 혁명에서 파생된 단어는 119개에 이른다. 투쟁의 여섯 가지 뜻풀이 중 첫번째는 '자주성을 짓밟는 적대적인 사회, 계급, 사회적인 집단, 세력 등을 타도하기 위한 적극적인 사회적 실천 활동'이다. 계급이란 단어의 파생어들 중에는 '계급교양' '계급적

원쑤' '계급페절'이란 단어도 있다. 그 사전의 210페이지에는 정치 지도자의 이름을 딴 꽃이 등장한다. 모음의 표기 순서가 내가 알고 있는 것과 달라 사전의 책장은 갈팡질팡 어지럽게 앞뒤를 헤맨다. 그러나 그 사전에도 내가 사용해왔던 사전과 마찬가지로 '정월대보름'과 '시(詩)'와 '기다리다'와 '오이소 박이'와 '살금살금'과 '너구리'와 '뭉게구름'과 '신신당부하다' 가 존재한다. 내가 사용해왔던 사전의 '편견(偏見)'은 '공정 하지 못하고 한쪽으로 치우친 생각'으로, 네가 내게 준 사전 의 '편견'은 '공평하게 보지 않고 어느 한쪽으로 치우쳐 보는 것 또는 그러한 견해'로 풀이되어 있다.

　내게 그 사전의 용도는 사전적이지 않다. 네가 내게 준 첫 책은 사전이다. 익숙한 단어를 낯선 사전에서 찾아보고 새삼 스러워 하듯, 너와의 시간이 팔락팔락 얇은 책장 사이로 펼쳐 진다.

　조제가 수줍게, 그러나 단호하게 스웨터를 벗고 작은 젖가 슴을 드러냈을 때, 너는 그 작은 젖가슴보다 더 작게, 수줍게, 그러나 역시 단호하게 말했다. 밤이 지나고, 사실은 지나지 않고, 조금 흐리고, 많은 비가 내린다. 택시 뒷자리에서 너는 너의 손등과 쇄골 근처에 남은 흉터의 기원을 일러준다. 어두 운 정오, 너는 낡은 계단을 성큼성큼 올라와 문을 연다. 불가 해하고 어리둥절한 힘이 너와 나를 사로잡는다. 오후에 출근한 너는 상사와 동료들의 눈치를 보며 70장이 넘는 팩스를 받느라 애를 먹는다. 나는 그 말을 전해 듣고, 웃다 말고, 잠이 든다. 그 일이 일어난 것이다. 잠은 **호랑이** 같기도 하고 **물고기** 같기도 하다.

계란, 감자, 허브 솔트. 나는 쌀과 부추와 브로콜리와 크림치즈를 산다. 국수를 삶고 양파 껍질을 벗기고 미역을 불리고 고추를 조린다. 사과를 깎고, 커피를 끓이고, 재떨이를 비운다. 뜨거운 국물 속에서 풀어지는 김, 꼭지를 떼고 반으로 가른 딸기, 부주의하게 걸린 젖은 수건, 회색 티셔츠 속의 체게바라. 네가 냉장고에 넣어준 수제 초콜릿 상자에서 나는 부드럽고 포근한 욕망을 하나씩 꺼내 먹는다.

달콤함을 감당할 수 있느냐 하는 것은 결코 간단한 문제가 아니다. 하찮다 여겨지는 로맨틱한 감상을 처리하는 방법은 거창하게도 **근대**의 체화(體化) 여부, 혹은 그 정도와 깊이 관련되어 있다. 감상은 아주 오랜 세월 아주 많은 사람들에 의해 업신여김을 당해왔다. 하여 달콤한 것으로 죄의식을 느낀다는 것. 낡은 신발을 신으며 네가 필요 이상 고개를 깊이 숙이던 순간, 나는 너의 죄의식을 간파한다. 달콤함과의 불화로 인해 네가 오랜 시간 겪어야 했던 황폐의 순간들이 문을 향해 돌아서는 네 뒷모습 주위를 불길하게 떠돈다. 네가 사라진 문을 바라보며 나는 너의 죄의식을 이루고 있는 슬픔과 체념과 두려움의 성분에 관해 정교하고도 면밀한 분석을 시도해본다.

그러나 이내 시들해진다. 나의 달콤함 때문이다. 나의 달콤함에는 안일한 합리화와 막연한 낙관이 강력하게 작용하고 있다. 나는 당황하지 않으려 노력하기보다 믿지 않으려 노력한다. 나는 어리석어지고 싶은 것이다, 기꺼이.

*

　그 여름이 끝난다. 너와 나는 가을로 진입해야 한다.
　나는 늦도록 흥청거리는 곳에서 마음껏 흥청거린다. 너를 기다릴 수 있기 때문이다. 은밀해진다는 것, 너와 함께 은밀해질 수 있다는 것. 그러나 단지 그것에서 그칠 수 있을까, 너와 함께 통속과 모멸과 공공연함과 우스꽝스러움을 통과할 수 있을까, 라는 의구심이 잰걸음으로 나를 뒤쫓는다. 나는 길모퉁이를 돌아 넘어질 것 같다, 넘어질 것 같다, 달떠 웅얼거리며 너를 향해 뛰기 시작한다.
　새벽이 시작된 거리, 너는 차에서 내려 담배를 피우며 나를 기다리고 있다. 밀회의 손잡이를 당기는 순간, 그러나 언뜻, 가늘게 금이 간 것 같은 너의 얼굴, 몇 개의 조각이 빠진 채로 완성된 퍼즐 같은 너의 얼굴. 너는 내 눈을 피하며 나를 바라본다. 나는 취기를 떨치고 동물처럼 너를 살핀다. 내게 식물처럼 살펴지길 바라는 너는 충동적으로 핸들을 다른 방향으로 꺾는다. 지난여름과는 다른 해안으로 향하는 고속도로.

그곳, **어둠**. 그곳에 도착했을 때, 그곳은 어둡기만 하다.

너의 설명에 고개를 끄덕여보지만, 나는 그곳이 어디인지 알지 못한다. 어둠 속에 방파제와 간척지와 늪과 바다가 있는 곳. 네가 방파제와 간척지와 늪과 바다를 일일이 손가락으로 가리키지만 아무것도 보이지 않는다. 먼저 너의 손가락이 보이지 않는다. 모든 것을 지워버릴 것 같은 어둠이다. 그러나 어둠 속에는 방파제와 간척지와 늪과 바다가 있다. 자동차의 불빛이 꺼지자 눈을 감았다 뜨는 것도 무색해진다. 너와 나는 차에서 내려선다. 달도, 가로등도, 아무도 없다. 어둠뿐이다. 너는 어떻게, 왜 이런 곳을 알고 있나. 서늘한 어둠의 수런거림이 귓전을 메운다. 나는 몇 걸음 떼지 못하고 멈춰 선다. 괴기스러운 으스스함 때문이 아니다. 이곳이 바로 너의 장소임을, 너의 가장 어두운 곳임을 깨달았기 때문이다. 너는 나를 돌려세운다. 짙은 어둠 속에 더욱 짙은 어둠인 네가 있다. 아니, 나는 알아차린다. 이 어둠은 전부 네가 만들어낸 것이다. 모든 것이 이토록 어두운 것은 바로 너 때문이다. 금이 간 너의 얼굴이 조각조각 떨어져 내린다. 그것은 너의 일생이다. 너는 나를 휩쓸어간다. 나의 허리가 꺾인다. 블라우스의 단추들이 뜯겨나간다. 정당한 수순이다. 너의 충동은 폭력에 가깝다. 어둠 속에서, 나는 네가 그 폭력을 행사하도록 내버려두어야 한다는 것을 분명히 알 수 있다. 이곳이 너의 장소이기 때문이다. 나는 너의 어둠과 충동을 온전히 느낀다. 그

러나 그것을 어찌 할 수는 없다. 너의 그림자가 너를 집어삼
킨다. 너는 혼란에 뒤덮인다. 맞다, 너의 어둠과 충동이 정확
히 나를 향하고 있는 것도 아니다. 그 때문에, 나는 조금 외
로워진다.

　나는 너를 만진다. 아니, 매만진다. 너의 어둠 속에서, 너
의 충동 속에서, 수십 년 동안 너의 삶이 흘러온 리듬을 듣는
다. 너의 슬픔과 분노, 너의 불행과 수치. 이곳은 너의 장소
다. 내가 와본 가장 어두운 곳이다. 네가 누구도 이곳에 데려
온 적이 없다는 것을, 앞으로도 그러할 것이라는 것을, 나는
안다. 방파제와 간척지와 늪과 바다를 빼곡히 채우는 어둠.
너의 것이지만 네가 장악하지 못하는 어둠. 너는 존재하는 동
시에 부재하고 있다. 나는 너를 만진다. 아니, 매만진다. 네
가 조금만 무서워할 수 있다면 좋겠다.

　너무 많이 느끼고, 너무 급히 깨닫느라, 나는 피로에 잠기
고, 너는 불안에 잠긴다. 그러나 피로와 불안에 잠겨서도 너
와 나는 한참을 더 그 어둠 속에 머문다. 어두운 방파제 위를
유령처럼 걸으며, 보이지 않는 바다를 바라보며, 늪이 빨아들
인 새의 깃털을 상상하며, 간척, 나는 사랑에 왜 전 생애가
필요한지를 생각한다. 어둠 속의 너는 아슬아슬하기만 하다.
너는 좀처럼 꿈을, 신비를 받아들이지 못하는 사람이다. 그러
나 너는 누구보다 꿈을, 신비를 통해 살아왔어야 하는 사람이
다. 나는 옷섶을 더듬어 단추가 떨어져 나간 자리를 손가락

끝으로 짚어본다. 그토록 생생한 실체인 흔적. 너와 내가 어둠을 벗어난다 해도 어둠의 시간은 멈추지 않고 흘러간다. 끝도 없이 물을 차고 빠지게 하는 달은 보이지 않는다. 슬픔은 시작도 끝도 없다. 나는 두려워진다. 나의 어둠으로도 너를 데려갈 수 있을까, 네가 그것을 원할까.

비가 쏟아지는 고속도로를 거슬러 올라와, 조금씩 옅어지는 어둠을 다행스러워하면서도 부당하다 여기며, 하찮은 일상과 소소한 우연이 기다리고 있는 확고한 시공간으로, 궁색한 거짓말로 졸음을 달래고, 빛을 막을 수 없음에도 커튼을 여미고, 나는 너를 재운다. 어둠 없이, 나는 너와 나의 부조리를 **이해**하고 싶다.

잠이 드는 대신, 뜯어진 단추를 찾아 꿰매는 대신, 네가 잠든 방문을 조용히 닫고, 턱을 무릎에 괴고, 나는 너의 부서진 얼굴 조각들을 끼워 맞추려 한다.

어린 네가 먹 감는 일로 수영을 배웠다는, 너의 고향 도시를 흐르는 강. 너는 그 강에서 수영을 배운 아이들 중, 강둑에 앉아 악보를 본 적이 없는 노래도 리코더로 연주할 수 있는 거의 유일한 소년이다. 네가 식성과 버릇과 취향과 선입견을 익히던 공간들, 오묘하고도 심오한 불합리가 지배하는 유전자의 강력한 자장하에 놓여 있던 원체험의 시간들. 너는 내가 네가 나고 자란 그 도시에 몹시도 가보고 싶어 한다는 사

실을 알지 못한다. 너는 머리가 좋고 공부를 잘하는, 머리가
아주 좋고 공부를 아주 잘한다는 소리를 듣는 소년이 된다.
해서 너의 섬세한 감수성은 그 특질 아래로 숨겨져 좀처럼 드
러나지 않고, 결코 너 자신에게도 소중하게 보살펴지지 않은
채, 너는 대체로 조용하고 까다롭고 고집 센, 그런 만큼 함부
로 대하기 어려운, 때때로 아름다운 소년이 된다. 소년이 끝
날 즈음의 어느 날, 검정 교복 차림의 너는 어둑한 다방에서
오랜만에 아버지와 마주 앉는다. 네가 가져간 어머니의 전갈
은 무시된다. 너는 상처를 받았다고까지는 생각하지 않기로
한다. 고향의 도시를 떠나 대학생이 된 첫해, 너는 아버지의
부음을 듣고 기차를 타고 다시 고향으로 내려간다. 너는 어린
시절 아버지가 들려준 기차에 관한 이야기를 기억하고 있다.
청년인 아버지는 전쟁터로 끌려가는 행렬에 갇혀 강제로 기
차에 오른다. 감시가 소홀한 틈을 타, 기차가 제 속력을 내기
직전, 활극처럼, 그러나 목숨을 걸고, 너의 아버지는 기차에
서 뛰어내린다. 도망치는 아버지를 쫓는 총격이 있었는지는
알 수 없다. 그러나 터질 듯 가쁜 숨을 고르며 산속으로 기어
올라간 네 아버지가 한순간의 굉음과 함께 목격한 것은 비행
기의 폭격으로 자신이 뛰어내렸던 기차가 불길에 휩싸이며
산산조각이 나버린 장면이었다. 그러나 너는 아버지를 모른
다. 아버지가 기차에서 뛰어내려 생존을 향해 질주하기 시작
한 그 순간, 이미 네가 내게 그 이야기를 들려주는 이 순간까

지도 정해져 있었다는 것을 너는 모른다. 너는 아버지를 모른다. 어머니와 마찬가지로 끝내, 애써 알고 싶지 않다. 너는 모욕과 환멸을 감수하며 아버지와 어머니를 '그'나 '그녀'로 잔인하고 끈질기게 치환시켜본 적 없는 많은 사람들 중의 한 사람이다. 너는 네가 잉태되던 순간을 거의 떠올려본 적이 없다. 어쩌면, 그로 인해, 많은 일들이 일어난다. 비가 오는 날 너는 우산이 없다는 핑계로 강의실에 가지 않는다. 강의는 거의 매번 휴강이기도 하다. 집회만 있고 가투가 없는 날이면 너는 종종 학교 앞 성인영화를 틀어주는 동시 상영관을 찾기도 한다. 너는 고향이 아닌 이 도시의 낯선 거리에서 숨을 곳을 찾지 못해 자주 전경에게 붙잡혀 린치를 당한다. 너는 유치장에서 너를 데리고 나온 주임 교수에게 뜨겁고 매운 짬뽕을 얻어먹곤 한다. 너는 한여름 내내 깊은 산속에 숨어 싸구려 담배를 배급받으며 집단학습에 참여하기도 한다. 그러나 문득, 너는 남아 있는 날들의 길이와는 상관없이 짐짓 삶이 방향을 틀고 있다는 낌새를 챈다. 아홉 번의 밤, 너를 절망하게 했던 어떤 도벽, 너는 벌레를 경험했다고 말한다. 이별들이 시작된다. 너는 겨우 스물 남짓이었을 뿐이다.

　내가 네게서 보는 것은, 그러나 정작 네가 내게 말해주지 않은 것들이다.

　허기가 지도록 헤엄을 치고 나와 서늘하게 물기를 말리던 소년의 작고 여린 등. 나는 네가 강가의 둥근 자갈과 늦여름의 햇빛, 머리칼처럼 휘감기는 남쪽의 이파리와 강물 위로 불어오던 바람의 냄새를 지금껏 모두 기억하고 있다는 것을 알고 있다. 누구보다 빠르고 정확하게, 그러나 무심한 표정으로 복잡한 방정식을 풀어내던 너. 먼지 쌓인 침침한 다락에 들어앉아 통기타의 코드를 익히며 형의 것인『분례기』를 뒤적이던 너. 자신을 보듬던 늙은 여자들의 손이 하나 둘 사라져가던 것을 지켜본 너. 그리고 깁스와 피아노와 첫 담배와 첫 키스의 너. 평균적인 신중함과 평균적인 부주의로 어른에 편입된 너. 헹가래를 치다 떨어져 깨진 안경을 집어 드는 너. 충혈된 눈과 구겨진 셔츠로 직업상의 관용어를 익혀가던 시절의 너. 그러나 부서진 가구의 느닷없는 분노를 이해할 수 없는 너. 잦아들지 않는 칭얼거림 속에서 사진을 모두 버리고 책을 모두 등진 너. 담배를 물고 이삿짐을 싸는 너. 간절히 취하길 바라는 너. 모든 것을 게워내는 너. 작은 두 발에 작은 운동화를 차례로 신겨주는 너. 몰래 주소를 적어준 여자를 찾아가는 골목길의 너. 링거를 꽂고 누워 냉소와 냉담을 훈련하던 교통사고 입원실의 너. 미시마 유키오를 읽다 구토를 일으켜 전철에서 내려야만 했던 순간의 너. 몇 달 만에 걸려온 번호의 전화를 받고야 마는 너. 억새밭 한가운데 엎드려 날이 저물도록 일어나지 않았다는 너. **꿈**을 꾸지 않는 너. 사실은 온 힘을 다해, 필사적으로, 꿈을 기억하지 않는 너.

가을비에 열꽃처럼 터졌던 단풍이 지고, 너는 불현듯 깨어나 읽던 책을 다시 펼쳐든다. 금이 갔던 얼굴이 말갛고 해쓱하다. 조각조각 부서져 내린 얼굴. 나는 작은 조각 하나를 깊숙이 감춘다. 내놓지 않을 생각이다. 다시 어두워진다.

*

"먹지 마."

"……"

"……뱉어."

"……"

"……"

*

벌개미취. 이상하게도 그 이름이 외워지지 않는다. 크쥐시토프 키예슬롭스키나 이마무라 쇼헤이나 니코스 카잔차키스나 한스 마그누스 엔첸스베르거나 에른스트 루드비히 키르히너나 장 폴 고티에나 마놀로 블라닉은 잊어본 적이 없으면서, 헷갈려본 적이 없으면서, 이상하게도 벌개미취는 정확히 외워지지 않는다. 벌취개미, 취개미벌, 개미벌취, 아니 벌개미취—"(명)〈식물〉국화과의 여러해살이풀로 높이는 60~100cm이며, 잎은 타원형이고 잎대가 없고 잎가가 톱니 모양이다. 6~10월에 연한 자주색 두상화(頭狀花)가 피고 열매는 수과(瘦果)다. 어린잎은 식용으로도 사용되며 한국 특산종으로 산과 들에 쉽게 자생한다. 중부 이남에 분포하며 학명은 Aster Koraiensis다." 벌개미취. 호수가 있는 생태 공원, 밤의 정원을 거닐다 네가 이름을 가르쳐준 꽃이다. 벌개미취. 흰빛이 도는 보라색이 평범한 듯 산뜻하게 예쁜 꽃이다. 벌개미취. 굳이 향기를 맡아보아야겠다는 생각은 들게 하지 않는 꽃이다. 벌개미취. 내가 이름을 헷갈려 할 때마다 네가 간지럽다는 듯 바람 빠지는 소리를 내며 웃어대기에 결코 그 이름을 제대로 외울 마음이 들지 않는 꽃이다. 벌개미취.

"나로 인해 세상이 좋아진 게 뭐지?" 잭 니콜슨의 「어바웃 슈미트」를 케이블 채널로 보는 밤이다. 늙고 실망하고 외롭고 우스꽝스러운 남자 슈미트가 더욱 늙고 더욱 실망하고 더욱 외롭고 더욱 우스꽝스러워진 다음, 영화의 마지막, 하루 77센트씩 후원금을 보냈던 탄자니아의 여섯 살 소년 엔구두에게 뜻밖의 그림 카드를 받는다. 큰 사람과 작은 사람이 **손**을 잡고 있는 그림이다. 글을 읽고 쓸 줄 모르는 채 슈미트의 숱한 편지를 받은 엔구두 대신 보호시설의 수녀가 그림 아래 답장을 적어 보냈다. 엔구두는 매일 당신을 생각하고 당신이 건강하고 행복하길 바라고 있어요.

161페이지, "우리네 삶 속에 스며드는 생의 수는 헤아릴 수 없다." 존 버거를 읽는 아침이다. 아침에, 나는 주저 없이 네 책의 가운데를 펼치고, 눈길 닿은 대로 "내가 옆에 눕자 그녀는 한마디 말도 없이 내게 등을 돌렸다. 침대에서 등을 돌리는 데에는 백 가지 방법이 있다. 대부분은 유혹하는 것이고, 일부는 내키지 않는다는 뜻이다. 하지만 오해의 여지없이 거절을 선언하는 방법도 있다. 그녀의 어깨뼈는 갑옷이 되었다"라는 구절을 소리 내어 읽는다. 꺄아악 비명을 지른다. 그보다는 훨씬 차분하고 낮은 목소리로 다른 아침, 네가 존 버거를 읽어준다. 『그리고 사진처럼 덧없는 우리들의 얼굴, 내 가슴』. 흰 깃털을 엎어놓은 것 같은 백발에, 검은 옷을 입고, 더 이상 근사할 수 없는 주름투성이의 얼굴을 한, 존 버거의 흑백사진을 너와 나는 황홀하게 바라본다. 그림을 그리고 사진을 찍고 여행을 하고 농사를 짓고 글을 쓰고 사랑을 하는, 아름다운 늙은 인간이 될 수 있다면. 나는 아무튼 언제나 열화당의 책이 좋았다고 네게 말한다. 실은 **다른 말**을 하고 싶었던 것 같다.

　너는 새벽에 갑자기 도착한다. 뜻밖의 우편물처럼 느닷없이 문을 두드린다. 너는 태평양을 건너는 열두 시간 동안 비행기 안에서 전혀 잠이 들 수 없었다고 피로에 절어 투덜거린다. 그러므로 공항에 내린 너는 얼마든지 혼자인 집으로 가

곧장 잠이 들 수 있었을 테지만, 나는 하품을 참고 눈곱을 떼고 면세점 봉투를 받아들고 너스레를 떨며 고개를 끄덕인다. 그제 밤, 너는 먼 도시의 출장지에서 전화를 걸어왔다. 접대나 다름없는 호화로운 호텔의 객실, 그러나 어떤 버튼을 눌러보아도 월풀 저쿠지가 작동하지 않는다는 말에 나는 시차만큼 크게 웃는다. 호사스러웠지만 즐거웠다고는 할 수 없는 네가 돌아와 좁은 침대에서 잠이 들고, 나는 쇼핑 봉투의 제일 밑바닥에서 네 개의 주사위를 찾아낸다. **도박**이 명물인 그 외국 도시로 가는 네게 내가 주문했던 것은 주사위다. 반투명한 빨간 플라스틱 정육면체에 차례로 흰 점들이 찍혀 있다. 여섯개의 점이 찍혀 있는 면에 각각 162, 171, 742, 833이란 깨알 같은 숫자가 적혀 있다. 어떤 의미인지는 알 수 없다. 1에서 6까지 중 어떤 숫자가 우리를 결정할지 알 수 없는 것처럼. 잭팟을 터뜨려보겠다는 심산은 아니지만, 어쩌면 나는 호기롭게 도박을 원하고 있는 것인지도 모른다. 쇼핑 봉투 안에는 향수와 멜라토닌도 있다. 네 개의 주사위를 만지작거리며, 나는 너를 깨울 시간을 가늠하며 시계를 바라본다.

　달콤함. 죄의식과 달콤함, 또는 안일한 합리화와 막연한 낙관과 달콤함. 종종 문제가 되는 것은 갈등이라기보다는 갈등을 유발하는 그림자의 기원이다. 그러나 움베르토 에코의 『미의 역사』가 있고, 미셸 우엘벡의 『소립자』가 있고, 히말라야 다큐멘터리 「세르파」가 있고, 마티스 전시회 도록이 있다. 베토벤의 피아노와 이병우의 기타도 있다. 너는 새와 물고기가 돋을새김된 묵직한 문진에 내 이름을 새겨왔다. 허황되고 사소한 시간들이 사실 중요하지 않았던 적은 없다. 동그란 거울이 달린 베스파 스쿠터를 검색하다, 할리 데이비슨 사이트를 차례로 순회한다. 272번 버스, 카페 제니스, 밤의 산책, 마작 게임의 순위 경쟁. 에쎄와 코란도와 리바이스. 너도 가끔 다른 남자들처럼 게으르게 닭 뼈를 바르며 반쯤 입을 벌리고 「킬빌」과 분데스리가 중계를 본다. 너는 다림질을 하지 않고, 거리에 담배를 버리고, 대형 마트에서 구입한 나무젓가락과 일회용 접시를 설거지 대신으로 사용하고, 공과금과 교통범칙금을 기한 내 납부하지 않는다. 너는 겨울이면 입술이 트고 겨울이어도 머플러를 하지 않는다. 오래된 관성과 불신에 의한 권태가 때때로 너의 옆얼굴을 스쳐 간다. 너는 언어와 사유를 사랑하지만, 언어와 사유를 창조하려 들지 않는다. 그것은 전 생애가 걸린 일이기 때문에 나는 네게 그것을 함부로 언급할 수 없다. 그리고 남쪽 바다로 가는 기차표. 장국영이 담요를 끌어안고 서럽게 우는 장면부터 다시, 너는 「해피 투게더」를 **리와인드**시킨다.

*

　결국, 고통이 온다. 마침내, 고통이 찾아온다. 나는 일단, 고통이 왔다는 사실보다 고통이 도착한 방식으로 인해 고통받는다. 나는 급작스럽게 고통과 맞닥뜨린 대부분의 사람들이 그러하듯, 짐짓 침착하려 애를 쓰며 지나간 모든 것을 이성적이고 합리적으로 복기(復棋)해본다. 당연히 고통이 증폭된다. 치욕과 두려움에 입술을 씹으며, 다시 복기의 복기를 시도한다. 터무니없을 정도로 쉽고 빠르게, 나는 신파와 광기의 나락으로 굴러떨어진다. 썩은 장판이 들춰지고 벌레 떼가 쏟아져 나온다. 새벽에 흐물흐물하고 차가운 검은 덩어리가 누워 있는 몸 위로 발끝부터 기어오르는데, 그것은 환각이 아니다.

　고통은 한낱 통증이나 눈물이나 근심이 아니다. 고통은 전방위적이고, 입체적이고, 압도적이고, 치밀하고, 고요하고, 정연하다. 고통은 실전에 투입돼 가차 없이 잔인하고 냉정하게 작전을 완수하는 야심찬 고급 장교를 닮았다. 영예로운 훈장이 눈앞에서 번쩍이고, 나는 이미 철저히 제압당한 포로처럼 비참하고 무력하다. '견디다' '참다' '버티다'를 사전에서 찾아, '사람이나 생물이 일정한 기간 동안 어려운 환경에 굴복하거나 죽지 않고 계속해서 버티면서 살아나가는 상태가 되다' '울음, 아픔 따위를 억누르고 견디다' '충동, 감정 따위를 억누르고 다스리다' '어떤 기회나 때를 견디어 기다리다' '어려운 일이나 외부의 압력을 참고 견디다' 따위의 어림없는 뜻풀이를 읽으며 3분쯤 견디거나 참거나 버텨보려 시도한다. 실패한다. '이기다'나 '극복하다'까지는 사전을 들춰볼 엄두도 내지 못한다. 무시무시한 즉결심판의 바짓가랑이를 붙잡고 늘어져야 하는 처지로 전락한다는 것은 너무나 비통하고 참담한 일이다. **탕탕!** 낸시 시나트라가 짓지도 않은 죄를 고해하듯 노래한다. Bang Bang! My Baby Shot Me Down.

나는 미개해지고 척박해지고 협량해진다. 갖은 어리석음과 오류를 빠짐없이 골고루 범하고, 아픔을 원망으로 키우고 불안을 증오로 둔갑시키지만, 그마저도 이미 너무 진부한 일이다. 무심함과 의연함의 흉내는 더욱 가증스럽다. 그래도 집요하기만 한 부질없음, 나는 번복의 부적을 그리고, 숲과 계략을 짜고, 길에 뱀을 풀고, 과오와 물거품에 골몰한다. 나는 고통 속에 오롯이 놓인다. 견디다, 참다, 버티다는 고통과는 무관한 단어다.

순식간에, 이미 많은 것들이 너와는 상관없는 일이 되어버린다. 너는 소환에 불응한 채 갑자기 실종돼 의문사한 피고나 원고나 증인이나 참고인 같다. 너는 모든 것을 배신했지만 나름으로는 아무것도 배신하지 않았다. 너는 지독하게 타락하지만 매번 그랬던 것처럼 완강히 순결을 지킨다. 덫, 멍에, 족쇄, 어떤 단어와 함께 쓰여도 삶은 상투적이 된다. 그만큼 강력하다는 뜻이 된다. 인생의 굴절과 훼손과 와해. 너와 나는 간과했다. 간과하고 싶었기 때문이다. 너와 나는 무모했다. 무모하고 싶었기 때문이다. 너는 침묵으로 기만이 되고, 나는 빈맥(頻脈)으로 차를 멈춰 세우고, 너는 어둠 속에서 나무의 이름을 묻고, 나는 피를 흘리다 잠에서 깨어난다. 너와 나는 시간을 놓친다. 시간도 **우리**를 놓친다. 너의 회피와 나의 왜곡을 자글자글 끓여 얻은 소금같이 쓰디쓴 허위의 결정. 체념과 욕망, 자, 해일처럼, 슬픔의 차례다.

달콤함을 처리할 수 있도록, 배우고 싶었던 목공예를 배우고, 부드럽게 익힌 계란을 단단하게 말고, 비를 맞고 들었던 「쿠쿠루쿠쿠 팔로마」를 다시 흥얼거리고, 확고한 희망이 아닌 가냘픈 위안으로, 파울 첼란을 읽고, 에게 해에 가고, 세고비아를 듣고, 고무되어 확장하는 삶, 사라져버린 미셸과 미쳐버린 브뤼노를 기억하고, 밤의 숲길을 걷고, 한 번도 느껴보지 못했었다는 그것, 죽을 때도 무섭지 않을 것 같다는 그것, 이사를 마치고, 맨발의 피크닉, 중독 없이, 조작 없이, 상처에 스며들어야 하는 온기, 포기가 아닌 초탈, 너도 저물녘이면 견딜 수 없는 기분에 사로잡히는 사람이다. 나는 너의 총체를 원하지 않았다. 너와의 총체를 원했다.

그러나 잘못된다는 것. 그것도 열정의 한 종류임이 틀림없다. 무서운 일이다. 모순과 부조리는 한참을 더 지속한다. 자주, 끊임없이, 지속되기도 한다.

*

1초의 **고독**. 고독한 1초. 어둑한 천장의 스크린으로 음악이 흐르고 책장이 펼쳐진다. 다치바나 다카시의 『우주로부터의 귀환』을 읽으며, 카디건스의 「Sabbath Bloody Sabbath」를 듣는 밤이다. 모래바람 속에 펄럭이는 누더기 깃발 같은 시간. 그 시간 속에서 나는 너를 똑똑히 기억해야 하고 내 영혼을 애타게 돌봐야 한다. 오랫동안 그래 왔던 것처럼, 그 순간에도 지구가 자전하고 있다. 자전의 시간은 하루, 24시간이고, 1,440분이고, 86,400초다. 첨단의 물리학 원리로 만들어진 '원자시계'가 정한 '세계협정시(時)'의 표준 '1초'란 '외부로부터 아무런 방해를 받지 않은 세슘 원자가 9,192,631,770번 진동하는 시간'이다. 절대 시간이다. 그런데 이와는 다른 실제 지구의 '자전시(時)'는 무슨 이유에서인지 하루에 700,000분의 1초씩 느려지거나 빨라지거나 하는 오차를 보인다. 그 이유는 험준한 산맥을 넘는 바람 때문이라거나, 대양의 해류 변화 때문이라거나, 예측할 수 없는 지각 변동 때문이라거나 하는 설이 있을 뿐이다. 과학적인 원자시와 실질적인 자전시가 미세하게 어긋난다는 것이다. 이는 지구와 우주의 운행이 언제나 반드시 일정하게 안정적이지만은 않다는 것을 의미한다. 그러한 이유로 '윤초(閏秒, leap second)'가 도입되었다. 1972년 이래, 6개월에서 2년 6개월 사이에 한 번씩, '국제지구자전국(IERS)'에 의해 세계협정시에 윤초인 1초가 더해지거나 빼진다. 하여 그 1초는 내가 알게 된 가장 고독한 1초다. 말없이 먼 곳으로부터 와서 오랫동안 기다리는 59초와 61초. 1초의 고독. 너를 데려가지 못한 나의 어둠은 그 어디쯤에 있을 것이다. 우주의 운행이 언제나 반드시 안정적이지만은 않다는 것. 사랑이 변질된다거나, 사랑은 순간에만 가능하다거나, 하는 것보다 중요한 것은 그 짧은 찰나를 위해 우리의 전 생애가, 우리의 전 우주가 사용된다는 사실이다. 1초는 무한하고 고독하다. 사실보다 중요한 것은 진실이고, 진실보다 중요한 것은 진실에 대한 진정이다. 미국의 우주비행사였던 에드워드 깁슨이 말한다. "왜인지는 정확히 설명할 수 없지만 우리들의 우주는 어쩔 수 없이 좋은 것입니다. 그저 그런 것으로 우리들의 눈앞에 있을 뿐이죠. 그걸로 된 것 아닐까요."

*

모든 것을 낱낱이, 생생히, 온전히 기억한다는 거짓말.
사진 속의 나는 열두 살이다. 길고 부드러운 머리칼을 포니테일로 묶어 올려 잔꽃 장식이 달린 밀짚모자 아래 감췄다. 뒷목덜미에 물풀처럼 늘어진 몇 가닥 머리칼 틈새로 늦여름 오후의 바람이 와 닿는다. 나는 유원지 계곡물에 흰 발을 담그고 서 있다. 날이 흐리고, 물놀이에 흥미를 잃는 나는 그곳에 오기를 원치 않았다. 그러나 뾰로통한 표정도 시무룩한 표정도 아니다. 애써 환한 억지 미소도 아니다. 나는 열두 살이다. 자주색 바탕에 흰색 줄무늬가 있는 민소매 셔츠, 청록색의 미니스커트, 아직 여자가 아닌 가느다란 팔과 다리, 그래도 가슴패기엔 씨앗 같은 멍울이 막 돋아났을 즈음이다. 그 작고 아릿한 씨앗 깊숙한 곳에 한 세계를 만들어내고 싶다는, 자신도 알지 못하는 뜨겁고 당돌한 열망이 이미 자리 잡고 있었을 즈음이다. 나는 분명히 기억하고 있다. 포즈도 없이, 표정도 없이, 조심스레 씨앗을 켜고 카메라 렌즈를 바라보던 열두 살 늦여름의 그 순간을. 언젠가 그 사진을 우연히 발견한 너는 내게서 그것을 빼앗다시피 가져가버렸다. 그것은 내가 네게 준 유일한 사진이었다. 그리고 너는 그 사진을 잃어버렸다. 그러나 너는 기억한다. 필사적으로 기억한다. 바로 지금 이 순간이 태어났던, 오래전 그 순간의 내 얼굴을, 낱낱이, 생생히, 온전히 기억한다.

베로니크의
이중생활

거울. 거울을 본다. 반드시 나타나고 만다. 하여, 굳이 내가 아니어도 될 것 같다는 생각이 든다. 삶, 무수한 삶. 삶들. 정말 꼭 나일 필요가 있을까 하는 의구심을 떨칠 수 없다. 거울 속의 허공을 꽉 움켜쥔다. 그러나 늘 삶보다는 꿈이 더 많다. 꿈은 무한하다. 꿈틀꿈틀 꿈이 오그라진 손가락 새를 미끌미끌 빠져나간다. 꿈의 나머지들은 삶과 은밀히 공모한다. 계략을 짜고 술책을 꾸미고 덫을 놓고 함정을 판다. 그것은 거울 앞에 놓인 거울이다. 핵심은 어둡고 불분명하다. 핵심이 없기 때문이다. 나는 다른 고양이를 단 한 번도 본 적이 없는 고양이처럼 살았다. 나는 거울과 거짓말의 차이를 구분할 수 없다. 명백한 거짓말만이 거짓된 거짓말이 아니다. 내가 거울을 볼 때마다 반드시 나타나고야 마는 그것. 나는 나의 거짓말의 총체다. 나의 거짓말은 진실로 내가 되기 위해 필사적으로 거짓말을 한다. 그러니 굳이 내가 아니어도 될 것 같다는 생각이다. 다른 고양이를 단 한 번도 본 적이 없는 고양이를 다른 고양이들 역시 본 적이 없는 것이다. 밤은 소용돌이친다. 더듬거리고 더듬거리는 입맞춤. 이지러지는 신음. 거울은 뱀처럼 차다.

언제나 너무 멀다는 생각이 든다. 가깝다는 것은 어떤 느낌일까.

비행기의 화장실 쪽으로 들어서는 순간, 한순간, 뭔가에 얻어맞기라도 한 것처럼 놀라고 만다. 노크를 할 새도 없이, 너무나 갑자기 바로 앞 화장실 문이 열리는 바람에 나는 그대로 얼어붙어버린다. 서로의 눈이 부딪힐 듯 마주친다. 화장실에서 나오던 중년의 여자도 나만큼이나 놀란 모양이다. 여자는 소리를 지르며 반사적으로 자신의 가슴께에 손을 가져다 댄다. 어휴, 놀래라, 애 떨어질 뻔했네, 응, 깜짝 놀랐어, 어휴. 여자의 한국어를 나는 물론 전혀 알아듣지 못한다. 그러나 그 내용은 내가 프랑스어나 영어로 내뱉을 뻔했던 말과 크게 다르지 않을 것이다. 아주 잠깐의 침묵. 여자가 내 표정을 살피며 뭐라고 말을 잇는다. 다시 침묵. 비행기는 아직 중국 상공을 날고 있을 터다. 여자가 같은 말을 다른 억양으로 되풀이해 말한다. 이렇게 가까이에서 중년의 한국 여자를 보는 것은 처음이다. 여자가 한국에서 입양된 벨기에인을 만난 적이 있는지는 알 수 없는 노릇이다. 나는 입을 열지 않는다. 그렇게 하지 않을 수도 있지만 그렇게 한다. 여자가 나를 뚫어져라 쳐다본다. 여러 표정들이 거울에 금이 가듯 갈라지는 얼굴. 표정이 이미 말〔言〕임에도 불구하고. 그러나 나는 동양인의 표정을 살피는 일에 서툴다.

프랑크푸르트발 서울행 루프트한자항공 LH712. 비행기는 계속 동쪽을 향해 날고 있다. 왼쪽은 강, 아니 구름. 길게 누워 연기처럼 희뿌옇게 흘러가는 것은 구름. 강물처럼 흘러가는 구름. 비행기 안의 작은 창밖은 구름 속이다. 조금 어두워진 듯하다. 나는 가브리엘 포레의 가곡 「꿈꾸고 난 후」를 여러 번 반복해서 듣는다. 포레의 가곡을 내 MP3에 저장시켜준 것은 얀이다. 노래를 부르는 소프라노 가수의 이름은 나와 같은 베로니크. 얀의 말대로 흩어져 사라지기 직전의 선명한 한순간 같은 슬픔과 아름다움이 있다. 얀의 머리칼에서 나던 새벽의 찬 숲 냄새. 격정이나 파멸 때문에 우리가 괴로운 게 아닐지도 몰라. 함께 음악을 들으며 얀이 말했었다. 리플레이 버튼을 누른다. 베로니크가 다시 노래한다. 아아, 슬프게 꿈에서 깨어나다니, 나는 너를 부른다, 밤이여, 돌려주렴, 내게 너의 환상을. 왼쪽은 강, 아니 구름. 강물처럼 흘러가는 구름. 얀이 집에 돌아와 있을지도 모른다는 상상에 빠진다. 강물처럼 흘러가는 구름. 그런데 강과 구름은 둘 다 물이지 않은가. 안전벨트 착용 사인에 불이 켜진다. 비행기가 잠시 불안하게 흔들리는 것은 구름을 강물처럼 흐르게 하는 기류 때문이다. 얀이 돌아와 있을 거라는 내 멋대로의 상상 때문이 아니다.

열쇠로 잠긴 문을 열고 집 안으로 들어서는 얀. 그대로 잠시 멈춘다. 그는 내가 없다는 것을 알고 있다. 얀은 외투를 벗지 않은 채 천천히 창가로 다가간다. 집 안에 고여 있던 공기가 그의 움직임으로 가만히 일렁인다. 얀은 물고기처럼 움직인다. 내가 집을 나서기 전에 여며놓았던 창가의 커튼을 그의 손길이 조심스레 젖힌다. 창문은 열지 않는다. 창턱에 팔을 짚고 상체를 조금 숙여 창밖을 내다보는 옆얼굴. 그는 커피를 끓여야겠다고 생각한다. 얀은 부엌으로 간다. 그리고 익숙한 동작으로 커피를 갈고 거름종이를 꺼내고 커피머신의 스위치를 켠다. 그가 선반에서 우리가 포옹이라고 이름 붙인 커피 잔을 집어들 때, 전화벨이 울린다. 자동응답기가 돌아간다. 내 목소리가 말한다. 외국으로 출장을 갑니다. 용건을 남겨주세요. 얀은 커피를 마시며 내 목소리를 물끄러미 바라본다.

베로니크 파셴. 나는 1980년 5월 31일 한국에서 태어났고, 1982년 11월 9일 벨기에로 입양되었다. 입양 서류에 적혀 있는 한국 이름은 최선경. 그러니까 아주 오래전 나는 이보다 더 긴 시간 동안 비행기를 탄 적이 있는 것이다. 물론 한국의 인천국제공항 입국 심사대에서 그런 것을 묻거나 답할 일은 일어나지 않는다. 입국 심사대의 공항 직원이란 전 세계 어느 곳이든 지극히 사무적인 태도에 더없이 무표정한 얼굴을 하고 있기 마련이다. 내 벨기에 여권을 받아든 공항 직원이 기계적인 억양의 영어로 묻는다.

"방문 목적은 무엇입니까?"

나는 사실대로 답한다.

"비즈니스입니다."

표정의 변화가 있었던가. 거울. 나는 동양인의 표정을 살피는 일에 서툴다. 무표정한 얼굴은 더욱 그렇다.

나는 그래픽 디자이너다. 일곱 명의 우리 일행이 서울에 온 것은 한국의 기업들이 주최하는 세계 산업디자인 박람회에 참가하기 위해서다. 유럽에서는 우리를 포함해 모두 열한 개의 디자인 회사가 참가한다. 박람회는 이틀 뒤 시작이고 일정은 빠듯하다. 호텔 욕실에서 샤워를 마치고 나왔을 때 같은 방을 쓰게 된 회사 동료 안나가 TV를 켜놓은 채 옆자리 침대에서 잠이 들어 있다. 여덟 시간의 시차도 그렇거니와 공항에서 호텔로 도착한 직후 바로 제휴 회사 사람들과의 첫번째 미팅이 있었다. 나 역시 피로하다. TV를 끄고 서류 뭉치를 집어 들고 침대에 눕는다. 얀이 정말 집에 돌아와 있는 것은 아닐까. 서류를 몇 장 들춰보지 못한 채 나도 잠이 들고 만다.

킴 벤드리스라는 남자에게 처음 전화가 온 것은 1년 전 이맘때다.

"당신이 베로니크 파센입니까?"

"네, 그런데요."

"실례지만, 어려서 한국에서 입양된 베로니크 파센인가요? 1982년 11월 9일 벨기에로 온, 입양 서류에 적혀 있는 한국 이름은 최선경이군요."

"……"

킴 벤드리스, 한국 이름은 김현석. 그는 1982년 11월 9일 나와 함께 한 비행기를 타고 벨기에로 온 여덟 명의 한국 입양아 중 한 사람이라고 자신을 소개한다.

"전에는 브뤼셀 방송국에서 프로듀서로 일한 적이 있고, 지금은 외주 제작을 하는 합작 프로덕션에서 일하고 있어요. 어떤 개인적인 계기가 있기도 했는데, 전 지금 입양아에 대한 다큐멘터리를 제작하고 있습니다. 나 자신의 얘기, 또 나와 함께 같은 날 벨기에로 입양 온 여덟 명의 한국 입양아들의 얘기를 다루려고 하고 있어요. 우선 그 여덟 명을 찾고 있는데, 베로니크 파센 최선경. 당신이 네번째로 연락이 된 사람이에요."

킴 벤드리스, 한국 이름은 김현석. 그는 조심스럽게, 신중하고 진지하게 대화를 이어나간다. 그리고 충분히 나를 배려한다. 자기 자신에 관한 내용이 포함되는 만큼 다큐멘터리 제작과 관련된 그의 의도는 결코 악의적인 것이 아니다. 나는 그의 생각과 계획에 동의할 수 있다. 그러나 전화 통화가 끝날 무렵, 자신의 다큐멘터리에 참여해달라는 그의 제의를 나는 거절한다. 일주일 후, 킴 벤드리스에게서 이메일 한 통이 도착한다.

"우리 여덟 명 중의 일곱 명은 벨기에에 살고 있더군요. 흑인 혼혈인 제임스 정이라는 친구는 미국 LA에서 요리사로 일하고 있다고 합니다. 나머지 일곱 명, 나를 제외한 여섯 명 중의 세 명이 다큐멘터리를 위해서 날 만나줄 의사가 있다고 전해왔어요. 베로니크 당신을 포함한 세 명은 내 제안을 거절했구요. 나는 나를 만나겠다는 쪽의 반응도 나를 만나지 않겠다는 쪽의 반응도 모두 당연하다는 생각을 하고 있어요. 나 자신이 갑자기 그런 연락을 받았더라면 하고 상상해볼 수 있는 일이니까요. 유럽엔 약 6만 명 정도의 한국 출신 입양인들이 살고 있다고 합니다. 정확한 숫자는 아니지만 벨기에에는 5천 명 정도라고 하구요. 유학생을 포함해 벨기에에 살고 있는 한국 교민의 숫자가 겨우 5백 명 정도인데 말이죠. 그 입양인들이 모두 어디에서 어떻게 살고 있는지는 알 수 없어요. 그들이 왜 이곳까지 입양을 오게 되었나 하는 이유는 더욱 알 수 없는 일이겠죠. 솔직히 말해 다큐멘터리를 만들어야겠다고 마음먹은 지금까지도 난 이게 정말 나한테 꼭 필요한 일인가 하는 것에 확신이 없어요. 내용을 어떤 식으로 구성할지 구체적으로 정해둔 것도 없어요. 하지만 안드레아, 발레리, 데옹을 차례로 만나볼 생각입니다. 24년 전 나와 함께 한 비행기를 타고 벨기에에 온 여덟 명의 입양아 중 세 명을 말이에요. 그들의 한국 이름은 고준희, 안민정, 박기영입니다. 당신도 그럴 거라고 생각됩니다만, 그들도 나처럼 우리 여덟 명의 신상 정보가 적힌 입양 서류를 보관하고 있더군요. 다소 감상적인 기분이 들지 않는 것은 아닙니다. 그렇지만 우선 그저 이 기분을 따라가보려고 하고 있어요. 어쨌든 생각이 바뀌거나 한다면 연락 부탁합니다. 그것과는 상관없이 당신에게 또 이메일을 보내게 될지도 모르겠다는 느낌이 드는군요."

열두 살의 가을. 브뤼셀 남부 교외의 주택가. 흐리고 바람이 부는 날씨다. 어느 집 뒤뜰에서 쇠스랑으로 낙엽을 긁어모으는 노파는 보랏빛 스카프를 머리에 쓰고 있다. 노파가 잠시 고개를 들어 찌푸린 하늘을 올려다본다. 나도 노파를 따라 하늘을 올려다본다. 우리는 같은 것을 보고 있지 않다. 노파는 다시 낙엽을 긁는다. 나는 다시 길을 걷는다. 나는 혼자 걷고 있다. 시무룩한 표정일까. 아니, 아무런 표정이 없다. 나는 내가 언제든지 사랑스러워 보이는 미소를 지을 수 있도록 부드럽게 접히는 눈매와 선이 또렷한 입술을 가지고 있다는 것을 알고 있다. 바람에 머리칼이 헝클어진다. 나는 감기를 심하게 앓았고 지난 이틀간 학교에 가지 않았다. 곧 비가 내릴 것만 같다. 내가 생각하고 있는 것은 비밀이다. 세상에는 비밀이 존재한다. 어디선가 조그맣게 피아노 소리가 들려온다. 누군가 피아노를 연주하고 있다. 이 소리도 비밀과 관련되어 있는 것이다. 내 걸음걸이를 따라 피아노 소리가 멀어진다. 세상 모든 것에 비밀이 담겨 있다는 것은 얼마나 놀라운 일인지. 바람이 분다. 지난밤에는 고열에 시달렸다. 잠을 자는 동안 나는 잠을 자고 있는 내 모습을 지켜보았다. 나는 나를 깨우고 싶었지만 왠지 그럴 수 없었다. 빗방울이 떨어지기 시작한다. 요즘 과학 시간에 배우고 있는 것은 태양계다. 학교에 가지 않은 이틀 동안 다른 아이들은 토성과 목성에 대해 배웠을 것이다. 토성과 목성은 아주 멀리 있는 비밀이다. 비가 내린다. 나는 모든 것을 생생하게 느낀다. 그것이 나의 비밀일지 모른다. 나는 플랑드르를 지나 오스텐데 해변으로 가는 벌판의 드넓은 해바라기 밭을 떠올린다. 지난여름엔 노랗고 커다란 꽃들이 무섭고 힘차게 피어 있었다. 숨 가쁜 꽃들이 부글부글 끓어 넘칠 것 같았다. 그러나 얼마 전엔 아니었다. 비명을 지르다 그대로 굳어버린 것처럼 해바라기들은 모두 까맣게 시들어 있었다. 비밀 때문이다. 여름의 비밀을 가을의 비밀이 알아버린 것이다. 바싹 메말라 검게 비틀어진 꽃들은 무섭고 슬프게 멈춰 있었다. 불을 지르고 싶었던 건지도 모른다. 빗줄기가 세차게 쏟아진다. 바람이 불고 낙엽이 젖는다. 내가 생각하고 있는 것은 비밀이다. 나는 발끝에 힘을 주어 한 걸음 한 걸음 발자국을 찍듯이 분명하게 걷는다. 그러나 길을 잃은 것은 아닐까. 씩씩하게 걷고 있지만 나는 내가 어디를 향해 걸어가고 있는지 사실 알지 못한다. 나는 다가올 겨울을 생각한다. 뜨거운 초콜릿이 먹고 싶다. 토성과 목성에 대해서는 이제 영원히 알 수 없게 되어버린 건지도 모른다. 문득, 세상의 모든 비밀들이 서로 깊이 연결되어 있는 게 아닐까 하는 생각이 든다. 그것 역시 비밀로.

"왜 길 이름이 테헤란이죠? 테헤란 스트리트[路]. 여긴 서울이잖아요."

그건 내가 물어봐야 했을 질문일까. 안나의 질문을 받은 한국 기업의 통역 담당 직원은 난처한 듯 어깨를 으쓱해 보이며 어색한 미소를 짓는다. 지난 사흘 동안 그가 우리의 질문에 곧바로 대답을 하지 못한 것은 이번이 처음이다. 너무도 미국식 발음이긴 하지만 그의 영어는 아주 유창하다.

안나가 혼잣말처럼 중얼거린다.

"테헤란이 어디지? 이라크? 아니, 그건 바그다드지."

"이란이죠. 이란의 수도, 테헤란."

통역 담당의 이름은 이현석이다. 킴 벤드리스와 이름이 같다. 김현석과 이현석. 아니 그것은 같은 이름이 아니다. 안나가 다시 묻는다. 굉장히 심각하고 중요한 문제라도 되는 것처럼.

"그러니까 이란의 수도가 왜 서울의 길 이름이 되었냐구요. 브뤼셀 스트리트, 런던 스트리트, 파리 스트리트는 없는데."

"글쎄요, 그게……"

한국 기업의 직원들 몇몇은 내게 호기심 어린 눈길을 보내곤 했다. 그들은 내가 벨기에인인 것이 의아한 것이다. 나를 우리 쪽의 통역으로 생각하고 한국어로 말을 거는 사람도 있었다. 그러나 그 의문을 내게 직접 물은 것은 이현석뿐이었다. 물론 꽤 망설인 뒤에 무척이나 조심스럽게. 벨기에에서 태어나신 건가요? 아뇨, 두 살 때 입양됐어요. 아아.

점심시간이 끝날 무렵 자리를 비웠던 이현석이 돌아와 내게 묻는다.

"미스 그뢰너는?"

"안나는 호텔에 잠시 들렀다 바로 전시 부스로 간다고 했어요."

"테헤란 스트리트, 이제 설명할 수 있어요."

이현석은 자신의 PDA를 가리키며 빙긋 미소를 짓는다. 그 새 인터넷으로 알아본 모양이다. 동양 남자의 미소는 내게 아주 낯설다.

"1972년에 서울과 테헤란, 두 도시가 자매결연 같은 걸 맺었다는군요. 한국에선 그때 중동의 국가들과 교류가 활발하게 시작되던 터라, 그걸 기념하기 위해서 길 이름을 테헤란이라고 붙인 겁니다. 이란의 테헤란에 가면 반대로 서울 스트리트라는 길이 있다고 하네요. 재밌죠? 저도 몰랐던 겁니다. 아니 사실은 지금까지 궁금하게 생각해본 적이 없었어요. 어쨌든 다시 자리를 비워야 될 것 같으니까, 저 대신 미스 파셴이 미스 그뢰너에게 자세히 설명해주세요."

나는 고개를 끄덕인다. 길 이름에 대해 궁금해했던 것은 내가 아니다. 그러나 왠지 잊어버리게 될 것 같지 않다. 사막과 고원의 나라 이란의 테헤란에 가면 내가 태어나 버려진 서울이란 도시의 이름을 딴 길이 있다.

양부모(養父母)는 동양 취미가 있는 유럽인이다. 파파는 붓글씨를 즐겨 쓰고 마망은 다기(茶器)를 수집한다. 응접실 한쪽에는 작은 불상(佛像)들을 모아놓은 테이블이 있다. 중국, 일본, 태국, 베트남 등지에서 만들어졌다는 그 불상들은 조금씩 모두 다른 표정을 짓고 있다. 나는 혼자 있을 때 그 불상들의 얼굴을 하나하나 오래 들여다보곤 한다. 파파는 불교나 도교의 경구들을 대화에 인용하는 것을 좋아한다. 손재주가 좋은 마망은 손수 내게 옷을 만들어 입히는 걸 좋아한다. 나와 닮았다는 까만 머리의 까만 눈동자를 가진 아기 봉

제 인형도 여러 개. 그들은 합리적이고 공정하며 자상하다. 그러나 한편 그들은 무기력하고 체념하며 서로에게 의존적이다. 나를 입양했을 때 양부모는 40대 중반을 넘긴 나이였다. 그들은 오랫동안 아이 없이 산 사람들이다. 나는 양부모가 삶에서 어떤 일들을 겪고 나와 만나게 되었는지 알지 못한다. 알게 된다 하더라도 믿을 수도 실감할 수도 없는 일이다. 그들은 젊었던 적이 없는 사람들처럼 산다.

그러나 그들은 나를 사랑해주었다.

"궁금해요. 왜 나를 입양한 거죠?"

"베로니크, 우리 모두는 특별한 인연으로 만난 거란다."

맞는 말이다. 그러나 그건 다른 많은 질문의 대답으로도 적당하고 알맞은 말이다.

"베로니크, 잘 지냈나요? 킴 벤드리스 김현석이에요. 난 지금 꽤나 들뜬 기분으로 당신에게 보내는 세번째 이메일을 쓰고 있어요. 어제는 안드레아, 발레리와 함께 데옹의 유도 시합을 보러 갔었습니다. 동호인들의 친선 대회였지만 열기는 제법 대단했죠. 데옹은 준결승까지 진출했답니다. 연습 때 부상을 당해 시합 전부터 문제가 있었던 손목 때문에 결승엔 올라가지 못했어요. 3, 4위전에서도 결국 통증으로 기권을 하고 말았는데, 그래도 데옹은 처음 두 번의 시합을 모두 멋진 한판승으로 이겼습니다. 유도에 대해서는 잘 알지도 못하고 특별히 관심도 없었는데, 어제는 아주 흥미진진하게 지켜보았어요. 물론 카메라를 들고 있던 나로서는 더없이 좋은 촬영거리기도 했구요. 과거에 데옹은 몇 년 동안 마약에 빠져 지냈다고 하네요. 재활 센터에 들어간 적도 있다고 합니다. 하지만 지금은 모든 걸 이겨내고 잘 생활하고 있어요. 유도를 알게 되고 유도에 몰입할 수 있었던 게 마약을 극복하는 데 큰 힘이 되었다고 합니다. 시합이 끝나고 모두들 한국 식당으로 몰려갔어요. 데옹과 함께 사는 여자 친구, 데옹을 응원하러 온 그 여자 친구의 부모님들까지도요. 모두들 맛있게 식사를 하고 즐거운 시간을 보냈죠. 그런데 거기서 발레리가 우리에게 아주 놀라운 걸 보여줬어요. 조그맣고 하얀 아기 옷! 바로 발레리가 우리들과 함께 벨기에로 왔던 24년 전 그날 입고 있던 옷이었어요. 그걸 어떻게 간직하고 있었는지 생후 6개월이었던 아기 발레리를 감싸고 있던 조그만 담요도 있었죠. 그 조그맣고 하얀 아기 옷을 모두 차례로 조심스럽게 돌려 보았어요. 옷에는 지퍼나 단추 대신 앞을 여밀 수 있는 끈이 달려 있더군요. 발레리는 그 옷과 담요가 자기에게 알 수 없는 심리적 안정감을 준다고 합니다. 난 그 작은 옷을 자기 몸에 맞춰보며 웃는 발레리의 모습을 카메라에 담았어요. 전에 다큐멘터리의 내용을 어떻게 구성해나갈지 걱정이라는 말을 했었죠. 친구들의 이런 자연스러운 모습들이 제게 많은 영감을 주고 있어요. 그리고 뜻밖의 소식을 전하죠. 취재차 한국 대사관을 몇 차례 찾아갔었는데, 그곳을 통해 한국의 한 방송국 프로듀서를 소개받았어요. 그 역시 유럽으로 보내진 한국 입양아들에 대한 프로그램을 기획하고 있다고 하더군요. 곧 그를 만나게 될 거예요. 물론 아직 확실히 결정된 건 아니지만, 다큐멘터리가 공동 제작 형태로 완성될지도 모르겠어요. 어쩌면 한국을 방문할 기회가 생길지도 모르고, 또 어쩌면 내 다큐멘터리가 한국에서 방영될지도 모를 일이구요. 물론 설레기만 하는 건 아니에요. 한편으로는 좀 두렵고 복잡한 마음이 들어요. 처음 내가 예상하고 계획했던 것과는 다른 일이니까요. 하지만 24년 전 같이 벨기에로 입양 온 친구들을 만나 그들과 함께 어울리게 된 것도 역시 내가 예상하고 계획했던 일은 아니죠. 아 물론, 내가 베로니크 당신에게 이렇게 메일을 보내는 것도 그렇구요. 하지만 역시 이 세상 그 누구도 예상하지 못했던 건 한국에서 태어난 우리가 이렇게 벨기에에서 살아가고 있는 일이겠죠. 이래저래 내용이 너무 길어졌네요. 그럼 다음에 또 연락할 수 있기를."

　서울의 테헤란로, 그 거리의 어느 호텔 819호에서 닷새째 맞는 밤. 어둠 속에서 나는 가브리엘 포레의 가곡 「꿈꾸고 난 후」를 여러 번 반복해서 듣는다. 포레의 가곡을 내 MP3에 저장시켜 준 것은 얀이다. 소프라노의 이름은 나와 같은 베로니크. 아아, 슬프게 꿈에서 깨어나다니, 나는 너를 부른다, 밤이여, 돌려주렴, 내게 너의 환상을. 내가 아닌 베로니크가 노래한다. 나는 얀을 생각한다. 나는 지금 이 순간 얀과 내가 수만 킬로미터나 떨어져 있다는 사실을 받아들일 수가 없다. 얀은 정말 돌아와 있을지도 모른다. 그러나 지난 닷새 동안 나는 내 목소리가 전화를 받을 자동응답기에 전화를 걸지 않았다. 노래의 제목은 「꿈꾸고 난 후」. '꿈'과 '꿈꾸고 난 후'는 수만 킬로미터 아니 수만 광년이나 떨어져 있는 것이다. 얀은 이제 그곳에 없다. 어디에도 없을지 모른다.

매혹의 법칙. 우리는 눈을 감았고, 눈을 떴을 때는 이미 모든 것이 시작되어 있었다.

이 침묵은 음란함, 그 자체다. 사랑에서 언어는 언제나 역부족이다. 우리의 손가락들로 지어낸 거미, 그것의 검은 눈〔眼〕과 흰 독(毒), 잠도 아닌 죽음도 아닌, 차라리, 결투하는 몸. 저녁노을이 비쳐드는 흐트러진 흰 시트가 무엇을 말할 수 있을까. 연인들은 시간에 머물고 공간을 흘려보낸다. 비밀이 이토록 적나라한 것이었다는 걸 우리는 그렇게 배운다. 눈꺼풀을 닫으며 눈동자는 있는 힘껏 폭로를 빨아들이고, 정직한 허기와 순결한 갈급, 아주 오래전의 인간이 되어 들이마시는 잔인하고 고독한 공기. 사랑에서 언어는 언제나 역부족이다. 그것은 말해질 수도 없고, 말해져서도 안 되며, 말해지기를 바라지도 않는다. 그것마저 전부가 아니다. 음란함 그 자체인 침묵의 순간이 남김없이 스러져버린 다음에야, 간신히, 애처롭게, 언어는 생겨나기 시작한다. 이 섭리의 우주에, 한번 참여해보겠다는 듯이.

나와 얀, 얀과 나. 우리는 온전히 고스란히 서로에게 열중한다. 내 안에서 그토록 오랫동안 살고 있었는지 알지 못했던 욕구와 갈망. 우리는 무장해제당한다. 포로의 몸에서 숨겨둔 총알을 헤집어 찾아내듯이 나는 얀에게서 그것을 끄집어낸다. 그에게서 내 것을 끄집어내는 것이다. 얀도 내게서 그렇게 한다. 우리는 기꺼이, 함부로, 그것들을 허락한다. 열정이란 세계의 일부가 되는 가장 아름다운 방법을 배우는 학교. 삶의 경이로움에 경의를. 그러나 결국, 아무것도 가져갈 수 없다는 것을 알게 되고 만다. 우리가 헤어진다는 사실은 중요하지 않다. 덕분에 우리는 영원히 서로를 원할 수 있다. 그러나 중독과 고착의 종말.

"너를 지독히 원한다는 것과 네가 지독히 무섭다는 게 구분되지 않아."

"나도 그래."

얀은 불안정하다. 늘 숨 가쁘게 아슬아슬하다. 그는 충동적이고 거만하고 비겁하다. 나약함과 망설임을 감추기 위한 냉철함과 의기양양. 얀은 자신의 밖에서 끝없이 자신을 겉도는 느낌이 어떠한 것인지를 너무나 잘 알고 있는 인간이다. 그가 그런 인간임을 분명히 알 수 있는 것은 내가 바로 그런 인간이기 때문이다. 우리는 자신을 잊기 위해 서로를 사용한다. 그것이 잘못이다. 사랑에서는 상실만이 환상이 아니다. 창조가 아닌 사랑은 살아남지 못한다는 것을 나도 얀도 알고 있다.

한국 식당에 처음 갔던 날. 그곳은 한 번도 가본 적은 없지만 내가 알고 있던 브뤼셀 다운타운의 이름 있는 한국 식당이 아니다. 어느 낯선 골목 입구에서 누군가와 부딪히듯 우연히 마주친 작은 한국 식당. 나무 간판에 그저 '코리안 레스토랑 & 아시안 푸드'라는 영어 단어가 씌어져 있을 뿐이다.

파파가 죽은 지 나흘이 지났다. 비가 내리는 늦은 오후의 작은 한국 식당에는 손님이 한 사람도 없다. 점원도 없다. 당연하다는 듯이 음악조차 없다. 내가 우산을 접고 테이블에 자리를 잡고 앉았을 때 주방 쪽에서 한 동양 남자가 얼굴을 내민다. 음식 재료를 다듬고 있었던 듯 앞치마에 손을 비비며 남자가 내게 다가온다. 잊었다는 듯 뒤돌아섰다 메뉴판을 챙겨 들고 내게 다가온다. 나는 남자의 나이를 짐작할 수 없다. 35세에서 55세, 남자는 그 사이의 어느 나이라 해도 고개를 끄덕일 수밖에 없는 외모와 분위기를 지니고 있다. 턱수염과 구레나룻을 기르고 있는데 그것은 그의 나이를 실제보다 더 들어 보이게 하는 것 같기도 하고, 실제보다 덜 들어 보이게 하는 것 같기도 하다. 얼핏 해적선의 요리사가 연상되기도 하지만, 이상할 정도로 거칠고 험악하다는 인상은 풍기지 않는다. 남자는 한국인일 것이다. 아마 그럴 것이다. 때문에 남자가 내민 메뉴판을 나는 전혀 이해할 수 없다. 교사에게 뭔가 잘못을 해명하는 어린 학생처럼 나는 말한다.

"처음이에요."

그러나 그것은 엉뚱하게도 어떤 선언처럼 들린다.

남자가 나를 물끄러미 바라본다. 그 표정은 내가 이곳에 온 것이 처음이라는 것은 물론, 한국 음식을 먹어보는 것도 처음, 한국 남자와 대화를 나누는 것도 처음이라는 것을 모두 알고 있는 듯한 표정이다. 그러나 알 수 없다. 나는 동양인의 표정을 살피는 일에 서툴다.

남자가 검은 그릇에 담긴 요리를 내온다. 불에 달구어진 검은 그릇은 손을 데일지 모르니 조심하라는 남자의 말대로 위협적일 정도로 뜨거워 보인다. 테이블 위에 올려진 그 우묵하고 묵직한 그릇 한가득 흰 덩어리의 음식이 부글부글 기포를 터뜨리며 맹렬하게 끓고 있다. 압도적이다. 표면에 떠 있는 빨간 기름과 그것을 내게 간신히 음식으로 보이게 하는 동그란 계란 노른자. 나는 그 요리의 이름이 '지옥 한 그릇'이 아닐까 생각해본다. 남자는 요리의 이름이 '순두부찌개'임을 일러준다. 찌개는 수프의 일종이며, 두부는 콩으로 만든 치즈 같은 것이라는 설명을 덧붙인다. 그리고 흰쌀밥과 야채가 주

재료인 사이드 디쉬들. 스크램블을 닮은 것은 흰 생선살에 계란을 입힌 것이다. 요리에 사용된 소스와 양념은 모두 내가 알지 못하는 나름의 우주를 거느리고 있다는 느낌을 준다. 남자가 갈색의 네모진 젤리처럼 생긴 음식의 이름을 가르쳐주었지만, 나는 그 이름을 기억할 수가 없다. 그리고 농경민족의 도구인 숟가락과 젓가락. 남자는 섣부르게 자신의 권능을 자랑하려 들지 않고 입을 다문다. 남자가 다시 주방으로 돌아가고, 나는 식사를 시작한다. 순두부찌개. 목 안으로 넘어간 음식은 단번에 죽은 파파를 떠올리게 한다. 파파는 세번째 암수술을 거부하고 11개월을 더 견뎠다. 이 맛은 원초적인 동시에 월등히 고차원적이다. 입속에서는 더없이 격렬하게 맵고 뜨거우며, 몸속에서는 더없이 부드럽게 뭉치고 흩어져 따뜻하게 맴돈다. 순두부찌개. 지옥까지는 아니더라도 이 요리는 죽어서 가는 곳을 생각하게 한다. 그리고 그곳이 아주 나쁘지만은 않으리라는 뜻 모를 안도와 애잔한 슬픔. 순두부찌개. 파파가 죽은 지 나흘 만에 나는 처음으로 제대로 된 식사를 하고 있다. 파파는 나를 사랑해주었다.

비가 내리는 오후, 브뤼셀의 어느 길모퉁이 작은 한국 식당. 내가 식사를 마칠 때까지 아무도 나타나지 않는다. 남자가 내게 마지막으로 가져다준 것은 따뜻한 차다. 아니 어쩌면 이것은 차의 한 종류가 아닐지도 모른다. 따뜻한 물 안에는 딱딱하거나 무른, 누르스름한 빛깔로 변한 쌀알들이 담겨 있다. 나는 이 맛을 표현할 수 있는 단어를 알지 못한다. 이 음료는 이제 혼자 남은, 나흘 전 파파와 함께 조금은 죽어버린 마망의 옆얼굴을 떠올리게 한다. 음식이란 어떤 숙명적인 것과 관련되어 있는 것일지 모른다 나는 느낀다. 마망은 혼자의 시간을 견뎌내고 제법 오랜 후에 죽음을 맞이하겠지만, 끝내 나흘 전 죽어버린 자신의 일부를 되살리지는 못할 것이다. 나는 이름을 알지 못하는 그 쌀 음료의 맛을 천천히 음미한 뒤, 우산을 들고 자리에서 일어난다. 한껏 울고 난 뒤 졸음이 몰려오는 듯한 포만감. 이런 느낌으로 배가 불러본 적은 없었다.

음식 값을 받은 뒤 남자가 내게 묻는다.

"여긴, 언제 왔어요?"

역시 나이를 짐작할 수 없는 얼굴이다.

"두 살, 하고 6개월 10일……"

나는 사실대로 답한다.

"그럼 한국 나이로는 세 살이지. 한국에선 엄마 배 속에서부터 나이를 먹거든. 그러니까 태어나자마자 한 살."

내게 처음으로 한국 음식을 먹게 해준 남자는 오랜 시간 여러 나라를 떠돌았을 것이다. 그러나 그는 결코 입양아가 아니다. 남자가 알 수 있듯, 나도 알 수 있다.

일주일간의 박람회가 끝난 금요일 저녁, 다양한 국적을 가진 많은 사람들이 모여 밤늦도록 먹고 마시고 춤을 추며 즐긴다. 서울 출장의 마지막 일정으로 내일 하루의 시간이 휴일처럼 주어져 있다. 늦잠과 룸서비스, 호텔의 피트니스 클럽이나 면세점을 이용할 수 있다. 아니면 시내 관광에 나설 수도 있다.

맥주잔을 기울이며 일주일 동안 낯을 익힌 한국인들과 어울린다. 그들이 우리에게 벨기에에 관한 얘기를 들려준다. 주로 그들이 대학생이던 시절 배낭여행 길에 들렀던 벨기에에 대해서. 그랑플라스와 오줌싸개 동상 앞에서 기념사진을 찍었다, 고디바와 길리언 초콜릿을 정말 좋아한다, 수제 초콜릿은 너무 비싸서 대신 와플을 사 먹었다, 벨기에 맥주는 일품이고 홍합 요리는 한국인 입맛에도 잘 맞는다 등등. 그들은 프랑스나 네덜란드에서 독일이나 영국으로 가는 길목에 하루쯤 벨기에에 들렀던 얘기를 어떤 예의의 한 형식인 것처럼 우리에게 들려준다. 배낭여행 길에 한국에 들렀던 적이 없는 벨기에인들은 열심히 고개를 끄덕여준다.

파티 분위기가 무르익는다. 커다란 음악 소리와 여러 외국어로 맘껏 웃고 떠들어대는 사람들의 목소리가 귓전에서 웡웡댄다. 바로 옆자리 사람의 말소리도 잘 들리지 않을 정도다. 어느새 내 옆자리에 앉아 있는 사람은 통역 담당 이현석이다. 소리를 지르듯 그와 몇 마디를 주고받는다. 그의 술기운이 전해온다. 불쾌한 것은 아니다. 잠시 입을 다물고 있던 이현석이 '최대한 자연스럽게 물어보자'라고 마음먹었다는 듯이 묻는다.

"그런데 베로니크, 원래 한국 이름이 뭐예요?"

"……최선경."

이현석은 알아듣지 못한 듯 손바닥을 제 귀에 가져다대고 내게 몸을 기울인다. 그가 알아듣지 못한 것이 주위가 시끄럽기 때문인지, 내 한국어 발음이 정확하지 못한 때문인지는 알 수가 없다. 나는 다시 그의 귀에 대고 말한다. 이현석은 고개를 가로젓는다.

"모르겠어요. 여기다 써봐요."

그가 제 손바닥을 내게 내민다. 나는 그의 손바닥에 손가락 글씨로 내 한국 이름의 영어 스펠링을 쓴다. 손가락 끝이 부자연스럽게 움직이는 것은 나 역시 술기운 때문일 것이다. 나와 이현석은 한참 수화를 주고받듯 한다.

"아, 최, 선, 경."

역시 낯선 발음이다.

"최선경. 따라해봐요. 최, 선, 경. 최선경."

이현석이 크게 소리 내어 말한다. 그것이 정확한 발음의 내 이름인 것이다. 입 밖으로 나오는 내 목소리는 여전히 자신이 없다.

그가 미소를 짓는다. 그리고 나직한 한국어.

"선경 씨였구나. 베로니크 파셴, 최선경 씨……"

자리가 파할 무렵, 나는 화장실 쪽을 향하는 이현석을 뒤따라간다. 잠시 망설이다 팔을 뻗어 그를 뒤돌아보게 한다.

"실례지만, 부탁이 있어요. 오늘로 업무가 끝났다는 건 알지만 내일 서너 시간 정도만 내게 시간을 좀 내주었으면 해요. 개인적인 일이에요."

데이트 신청은 아니다. 이현석이 물끄러미 나를 바라본다.

"가보고 싶은 데가 있어서……"

나는 동양인의 표정을 살피는 일에 서툴다. 거울을 들여다보는 기분 때문일지 모른다.

킴 벤드리스 김현석의 마지막 이메일을 받은 지 한 달 후, 나는 그에게서 우편물을 받는다. 동영상이 담긴 CD 한 장. 그는 다큐멘터리를 완성시킨 것이다. 나는 화면을 통해 안드레아, 발레리, 데옹 그리고 킴의 모습을 본다. 그들은 1982년 11월 9일, 나와 함께 한 비행기를 타고 벨기에로 온 한국 입양아 고준희, 안민정, 박기영 그리고 김현석이다. 킴의 내레이션이 화면에 곁들여진다. 우리 여덟 명 중 세 명은 다큐멘터리와 관련해 나와의 만남을 거절했다. 나는 그들을 이해한다. 그러나 우리는 이미 예전에 만난 적이 있는 것이다. 처음 킴의 이메일을 받은 뒤 나는 입양 서류를 꺼내 보았었다. 나와 마찬가지로 킴의 제안을 거절한 두 입양아의 이름은 한민과 배은하다. 화면 속 흰 유도복을 입고 상대 선수를 거세게 바닥에 메치는 데옹. 손목이 아픈지 땀을 흘리는 얼굴이 일그러진다. 그러나 응원을 하던 데옹의 여자 친구는 그의 승리에

뛸 듯이 기뻐한다. 그들은 한국 식당에서 함께 식사를 하며 이런저런 얘기를 나눈다. 발레리가 자신이 벨기에로 올 때 입고 있었다는 희고 조그만 아기 옷을 꺼내 보인다. 모두들 웃는다. 모두들 젓가락질이 서툴다. 모두들 다시 웃는다. 안드레아는 입양 당시 다섯 살로 여덟 명의 아이들 중 나이가 가장 많았다. 그는 한국에서 보낸 어린 시절에 대한 단편적인 인상들을 기억하고 있다. 안드레아는 10대 후반 두 차례 한국을 방문했고, 부산에 살고 있다는 아버지를 만났다. 그는 아버지와 3년간 편지를 주고받았지만 지금은 연락이 끊긴 상태라고 말한다. 한국을 찾았을 때 아버지는 새 가정을 꾸린 후였고, 어머니에 대해서는 말해주지 않았다고 한다. 안드레아는 현재 실업수당으로 살고 있다. 킴은 카메라를 들고 안드레아의 집을 방문한다. 그의 방에는 한국의 국기가 걸려 있고, 한국을 방문했을 때 아버지와 찍은 사진이 작은 액자에 담겨 있다. 그는 10여 년 전 아버지와 주고받았던 편지들을 킴의 카메라 앞에 꺼내 보인다.

킴은 한국 방송국의 주선으로 한국에 간다. 그는 한국의 입양 기관을 통해 자신이 25년 전 서울 근교 어느 공단의 한 조산소에서 태어났다는 것을 알게 된다. 그 조산소가 있던 자리는 현재 자동차들이 달리는 도로가 되어 있다. 그는 자신의 어머니가 당시 18세의 여공이었다는 사실도 알게 된다. 인적 사항을 추적하지만 어머니는 쉽게 찾을 수 없다. 킴은 서울의 이곳저곳을 카메라에 담으며 어머니와의 만남을 기다린다. 어렵게 소재를 파악하고 연락이 된 여인은 자신이 킴의 어머니임을 부정한다. 다큐멘터리가 끝나간다. 나는 킴의 마지막 내레이션을 듣는다. 나는 벨기에 브뤼셀로 돌아왔고, 다시 평범한 일상으로 돌아왔다. 아주 많은 것이 달라진 것 같기도 하고 전혀 그렇지 않은 것 같기도 하다. 어쨌든 나는 계속 나를 찾아볼 생각이다. 우리 모두가 그러하듯이.

"칠드런스 그랜드 파크?"

이현석은 난감한 표정으로 고개를 갸웃거린다. 그러다 한참 만에 손가락을 튕기며 나를 향해 말한다.

"아, 어린이대공원! ……아니, 그런데 거긴 왜요?"

칠드런스 그랜드 파크. 서울에서 가장 오래된 놀이공원. 이현석은 그곳이 쿠데타로 집권해 오랫동안 독재정치를 했던 과거 한국의 대통령에 의해 만들어진 곳이라는 정보를 인터넷에서 찾아내 내게 일러준다.

"그는 정적에 의해 암살되었죠."

나는 택시를 타고 이현석과 함께 서울의 어린이대공원에 도착한다. 날씨가 더없이 맑고 화창하다. 동물원을 겸한 놀이공원 안은 사람들로 붐빈다.

매표소에서 입장권을 사서 그중 한 장을 내미는 이현석에게 내가 말한다.

"나는 이곳에 버려져 있었다고 해요."

　롤러코스터. 나는 롤러코스터를 탄다. 나는 지금 어느 한국 남자와 함께 서울에서 가장 오래된 놀이공원의 롤러코스터를 타고 있다. 열차는 높이 솟아올랐다 빙글빙글 맴을 돌았다 곤두박질치며 떨어져 내리기를 반복한다. 사람들이 비명 같기도 하고 탄식 같기도 하고 환호 같기도 한 소리를 내지른다. 시간이 존재하면 고통도 존재한다. 거친 소음을 내며 맹렬하게 달려가는 이 기계에는 엔진이 없다. 연료도 없다. 꿈과 꿈꾸고 난 후의 멀고 먼 사이를 롤러코스터가 달린다. 엔진 없이 연료 없이 달린다. 중력과 원심력과 구심력이라는 완전히 이해할 수는 없지만 늘 온전히 존재하는 지구의 어떤 힘들로 인해 나는 공중에 거꾸로 매달려도 아래로 떨어지지 않는다. 이 힘의 정체는 보호일까 모험일까. 나는 얀을 사랑했다. 파파와 마망을 사랑했다. 아기를 도저히 키울 수 없는 형편입니다. 이 불쌍한 아이를 부탁드립니다. 이름은 최선경. 생년월일은 1980년 5월 31일입니다. 킴의 다큐멘터리에 출연했다면 나는 한국어가 씌어진 그 오래된 쪽지를 그의 카메라 앞에 내밀었을지도 모른다. 나는 다른 고양이를 단 한 번도 본 적이 없는 고양이처럼 살았다. 생모는 대책 없이 감상적이고 낭만적인 기질의 소녀였을 가능성이 높다. 그날, 난생처음 무리지어 내달리는 핑크빛 홍학들을 보고, 더럽고 커다란 귀를 무심히 펄럭이는 코끼리를 보고, 게으르게 드러누운 호랑이를 보고, 요란한 수선을 피우는 원숭이를 보고, 문득 자기가 등 뒤에 업은 아이를 이곳에 버리러 왔다는 사실을 잊고 잠시 경이로운 표정을 지었을지 모를 일이다. 그러다 이내 지쳐버렸을 것이다. 아이를 업고 터벅터벅 드넓은 공원의 이곳저곳을 걸으며 그동안 자신이 했던 거짓말을 하나하나 되뇌어보았을지 모를 일이다. 그러나 세상이 자신에게 했던 거짓말이 언제나 더 능란했다는 것을 잊을 수는 없었을 것이다. 그래서 왜굳이 나여야만 할까, 정말 꼭 나일 필요가 있을까, 허공을 꽉 움켜쥐었을지도 모를 일이다. 나는 나의 거짓말의 총체다. 롤러코스터가 천천히 멈추어 선다. 나는 옆자리에 앉아 함께 맞바람을 맞으며 눈을 질끈 감았다 떴다 비명 같기도 하고 탄식 같기도 하고 환호 같기도 한 소리를 내지른 남자의 옆얼굴을 바라본다. 아주 오랫동안 알고 지낸 사람처럼 느껴진다. 겨우 3분여의 시간이 흘렀을 뿐인데 말이다.

　노을이 진다. 높은 공중을 향해 천천히 둥글게 움직이는 것. 아직 비행기 안은 아니다. 내일 비행기를 타고 다시 브뤼셀로 돌아갈 나는 서울 어린이대공원의 한 벤치에 앉아 천천히 원을 그리며 회전하는 대관람차를 바라보고 있다. 어느 나라의 어느 도시의 어느 놀이공원에서나 대관람차는 가장 인기가 없는 놀이기구다. 그것은 그저 지루하게 느린 속도로 공중에서 한 바퀴를 돌 뿐이다. 대관람차에 오르는 것은 주로 어린아이를 동반한 젊은 부모나 아직은 스킨십이 어색한 그래서 그것에 몰두하는 연인들이다. 노을이 지고 있다.

"베로니크 파센, 최선경."

누군가 나의 이름을 부른다. 언제나 해가 질 무렵이면 왠지 견딜 수 없다는 기분이 들었다. 나는 부름에 대답하지 않는다. 대신 그저 저 커다란 원, 대관람차를 움직이게 하는, 움직이지 않는 그 중심, 그 한 점을 바라보며, 내 이름을 부르는 소리에 가만히 고개를 끄덕여볼 뿐이다.

---

* 작품 속 해외 입양아와 관련된 내용의 일부를 다큐멘터리 「암스테르담행 편도 비행」(인수 라드스타케, 네덜란드/한국, 2006)에서 참고했음을 밝힙니다.

흩어지는
아이들의 도시

:
:

　너무 오래다 싶게, 미하는 고개를 젖힌 채 하늘을 올려다보
고 있다.

　태양, 압도적인. 세상 모든 것의 겨드랑이와 사타구니까지,
속속들이 밝고 환하다. 쏟아져 내릴 것같이 무서운 선명함.
구름은 다 어디로 가버린 걸까. 땅 어디에도 존재하지 않는
빛깔로 푸른, 하늘. 부시다 못한 눈은 희게 어두워진다. 미하
는 눈을 감지 않으려 애를 쓰고 애를 써보지만, 아릿함에 질
금질금 물이 새어 나오는 눈가. 눈을 부릅뜬 채 눈이 멀어버
린다면 멋질 것 같아. 파랗게 미쳐버린 눈동자. 어깨와 목을
더욱 아프게 꺾고, 벌어진 입술 끝이 마른다. 음악처럼 울려
퍼지는 햇빛, 투명하게 마비되는 하늘, 오늘의 날씨 맑음, 지

독히 맑음. 하여 왠지 분하다. 이런 화창함은 어쩌면 테러.

미하, 옥상 난간에 걸터앉은 열여섯. 발밑은 까마득할 것도 없는 37층. 흰 맨발 끝에 걸린 싸구려 자주색 뮬이 까닥까닥 흔들리고 있다.

학교를 그만두기 전의 일이다. 미하는 중력에 대해 배웠던 과학 시간을 기억한다. 교사는 중력을 설명하기 위해 무중력을 설명했다. 눈에 보이지 않지만 존재하는 것, 다시, 존재하지 않는 것으로 눈에 보이는 것. 슬라이드 사진 속 우주비행사들이 우주선 안을 둥둥 떠다니고 있었다. 책과 연필과 안경이 둥둥둥. 이상한 모양으로 꿈틀거리며 물과 오렌지 주스가 둥둥둥. 우주비행사는 엄지손가락을 치켜든 채 웃고 있었다. 다음 슬라이드. 나무에서 떨어진 사과를 집어 들고 어리둥절한 표정을 짓고 있는 뉴턴의 캐리커처는 그만큼 매력적이지 않았다. 중력, 우리를 바닥에 붙잡아두는 힘. 무중력을 알고 나니 중력이 싫어졌음은 물론이다.

페달을 밟듯, 미하는 허공을 향해 발을 굴러본다. 매듭 장식이 떨어져 나간 닳아빠진 뮬 한 짝이 맥없이 벗겨진다. 발밑으로 자그맣게 사라지는 신발을 바라보며 미하는 중력을 확인한다. 아니, 멈춰. 뛰어내리고 싶다는 게 아니다. 날아오르고 싶은 것도 아니다. 위도 없이, 아래도 없이, 좌우도 앞뒤도 없이, 그저 둥둥. 방향 따위 정하고 싶지 않아.

찌잉, 기습적으로, 소리라도 낼 것 같은 아픔. 큼직한 바늘로 젖가슴을 쑤셔대는 듯한 통증이 온몸에 전류처럼 퍼진다. 꼼짝없이 아픔에 내주어야 하는 몸. 가슴에서 시작돼 머리끝에서 발끝까지 차곡차곡 들어차는 이 통증의 이름이 젖몸살이라는 것을 미하는 무료 분만소에서 알게 되었다. 얼을 빼놓을 듯 쏟아지는 햇빛, 부신 눈은 부서지면 좋겠다. 젖어 있는 젖. 맑음은 어딘가 잔인한 것이다. 부어오른 젖가슴과 옷자락 사이에 끼워두었던 휴지 뭉치가 흥건히 젖어 있다. 진저리가 쳐지고도 한참이나 후에 가슴께에 손을 가져다댈 수 있다. 미하는 앞섶을 풀어 가슴을 꺼낸다. 그리고 투명한 공기 속으로 제 젖을 짜내기 시작한다. 아기, 내 아기. 방울방울 솟아오른 흰 젖이 손가락 새를 적시며 흐른다. 뚝뚝, 무릎 아래로 듣는다. 중력 때문이다. 아파. 모두 떨어져 내린다. 방향은 이미 정해져 있다. 발을 구른 것도 아닌데 남은 물 한 짝이 37층 아래로 떨어진다.

미하는 눈을 뜬다. 매번, 눈을 뜰 때마다 끝난 게 아니었다는 사실을 알게 된다. 잠들었던 동안 제발 많은 시간이 흘러가 있었으면. 매번, 희망은 절망적이다. 잠에서 깨어난 곳이 옥상 난간은 아니다. 미하는 먼지투성이 덱 체어에 누운 채로 하늘을 올려다본다. 기세등등 호기롭게 내리쬐던 햇빛은 시나브로 잦아들어 있다. 37층 위의 저물녘, 누군가의 낯선 손길처럼 선득한 공기가 맨발을 훑는다. 연기처럼 흩어지는 잠기운.

옥상은 공중 정원이다. 아니, 한때 공중 정원이었다. 이 레지던스 호텔은 도시에 괴질이 발생한 후 가장 먼저 위험 지역으로 선포된 P구(區)에 위치해 있었으므로 이곳은 한때 호텔이었고, 한때 공중 정원이었다. 정원의 식물들은 모두 말라죽어 있다. 소독제가 섞인 검붉은 먼지가 말라 죽은 풀과 나무를 겹겹 두껍게 감싸고 있어 그것들은 말라 죽은 풀과 나무로보이지 않는다. 분수는 멈춰 있다. 분수 가운데 설치된 큐피드 조각상은 작은 단지를 안고 있다. 물은 모두 증발해버렸다. 큐피드의 단지 속과 분수 바닥에 반짝이지 않는 동전 몇닢을 소금 결정처럼 남겨두고. 그러나 분명, 이곳은 공중 정원이었다. 야자와 소철이 자라고, 큐피드의 날개에선 물이 솟아올랐다. 오늘처럼 맑은 날이면, 비키니를 입고 선글라스를쓴 여인들이 덱 체어에 누워 일광욕을 즐겼으리라. 시간은 트로피컬 칵테일 속 천천히 녹는 얼음처럼 상쾌한 쓴맛을 내며나른하게 흘러갔을 것이다.

어둠을 한 스푼씩 공기 속에 섞어가듯 밤이 오고 있다. 미하는 맨발로 옥상 위를 거닌다. 이미 차고 시린 발가락. 미하는 냉기가 주는 고통이 열기가 주는 고통과 아주 다르다는 것을 알고 있다. 추위 속엔 언제나 순수한 형태의 불안과 설움이 있다. 검붉은 먼지를 뒤집어쓴 공중 정원의 유적(遺跡). 저쿠지 욕조가 설치된 야외 스파 주위에 살이 꺾인 파라솔과 뒤집힌 플라스틱 의자들이 어지럽게 얽힌 채 무더기로 쌓여 있다. 무언가의 뼈를 보는 것 같다.

미하는 긴 직사각형 테이블 곁으로 다가간다. 빈 술병들과 술잔들, 접시들, 자세히 살펴보면 새것이나 다름없지만 모두 돌이킬 수 없이, 치명적으로 버려진 것들이다. 음식은 없다. 켜켜이 붉은 먼지 위로 어둠이 덮인다. 테이블 구석에서 미하는 반짝이 술이 달린 파티용 고깔모자와 타다 남은 가는 초 몇 개를 발견한다. 케이크가 있었을 것이다. 생크림, 그 무모하고 포근한 맛. 기억이 침침해진다. 풍선이 있다. 불지 않은 새것들이다. 색깔은 알아볼 수 없지만 고무 표면에 하트 모양으로 테두리를 둘러 코팅한 Happy Birthday라는 작은 글자는 알아볼 수 있다. 풍선을 불면 알파벳들이 동글동글하게 늘어날 것이다. 바비큐 그릴도 있다. 미하는 몸을 숙여 그릴 가까이 코를 가져다댄다. 희미하게 그을음의 냄새가 나는 것도 같다. 그러나 이것 역시 공중 정원의 다른 모든 물건들과 마찬가지로 실제 사용된 적이 있다고는 믿어지지 않는다. 미하는 그릴 위에 놓여 있던 스테인리스 꼬챙이를 집어 든다. 두 갈래로 나뉜 끝부분이 섬뜩하니 날카롭다. 미하는 그릴 앞에서 판토마임 배우처럼 꼬챙이를 놀려 고기 굽는 시늉을 해본다. 탕탕, 그릴을 내리쳐도 본다. 탕탕탕, 다 익은 거야? 함부로 꼬챙이를 휘두른다. 다 익은 거냐고? 휙휙, 푹푹, 미하는 제 입으로 그럴듯하다고 여겨지는 효과음을 내며 검은 어둠이 얇은 막처럼 드리워진 허공을 마구잡이로 썰러 여기저기 구멍을 낸다. 냈다고 생각한다.

찌잉, 다시, 가슴이 아프다. 전직 간호사였다는 보호시설의 도우미 여자는 '젖이 돈다'라는 표현을 사용했다. 미하는 스테인리스 꼬챙이로 바닥을 긁어댄다. 문득, 자신이 해피 버스데이의 스펠링을 맞게 외우고 있는지 궁금해진다. 에이치, 에이, 피, 피, 와이, 물론 공부를 잘하지는 못했다. 비, 아이, 알, 티, 에이치, 디, 에이, 와이. 미하는 꼬챙이로 알파벳을 하나하나 바닥에 적는다. 다 외우고 있다는 사실이 흡족하지만 아무런들 젖가슴의 아픔과는 상관없는 일이다.

미하는 분수대를 향해 걸어간다. 턱을 넘어 안으로 들어간다. 다시 앞섶을 헤친다. 다시 젖을 짜낸다. 가슴 부분이 축축하게 젖은 옷자락에 들큼하고 비릿한 냄새가 배어 있다. 뚝뚝, 분수 바닥에 방울방울 젖이 듣는다. 미하는 정면의 큐피드 조각상을 올려다보며 더 이상 젖이 나오지 않을 때까지 계속 제 가슴을 쥐고 누른다. 아기, 내 아기. 젖이 멈추고 몇 걸음 엉거주춤 물러나는 오리걸음. 미하는 오줌을 눈다. 뜨듯하고 지린 냄새가 가랑이 사이에서 올라온다. 몸속의 물은 왜 이토록 제각각인지. 아픔이 가시고 있다고 생각한다. 그러나 어떻게 주의를 기울여도 맨발에 젖과 오줌이 튄다. 춥고 어둡다.

미하는 분수 바닥의 동전을 줍는다. 깨금발을 하고 큐피드의 단지 속으로도 손을 집어넣는다. 둥지를 뒤져 알을 꺼내

듯. 그러나 조심할 것도, 셈을 할 것도 없다. 풍선 몇 개도 사기 힘든 돈이다. 그래도 미하는 동전을 주머니 속에 집어넣고 남아 있는 것이 없나 두리번거린다. 어두운 바닥을 발바닥으로 더듬더듬 쓸어본다. 그러다 그만, 축축한 것을 밟고 만다. 움찔, 데이기라도 한 것처럼 소스라치며 발을 뗀다. 싫고 더럽다. 미하는 발작처럼 자신이 알고 있는 가장 고약한 욕을 내뱉는다. 방금 전 제 몸에서 나온 것을 싫고 더럽게 느끼는 제가 싫고 더러운 것이다. 젖은 발바닥을 먼지가 쌓인 바닥에 신경질적으로 비벼대며 미하는 자신이 알고 있는 다른 욕설을 이것저것 주절대보지만 싫고 더러운 기분은 가시지 않는다. 어두워 발에 묻은 것이 젖인지 오줌인지 알 수가 없다. 여러 번 그래 왔던 것처럼, 아무도 모르게 마음을 다친다.

얼마라도 시간이 흐르지 않을 수는 없는 것이어서, 미하는 분수대에서 나와 다시 꼬챙이를 집어 든다. 힘껏 팔을 쭉 뻗는다. 펜싱 선수가 된다면 멋지지 않을까. 한쪽 손을 허리에 대고 무릎을 굽힌 다음 뾰족한 칼끝을 우아하게 쭉, 나쁜 버릇, 헛된 공상. 그러나 펜싱, 날렵하고 경쾌한 발음이 새삼 근사하다. 꼬챙이를 쥔 손목을 유연하게 꺾으며, 챙강 챙강, 지금 여기, 유일하게 마음에 드는 것은 그뿐이다.

미하는 풍선을 분다. 배가 고프기 때문이다. 여섯 개째 풍선의 주둥이를 묶고 나자 현기증이 인다. 미하는 둥글게 부풀어 오른 해피 버스데이 풍선들을 손으로 퉁퉁 쳐낸다. 발치로 떨어져 저희들끼리 옹종거리며 조금씩 자리를 옮기는 풍선을 바라보며 미하는 다시 중력을 생각한다. 배가 고프다. 시리고 더러운 발끝에 풍선이 채인다. 발길질, 함부로, 마구잡이로, 헛발질, 다시 발길질, 그러나 중력. 아무것도 떠오르지 않는다. 혹시 생일이 아니기 때문일까. 보이지 않는 것도, 알 수 없는 것도 너무나 많다. 보이지도 않고 알 수도 없는데 그것이 많다는 건 어떻게 알까. 미하는 스테인리스 꼬챙이를 움켜쥔다. 뿌듯하고 흡족한 손아귀의 감각. 펜싱의 동작과는 조금도 닮지 않은 모습으로 미하는 꼬챙이를 높이 들어 올렸다 풍선을 힘껏 내리찍는다. 펑, 펑, 알이 깨지듯 풍선이 터진다. 의미 없고 부질없는 즐거운 학살.

앗, 미하는 깜짝 놀란다, 풍선인 줄 알았다, 떠오른 줄 알았다, 아아, 달.

다시 과학 시간을 애써 떠올려보지만 기억나지 않는다. 칼로 그만큼만 싹 베어낸 듯 완전한 원에서 꼭 풀잎 한 포기만큼 모자란 둥근 달. 그것이 보름에 거의 다 다다른 달인지, 보름을 지나 막 이지러지기 시작한 달인지 미하는 알지 못한다. 그 달이 어떤 이름으로 불리는지 역시 알지 못한다.

기억나는 것은 다시 우주비행사. 주름진 연통 같은 뚱뚱하고 우스꽝스러운 우주복을 입고 걷는 듯 뛰는 듯 겅중겅중 허공을 부드럽게 텀블링하던 달 사나이, 아니 지구 사나이. 달에는 중력이 없다, 아니 있다, 아주 조금, 지구보다 아주 조

금, 하여 멀리, 영원히 튕겨 날아가버리지는 않아. 요요한 밤
교교한 달. 해보다 밝지 않지만 해보다 크지 않지만 이토록
밝고 이토록 큰 달. 해가 남긴 것. 더없이 맑은 하늘에서 찌
를 듯 환히 내리쬐던 해가 남긴 무엇. 이를테면 죄 같은 것.
죄가 아니라면, 죄책감 같은 것. 똑바로 쳐다보고 있으면서도
똑바로 쳐다보지 못해. 해가 파먹은 눈동자. 미하는 짜릿한
적개심에 사로잡힌다. 그래, 어쩔 수 없었다는 거 알아. 따지
고 보면 네 잘못도 아니지, 뭐. 하지만 꼬챙이를 힘껏 움켜쥐
고, 이를 갈며, 달.

　꽉, 찔러버릴 거야.

　달에는 중력이 없다, 아니 없는 듯 있다. 아주 조금이면 충
분해, 둥둥둥. 까마득히 아래로 사라졌던 뮬 한 짝이 잠수를
끝냈다는 듯 떠오른다. 매듭이 떨어져 나간 나머지 한 짝도
둥실. 거뜬히 무거운 덱 체어도. 부서진 의자와 뒤집힌 파라
솔도 함께 짝을 이뤄. 미처 줍지 못한 동전도 둥둥. 몽글몽글
미생물처럼 꿈틀거리며 흘러가지 못한 젖과 오줌도 귀엽게,
더럽지 않게. 터진 풍선, 아직 터지지 않은 풍선. 모두 둥둥
떠오른다. 유적의 검붉은 먼지를 털어내고, 여긴 다시 공중
정원. 술병들, 접시들, 고깔모자, 촛불과 노랫소리, 박수와
웃음소리, 방향이 없다는 건 얼마나 아름답고 막막한 일인지.
아기, 내 아기, 둥글지만 이지러진 달. 이해해 그래서 용서

못해. 날카로운 스테인리스 꼬챙이를 거누고, 뿌드득 이를 갈며, 꽉 찔러버릴 거야. 중력보다 힘이 센 공중 정원, 둥둥 젖몸살을 앓는 열여섯의 순정하고 부조리한 노여움, 으으으으, 잠시 엄마였던 소녀의 진저리에 희끗 달무리가 번진다.

*

괴질(怪疾)-병(病)은 한동안 '비둘기 폐렴'이라 불렸고, 'HRIS' 즉, '출혈성 호흡기 면역 증후군Hemorrhagic Respiratory Immune Syndrome'이란 정식 병명(病名)이 붙여진 후에도 여전히 비둘기 폐렴이라 불렸다.

병은 비둘기에서 왔다. 도시의 비둘기가 의심과 불신의 눈초리를 받은 것은 어제오늘의 일이 아니었지만, 병의 원인균에 정말 '피전 바이러스Pigeon Virus'라는 이름이 붙고 나자 비둘기에 대한 혐오와 경멸, 불안과 공포는 신경질적인 강박에서 걷잡을 수 없는 광기로 돌변했다.

도시의 서쪽 항구에 가장 더럽고 가장 탐욕스런 비둘기들이 살고 있었다. 비둘기들은 항구의 적재 창고 근처, 바다 건너 아주 멀리서 실려 온 수입 곡식을 산처럼 부려놓은 곳에 기생했다. 비둘기들은 곡식 더미에서 먹고 배설하고, 교미하고 알을 깠다. 예의 곡식은 가축의 사료용으로 구분되어 사람과는 무관한 것으로 취급되었다. 그러나 곡식의 재배와 수확,

가공과 운반에 이미 수많은 사람이 개입되어 있었고, 위생과 효율이란 명목하에 수많은 인공 처리 과정이 더해졌다. 더럽고 탐욕스런 항구의 비둘기와 최대한 천천히 썩을 수 있도록 보살펴진 먹이. 삶보다도 많고 죽음보다도 많은 먹이. 완벽히 풍족했으므로 서서히 재앙의 씨앗이 자라났다. 비둘기들은 더욱 더럽고 더욱 탐욕스러워졌다. 비둘기들은 날지 않고 울지 않고 사람을 전혀 두려워하지 않았다. 그것들은 새도 가축도 사람도 아닌, 그 모두를 합쳐놓은 것 같은 생물이 되어갔다. 항구의 노동자들에 의해 이상한 습성을 보이는 기형(奇形)의 비둘기가 하나 둘 발견되기 시작했다. 그러나 비둘기는 이미 오래전부터 도시의 골칫거리로 여겨졌기에, 그들이 목격한 것은 그들 스스로에게도 그리 심각한 것으로 받아들여지지 않았다.

고열과 호흡곤란 증세를 보이던 항구의 노동자 몇몇에게 처음 근처 보건소의 수련의가 처방한 것은 물론 감기약이었다. 그러나 병의 차도는 전혀라고 해도 좋을 만큼 나타나지 않았고, 같은 증세를 보이는 다른 환자들이 줄줄이 보건소를 찾았다. 가래를 뱉어내던 환자들이 피를 토하기 시작했다. 보건소에서 일하던 의료진의 일부는 자신들이 환자들과 같은 병에 걸렸다는 것을 깨달았다. 그것이 이 세상에 존재하지 않던 새로운 병이라는 사실은 아직 밝혀지지 않았지만, 적어도 감기가 아니라는 것이 분명해졌을 때 첫 사망자가 나왔다. 그가 발작적인 재채기 증상을 호소한 지 채 일주일이 지나지 않은 시점이었다.

사망자가 두 자리 숫자로 늘어난 뒤에야 항구의 보건소에 폐쇄 조치가 내려졌다. 몇몇 관계자들은 상황의 심각성을 직감했지만, 시 당국의 방역 부서와 보건 부서, 총괄 책임 부서는 언제나처럼 손발이 맞지 않았다. 공식적인 발표가 늦춰지고 있었기에 이내 불길한 소문이 퍼지기 시작했다.

원인 조사를 위해 마스크를 쓰고 항구의 이곳저곳을 둘러보고 있던 담당 공무원은 베테랑이란 직업적 자부심에 근거해 크게 긴장하고 있지는 않았다. 그러나 적재 창고 근처 곡식 더미 아래, 그는 날개가 뒤틀리고 마구잡이로 깃털이 빠진 채 부리에 하얀 거품을 물고 죽어 있는 여남은 마리의 비둘기를 발견했다. 주변엔 온통 비둘기 배설물이 널려 있었다. 그는 다급하게 마스크 위에 방독면을 착용했다. 곡식 더미 위쪽 도무지 날 수 있을 것 같지 않을 만큼 흉물스럽게 몸집을 불린 비둘기 떼가 방독면 속 좁아진 그의 시야에 들어왔다. 비둘기의 몸통은 검붉은 반점에 뒤덮여 있었고, 고개와 날개는 고장 난 장난감처럼 중구난방으로 들썩이고 씰룩였다. 곡식의 낱알, 비둘기의 깃털, 상상할 수 없는 온갖 더러운 것들이 한데 엉긴 먼지가 사방을 뿌옇게 메웠다. 방독면을 쓴 공무원은 압도적인 공포감을 느꼈다. 그 비둘기 아닌 비둘기들이 그악스럽게 아귀다툼을 벌이며 쪼아 먹고 있는 것은 곡식이 아닌 제 동료의 죽은 몸뚱이였다.

그렇게, 네크로폴리스가 시작되었다.

항구와 가까운 공단에 같은 증세를 보이는 환자들이 나타났다. 그들이 살던 공장의 기숙사 근처에서도 깃털이 빠진 채 거품을 물고 날개가 뒤틀려 죽은 비둘기들이 발견되었다. 정확한 역학조사를 구실로 시 당국의 공식적인 발표는 계속 미뤄지고 있었다. 시민 각자가 개인 위생을 철저히 하라는 지침만 되풀이되었다. 사망자가 이미 수백 명을 넘어섰다는 소문이 돌았다. 소독약, 비누, 마스크, 일회용품 등이 품귀 현상을 보이기 시작했다. 이상한 비둘기들에 대한 신고와 보고가 잇달았다. 괴질, 정체불명의 치명적인 전염병을 둘러싼 흉흉한 억측이 인터넷을 타고 세계로 퍼져나갔다. 예의 항구로부터 출발한 선박들은 닻을 내리려던 외국의 항구에서 모조리 입항을 거부당했다.

시 당국의 공식 발표는 결국 소문이 사실이었다는 것을 확인시켜주었다. 항구와 비둘기, 변종 바이러스, 급속도의 전염성, 치료법과 치료약의 부재, 드높은 치사율. 속칭 비둘기 폐렴이라 불리는 출혈성 호흡기 면역 증후군(HRIS)의 환자로 공식 확인된 사람은 이미 수천 명에 달했고, 사망자는 과연 수백 명에 이르렀으며, 현재 하루가 다르게 환자와 사망자의 숫자가 늘어나고 있다는 것이었다. 발표에 나선 행정 관료는 늑장 대처라는 비난 여론을 의식한 듯 더없이 굳은 표정으로,

환자들은 모두 격리 수용되어 치료를 받고 있으며 치료와 예방을 위한 각종 조치에 시민들의 적극적인 협조를 당부했고, 도시의 모든 비둘기들을 살처분(殺處分)할 계획이라고 밝혔다. 시의 질병관리본부는 국제보건기구와 협력 체제를 구축했으며 함께 최선의 해결책을 찾고 있다는 설명도 덧붙였다. 또한 사회적 혼란을 틈타 자행되는 범법 행위에 대해서는 엄중하게 대처하겠다는 단호한 경고도 잊지 않았다.

공식적인 충격과 공식적인 혼란, 모든 것이 공식적으로 변했다. 균(菌), 과연 보이지 않는 것이 세상을 지배한다는 사실이 여실히 입증되었다. 학교마다 휴교령이 내려지고, 위험 지역과 폐쇄 구역이 선포되었다. 거리에 인적이 드물어진 것은 야간 통행 금지가 실시되었기 때문만은 아니었다. 출혈성 호흡기 면역 증후군(HRIS), 사람들은 숨을 쉴 때마다 바로 그 숨을 통해 제 안에 죽음이 침입할 수 있다는 사실을 끊임없이 상기해야 했다. 소독약과 마스크를 사기 위해 약국 앞에 늘어선 행렬은 이내 일상적인 풍경이 되었다. 공포와 불안은 사람들로 하여금 히스테리와 무력감 사이에서 널을 뛰게 했다. 대형 마트마다 전투적으로 식료품을 사들이는 쇼핑객들이 넘쳐났다. 드넓은 매장의 진열대는 습격을 당한 것처럼 텅 비어버렸다. 자살자가 급증했다. 이미 여러 이유로 버거운 삶의 짐을 내려놓고 싶었던 사람들에게 치명적인 괴질은 좋은 빌미가 되었다. 방독면을 쓰고 비닐장갑을 낀 사람들이 교회

와 사찰로 몰려들었다. 티브이 뉴스에서는 감염자와 사망자의 숫자를 시간마다 빠짐없이 알려주었다. 외국의 대사관들은 도시에 머무르고 있는 자국 교민과 유학생에게 고국으로 돌아갈 것을 권고했다. 커다란 트렁크를 끌고 공항을 빠져나가는 외국인들 중 그토록 까다롭고 복잡한 검역 절차에 불만을 제기하는 사람은 아무도 없었다. 집집마다 식초를 끓이는 냄새가 진동했다. 병에 효력이 있다는 다채로운 속설들이 끊임없이 등장했는데, 사람들에게 가장 그럴듯하다고 받아들여진 것은 식초의 뜨거운 수증기가 공기 중의 바이러스를 정화시킨다는 것이었다. 식초 역시 동이 났다. 도시의 모든 공공 기물과 빌딩에 소독약이 들이부어지다시피 했다. 인적과 차량을 찾아볼 수 없게 된 도심의 깊은 밤, 빌딩 숲 여기저기에 설치된 대형 전광판엔 '조기 발견! 조기 보고! 조기 격리! 조기 치료!'라는 문구가 번쩍번쩍 깜빡깜빡 명조체와 고딕체를 번갈아가며 쉴 새 없이 흘러나왔다.

그 모든 소동 중 단연 압권은 비둘기 사냥이었다. 말 그대로 살처분. 비둘기 소탕 작전, 비둘기 일망타진. 괴질이라는 거대한 재앙, 그 뜻하지 않은 비극적 사태의 모든 책임을 전가시킬 증오의 대상이 존재한다는 것은 사람들에게 뜻밖의 안도감과 묘한 쾌감을 주었다. 비둘기는 재앙의 원흉이었고, 공공의 적이었고, 악의 근원이었다. 도시의 비둘기를 한 마리도 남김없이 잡아 죽일 것. 그것만이 구원을 향한 지상 과제라 여겨졌고, 곧 정의와 평화를 행하는 일로 간주되었다. 도시의 비둘기를 깡그리 절멸시키기 위해 가능한 모든 방법이 고안되었고 동원되었다. 비둘기의 온상지라 할 수 있는 크고 작은 공원들은 일찌감치 폐쇄 구역으로 지정되어 있었다. 폐쇄된 공원 안으로 살균 무장을 한 특수대원들이 투입되었다. 독이 든 먹이가 가장 유용한 방법이었지만 예상치 못한 또 다른 부작용을 감안해야 했다. 대부분의 사람들은 비둘기가 있을 법한 곳엔 얼씬도 하지 않았고 지뢰를 피하듯 목숨을 걸고 비둘기를 피했지만, 비둘기 소탕 작전에 시민자원봉사대원으로 참여해 자신의 용기와 희생정신을 과시하려는 사람들도 있었다. 하루하루 비둘기의 주검이 산처럼 쌓였다. 비둘기 살처분의 소상한 진행 상황은 전염병의 확산 추이만큼이나 중요한 뉴스거리였다. 죽은 비둘기들이 매립되거나 소각되는 장면은 시민들에게 도시의 괴질이 곧 잦아들지도 모른다는 위안과 희망의 메시지가 되었다. 그러나 문제는 그리 단순 명쾌하지 않았다. 시민들은 도시에 모두 몇 개의 신호등과 육교와 벤치와 가로등이 있는지는 파악할 수 있었을지언정, 도시에 모두 몇 마리의 비둘기가 살고 있는지는 아무도 그 정확한 숫자를 알지 못했다. 아무리 많은 비둘기를 잡아 죽여도 그것이 과연 완전히 도시 비둘기의 씨를 말려버린 것인지 증명할 방법은 없었다.

그러나 도시가 평화로웠던 그날에 대해 말할 수 있을까. 걸음마를 시작한 아이를 데리고 강변 공원을 찾은 젊은 부부가 모이를 사들고 비둘기들을 불러 모아 까르르거리는 아이의 얼굴을 카메라에 담는 일이 더 이상 존재하지 않는다 해도. 길을 걷던 초로의 신사가 갑자기 제 가슴께를 움켜쥐고 괴로운 표정으로 쓰러져도, 그가 괴질에 걸린 게 아니라 심장발작을 일으켰을 뿐임에도, 아무도, 구급요원조차도 인공호흡을 꺼리게 된 현실을 이해할 수밖에 없는 것이라 해도. 도시는 완벽히 평화로웠다고 말할 수 있는 그런 하루를 가져본 적이 있는 걸까.

도시, 986만여 명의 사람들이 살아가고 있는 도시, 하루 평균 3명이 살해를 당하고, 11명이 강간을 당하고, 127명이 강도를 당하고, 2,589명이 도난을 당한다. 도시의 범죄 시계는 17.4초당 1건. 사기, 도박, 횡령, 성추행, 매매춘, 금품 수수, 납치 감금, 공갈 협박, 뇌물 증여, 폭행 치사, 특수 절도, 금지 약물 복용. 도시에서는 하루 평균 16명이 자살을 시도해 5명이 미수에 그치고, 43명이 가출 및 실종자로 신고되고, 117마리의 개와 고양이가 버려지고, 208쌍의 부부가 이혼하고, 391차례 시비를 가리는 싸움이 붙고, 752명이 각종 사고로 상해를 당하고, 1,094건의 중절 수술이 시행되고, 3,158명이 크고 작은 범법 행위를 저지르고도 적발되지 않고, 6,479명이 무언가를 분실하여 2,806명이 다시는 그것을 되찾지 못한다. 도시에서는 하루 평균 5,800가마의 쌀과 9,400마리의 돼지와 15만 7천 개의 달걀이 소비되고, 88만 병의 술과 120만 갑의 담배가 팔려나간다. 그리고 2만 5천 톤의 쓰레기가 생산된다. 하루 평균이다. 3만 6천 번의 급정거, 9만 번의 착각, 43만 번의 거절, 97만 번의 반복, 210만 번의 외면, 384만 2,157번의 자책, 1,256만 9,044번의 망설임, 3억 8,196만 4,072번의 후회, 16억 3,192만 7,652번의 거짓말, 533억 4,902만 7,118번의 한숨. 39만 알의 소화제와 82만 잔의 커피, 60만 번의 위치 추적 서비스와 200만 건의 비밀번호 오류와 1,400만 건의 열지 않고 지워진 스팸메일. 하루 평균, 한 도시의 하루 평균, 세상 다른 여느 도시들의 하루 평균과 크게 다를 것도 없는 한 도시의 하루 평균. 그것은 병이라고 조차 불리지 않는다.

출혈성 호흡기 면역 증후군(HRIS), 비둘기 폐렴과 관련되어 가장 참담한 상황이 발생한 곳 중 하나는 바로 '사랑의 둥지'였다. 그곳은 시에서 운영하는 미혼모 보호시설로 격리되기 직전 신생아를 비롯해 1세 미만의 유아, 10대와 20대의 미혼모, 시설 관계자 등 100여 명이 함께 생활하고 있었다. 정확한 감염 경로는 밝혀지지 않았다. 전염병에 걸린 영유아의 사망률이 성인의 두 배에 이른다는 사실은 이미 잘 알려져 있었다. 비둘기 폐렴에 걸린 아기들은 특별히 '피전 베이비'라 불렸다. 사랑의 둥지, 세 명의 피전 베이비가 처음 보고된 나흘 후 감염자는 58명에 이르렀고, 일주일 후 17명의 아기와 5명의 미혼모와 1명의 복지사가 사망했다. 더없이 까다로운 절차를 거쳐 완전한 비감염자로 판명된 9명에게 다른 보호시설로의 이동 조치가 내려졌다. 그 과정에서 16세의 미혼모 한 명이 일행을 이탈해 자취를 감춰버렸다. 그 소녀가 낳은 아기는 그로부터 일주일 전 피전 베이비로 판명되어 생후 5주 만에 사망한 것으로 알려졌다. 사랑의 둥지는 불운, 타락, 무지, 저주, 수치 그리고 원죄의 상징이 되었다.

*

미하는 도시의 어두운 거리를 걷는다. 어두운 거리보다 어두운 그림자. 37층 공중 정원의 유적에서 마지막으로 발견한 것은 호텔 객실용 슬리퍼였다. 스테인리스 꼬챙이도 물론 잊지 않았다. 미하는 꼬챙이를 움켜쥐고 슬리퍼를 끌며 P구의 밤거리를 걷는다. 꽤나 지친 것도 사실이다. 춥고 어둡고 멀고 두렵다. 미열과 현기증으로 통행 금지가 실시 중인 조용한 거리가 물속처럼 일렁인다. 그러나 콱, 찔러버릴 거야. 가슴이 조여와, 아무것도 잊을 수 없다. 찔러, 버릴, 거야, 기도처럼 중얼거리며 미하는 잰걸음을 걷는다.

횡단보도 앞, 아무도 없다. 고장 난 신호등, 빨간불과 녹색불이 모두 켜져 있다. 서야 할지 가야 할지 혹은 서지도 말고 가지도 말고, 망설이는 사이, 신호등이 성큼성큼 횡단보도를 건너온다. 다급한 볼일이 있다는 듯, 혹은 견딜 만큼 견뎠다는 듯. 순간 빨간불과 녹색불 속의 검은 남자들이 홀쩍 신호등 밖으로 뛰쳐나와 각기 다른 방향으로 사라진다. 단호히, 뒤도 돌아보지 않는다. 고장이라기보다는 체념, 혹은 결별. 미하는 길을 건넌다. 그들도 병이 두려웠을 거라 생각한다.

대로변을 벗어나 주택가 골목으로 접어든다. 불이 꺼진 채 굳게 닫힌 창문들. P구는 일찌감치 위험 지역이 되었으므로 저 대개는 빈집일 것이다. 체념 혹은 결별. 미하는 이 골목을 알고 있다. 기억의 부스러기가 흩뿌려진 골목, 고요히 시간의 침전물이 고인 골목. 미하는 어느 유리창 앞에 선다. 불이 꺼진 채 굳게 닫혀 있는 창문. 손을 뻗으면 닿을 듯, 하지만 닿지 않으리라는 것을 안다. 완강한 침묵을 가르며 미하는 꼬챙이를 높이 쳐든다. 탕탕탕탕, 나야, 내가 왔어, 탕탕탕탕, 내가 돌아왔어, 자, 문을 열어, 어서 나와, 내가 왔다니까, 탕탕탕탕, 문을 열고 나와 부디, 기쁘게, 이 꼬챙이에 찔려주길 바라, 탕탕탕탕, 깊이, 콱, 아프게, 피를 철철 흘려주길 바라, 탕탕탕탕, 어서 나와 봐, 내가 돌아왔다니까, 좋아, 알고 있어, 네가 어떻게 나를 잊겠니……

그래도 아직 병에 침범당하지 않은 사람들이 골목 어딘가에 남아 있을 텐데, 사납게 개가 짖고, 아이가 깨 울고, 누군가 버럭 소리를 지르고, 신고를 받고 출동한 순찰차가 경광등을 번쩍이며 도착해야 할 텐데, 유령조차 내다보지 않는 골목. 쨍그랑, 상투적인 소리로 유리가 깨지고 손을 베인 것은 아니지만 손이 닿을 수 없는 곳으로 영원히 놓쳐버린 스테인리스 꼬챙이. 체념 혹은 결별.

달무리가 지면 다음 날 비가 내려. 그건 과학 시간에 배운 것 같지 않다. 아주 오래전 누군가가 가만히 머리칼을 쓰다듬어주며 한 말 같기도 하다. 골목 옆에 골목 위에 골목 뒤에 골목 아래 골목 끝에 자투리 천이 가득 들어 찬 커다란 자루 두 개가 놓여 있다. 암살자의 일생처럼 피곤해. 미하는 슬리퍼를 벗고 그 안으로 들어간다. 블라우스와 스커트와 모자와 셔츠와 바지를 만들기 위해 잘려나간 천 조각들이 푹신하고 포근하게 온몸을 감싼다. 아아, 사랑의 둥지. 졸음이 쏟아진다. 부탁해, 중력을 아주 조금만. 위도 없이 아래도 없이 좌우도 앞뒤도 없이. So goodnight moon I want the sun If it's not here soon I might be done* 온통 녹아내릴 것처럼 깊은 잠 그러나 잊지 않고 찌잉, 젖이 아프다. 공 속에라도 들어간 듯 완전히 헝겊 자루에 잠긴 열여섯, 아픔을 참고 잠이 드느라 달무리가 짙어지는 것을 보지 못한다. 아니, 아픔을 참고 잠이 드는 것으로 제가 달무리를 짙게 만들었다는 것을 알지

---

* Shivaree, 「Goodnight Moon」 중에서.

못한다.

*

이곳은 무어라 불리는 곳일까. 자투리 천이 가득 담긴 자루 안에서 깨어난 아침. 고치 속 곤충처럼 자루를 빠져나온 미하가 바로 옆, 지하 계단으로 통하는 어느 철문을 슬쩍 밀어보았던 것은 비가 쏟아지고 있었기 때문이다. 세찬 비가, 해도 없이 달도 없이. 왜 문이 잠겨 있지 않았는가는 다른 많은 것들처럼 딱히 설명할 수 없는 일. 미하는 철제 계단을 내려간다. 어둠 속 깊이, 땅속 깊이, 아래로. 주린 짐승의 배 속처럼 텅텅 소리를 울리는 아래로 아래로.

더듬더듬 스위치를 올리자 해도 달도 아닌 노란 알전구가 깜빡 눈을 뜬다. 지하실, 바닥은 좁지만 천장은 높다. 벽의 맨 위쪽 빗방울이 떨어지는 길가 가까이 환풍기가 달린 작은 창문이 나 있다. 그러니까 옷을 만드는 곳이다. 공장, 수선집, 작업실, 정확히 무어라 불리는지 알 수 없지만 이 지하실은 옷을 만드는 곳이다. 옷들, 옷을 만드는 모든 것들이 있다. 작업대에 고정된 두 대의 재봉틀, 둘둘 말리거나 착착 접힌 옷감, 옷본, 줄자, 곡자, 단추, 지퍼, 핀, 초크, 가위, 다리미, 그리고 지난밤 슬리핑백이 되어준 자투리 천이 가득 담긴 커다란 자루들. 또 구석구석 낙엽처럼 떨어진 실밥들. 그러나 미하가 주저 없이 달려든 것은 과일 상자만 한 작은 냉장고다. 드문드문 푸른곰팡이가 피기 시작한 식빵 한 봉지, 쭈글쭈글 주름져 누렇게 곪기 시작한 사과 세 개. 미하는 다급히 곰팡이를 떼어내고 썩은 곳을 도려내 식빵과 사과를 허겁지겁 씹어 삼킨다.

좁은 화장실이 딸려 있다. 한 칸짜리 싱크대도 있다. 모든 버튼을 다 눌러보아도 먹통인 라디오도 있다. 미하는 쿠션이 주저앉을 대로 주저앉은 낡은 소파에 잠시 몸을 뉘어본다. 주로 아동복이 만들어졌던 모양이다. 무릎과 팔꿈치에 노란 새끼 오리를 덧댄 작은 바지와 스웨터가 색깔별로 쌓여 있다. 빗소리가 들려온다. 낡고 좁고 눅눅하지만 이곳이 유적이 아니라는 것은 분명하다. 미하는 재봉틀 앞에 앉아 기계의 이곳저곳을 가만히 들여다본다. 사용법은 알지 못한다. 재봉틀 옆에 한 꾸러미 놓여 있는 것은 다름 아닌 마스크. 비둘기 폐렴이 퍼진 후 도시의 사람들은 단 하나의 얼굴만을 가졌다. 마스크 속 표정 역시 모두 같다는 것은 그것을 일일이 벗겨내 확인하지 않아도 알 수 있는 일이었다. 병(病)과 얼굴, 치부(恥部)와 거부. 미하는 마스크를 집어 든다. 귀에 걸 끈이 아직 달려 있지 않다. 아직 마스크가 아니다. 쉬지 않고 빗소리가 들려온다. 재봉틀, 학교에서 공부를 잘했다면 사용법을 알수 있었을까.

미하는 작업대의 서랍 안에서 사탕 봉지와 종이컵 묶음을 찾아냈다. 연유 맛이 나는 사탕을 빨며 미하는 종이컵에 제 젖을 짜낸다. 비가 내리고, 문득 어젯밤의 젖과 오줌을 떠올린다. 증발, 젖과 오줌도 구름과 비가 될 수 있을지. 제가 흘린 모든 물. 비가 내리고, 종이컵 안으로 방울방울 흰 젖이 든다. 피전 베이비, 아기는 정말, 어디로 가버린 걸까. 아기 몸속 참 많았던 물. 지금 내리고 있는 비가 전에는 어떤 물이었을지. 열대우림 큼직한 잎맥을 흐르던, 찻잔을 감싸 쥔 손 위로 피어오르던, 폭포에서 물고기와 함께 몸을 날리던, 화해처럼 말라가던 빨래, 지렁이가 배를 밀던 궁창, 너무나 뜨거워 그릇을 빠져나오고 말았던 가마 안, 링거에서 한 방울씩 떨어져 흘러든 늙은 정맥, 질기게도 놓아주지 않던 선인장, 오랜 행군으로 쉴 새 없이 땀이 흘러내린 이마 위, 똥오줌으로 묵직한 기저귀, 계란을 푼 밀가루 반죽, 키스로 엉긴 침, 반쯤 녹은 눈사람, 뿌옇게 흐려진 콘택트렌즈, 빗소리, 그 이력에 귀를 기울여보지만.

반짇고리를 열자 멀리서 와 오랫동안 기다린 우주가 흘러나온다.

지하실의 옷 공장. 해도 없이 달도 없이 노란 알전구, 시간이 낮은 구름처럼 떠 맴을 돈다. 소곤소곤소곤소곤, 누군가와 다감하게 얘기를 나누는 것처럼, 소곤소곤소곤소곤, 미하는 바느질을 시작한다. 공부를 잘하지는 못했다. 하지만 바늘귀에 실을 꿰어 매듭을 묶고 천을 이을 줄 안다. 낙타가 바늘귀에 들어가는 것만큼이나, 라는 말이 새삼 재밌다는 생각. 왜하필 낙타일까. 미하는 젖과 오줌과 땀과 때가 전 옷을 벗고 새 옷을 지으려는 것이다. 시침질, 홈질, 박음질, 감침질, 아무려나 커다란 자루 속 가득 색색의 자투리 천을 꺼내 한땀 한땀 이어나간다. 치수도 재지 않고, 옷본도 없이. 다트를 넣을 줄도, 주름을 잡을 줄도, 단춧구멍을 낼 줄도, 지퍼를 달 줄도 모른다. 하지만 알지도 못하면서 만들어냈던 많은 것들. 그 모든 들끓음과 몰이해와 공교로움으로 생겨났던 것들. 부드러운 털, 달보드레한 냄새, 너의 머리를 가만히 끌어안는 게 언제나 좋았어. 미하는 바느질을 한다. 소곤소곤 자분자분. 가늘고 뾰족한 바늘이 반짝 긴 그림자처럼 회색 실을 끌고, 소곤소곤 자분자분. 아, 여행 같다. 늘 긴 여행을 갔으면 좋겠다고 생각했어. 타박타박, 근사한 가죽 트렁크를 들고 챙이 넓은 모자를 쓰고 후렴구만 생각나는 노래를 부르며, 타박타박. 자전거를 탈 수도 있지. 솜사탕 같은 날씨. 쿵쿵 바람의 냄새를 맡으며. 그래, 여행 같아. 가보기도 전에 먼저 추억할 수 있는 여행. 체크무늬와 물방울무늬를 잇대고, 노란 튤립과 분홍 구름을 감쳐서, 캐스터네츠 소리가 들리는 줄무늬의 길을 리듬에 맞춰 바늘땀으로 누비는, 띄엄띄엄 레이스와 리본을 달아 맨 여행, 아아, 주머니가 없는 여행. 아이처럼 줄기차게 사탕을 빨며 드문드문 암소처럼 젖을 짜낸다. 모든 시간, 모든 장소, 모든 계절, 모든 별자리. 너를 보면 기쁘고 또 살고 싶어. 그냥 잠깐 따끔할 거야. 의심과 확신을 번갈아 덧대 실패를 깁고 삐뚤빼뚤 엇갈림을 매듭짓도록. 음표처럼 떨어지는 빗방울의 소리. 촘촘히 혹은 듬성듬성 바늘이 가고 실도 간다. 짐짓 낙타도 간다. 멀리서 와 오랫동안 기다린, 반짇고리 안의 우주가 흘러나와 시간은 낮은 구름처럼 지하실의 공중에 떠 있고, 왈츠의 스텝을 밟듯 바늘이 지나가는 자리. 코트와 드레스와 갑옷과 망토와 가방과 모자와 깃발과 장갑과 수건이 모두 한 벌인 옷. 비단 금침같이 펼쳐지는 바느질 여행. 한 땀 한 땀, 태엽처럼, 바퀴처럼, 그 모든 기억과 순간을, 아직 오지 않은 밤들의 슬픈 꿈까지, 모두, 잊지 말고.

*

얼굴이 얽은 늙은 여자는 흠칫 놀라고 말았지만, 도둑은 아닐 거라 직감한다. 뭐든 홀연히 사라지는 것에는 이골이 나 있지만, 뜻밖의 침입자는 낯설고 생뚱맞다. 막 장례식에서 돌아온 참이었기에 괴롭거나 놀랄 것은 더욱 없다. 얼굴이 얽은 늙은 여자는 이 지하실의 모든 것의 주인이다. 훔쳐갈 만한 것이 아무것도 없다는 것은 스스로도 잘 알고 있다. 그러나 빈 식빵 봉지와 함부로 벗겨낸 사과 껍질, 훔쳐갈 만한 것이 아님은 물론이지만 냉장고 위 침입자가 올려놓은 게 분명한 반짝이지 않는 동전 몇 닢, 풍선 몇 개도 사기 힘든 액수지만 그러니까 역시 훔쳐간 것은 아니다. 얼굴이 얽은 늙은 여자는 네 개의 종이컵을 채운 것이 우유가 아님을 금세 알아챈다. 침입자는 소파 위에 담요를 덮고 누워 있다. 이곳엔 담요가 없음에도. 얼굴이 얽은 늙은 여자는 침입자가 덮은 담요를 한참 동안 바라본다. 그것은 담요가 아니다. 수십 년 동안 바느질을 한 얼굴이 얽은 늙은 여자는 그것이 코트와 드레스와 갑옷과 망토와 가방과 모자와 깃발과 장갑과 수건이 모두 한 벌인 옷임을 알아본다. 본 적이 없어도 알아본다. 얼굴이 얽은 늙은 여자가 그것을 조심스럽게 걷어내자 속옷 차림의 여자아이가 그물 속의 생선처럼 드러난다. 나이를 물으면 열여덟이라고 대답할, 그러나 열넷 정도로밖에 보이지 않는, 그래서 열여섯일 게 분명한 여자아이가 끙끙 앓는 소리를 내며 잠들어 있다. 열이 끓는 이마 가득 땀을 흘리며 몸을 떠는 여자아이. 병든 여자아이. 전염병이라면 당장에 신고를 해야 한다. 병을 옮을 생각은 추호도 없다. 그러나 문득, 얼굴이 얽은 늙은 여자는 여자아이의 더럽고 볼품없는 속옷을 본다. 소파 아래 놓인 겉옷가지는 더욱 더럽고 볼품없다. 얼굴이 얽은 늙은 여자는 실과 바늘이 꽂혀 있는 자투리 천을 집어 든다. 무언가 빠져나간 듯 뚜껑이 열린 반짇고리를 가만히 닫는다. 얼굴이 얽은 늙은 여자는 여자아이의 옷이 아직 미완성이란 것도 분명히 알 수 있다. 뜨거운 잠 속에서 여자아이가 무어라 헛소리를 한다. 얼굴이 얽은 늙은 여자는 그 단어를 처음 듣지만 그것이 세상 누군가의 이름이란 것을 안다. 더럽고 볼품없는 옷을 벗고 조각조각 자투리 천을 기워 제 옷을 지으려던, 옷을 지을 줄 모르는 여자아이. 도시의 병은 아직 사라지지 않았다. 그러나 여자아이의 병은 다른 것이다. 아프게 젖이 맺혀 퉁퉁 부어오른 가슴, 그리고 하혈. 얼굴이 얽은 늙은 여자는 두 개의 물수건을 준비한다. 이마에 얹을 찬 것과 젖가슴을 마사지할 따뜻한 것. 그리고 개짐. 얼굴이 얽은 늙은 여자가 아직 얼굴이 얽지 않았던 열여섯 적엔 천으로 생리대를 만들어 사용했다. 그것의 이름이 왜 개짐인지는 알 수 없었다. 얼굴이 얽은 늙은 여자는 주위를 둘러본다. 개짐, 이내 재봉틀 옆 귀에 걸 끈을 아직 달지 않은 마스크가 알맞겠다 생각한다.

:
엄마와
빅토리아
:
:

*

　박 여사는 저 갈색 피부의 갈색을 무슨 갈색이라고 표현하면 좋을까 생각하며 차창 밖으로 시선을 던졌다. 진한 밀크 커피 갈색? 지난번 봤을 때 딸애가 신고 있던 가죽 부츠 갈색?

　터널을 벗어난 2000-2번 좌석 버스는 팔당대교 위를 달리기 시작했다. 양수리의 물안개가 걷혀가는 아침 시간. 아직은 겨울옷을 챙겨 입어야 하는 추운 3월 초지만, 그래도 햇빛과 바람이 어딘가 달라져 있었다. 벌써 양평에서 아홉번째 봄이구나. 박 여사는 생각했다. 지난달 생일이 지났으므로, 전부 세어보자면 예순두번째 맞는 봄이었다. 에이그, 징그러, 관세음보살. 시끄러운 차 소리에 묻혀버렸지만 박 여사는 실제 그렇게 중얼거렸다.

박 여사는 슬쩍 고개를 돌려 통로 건너 두 칸 뒤쪽 자리에 앉은 흑인 남녀를 다시 바라보았다. 남자는 골똘한 시선으로 차창 밖을 바라보고 있었고, 여자는 남자 쪽으로 고개를 떨군 채 잠이 들어 있었다. 흑인 남자와 흑인 여자가 아침 버스 정류장에서 같은 버스를 타기 시작한 것은 오늘로 사흘째였다.

남자는 40대 초반쯤, 여자는 30대 후반쯤, 그러나 정확한 나이를 가늠하기가 어려웠다. 그들이 흑인이기 때문일까. 남자의 피부가 여자보다 확실히 더 검었다. 검은빛이 도는 아주 짙은 갈색 얼굴. 그러나 우락부락 험상궂은 얼굴은 결코 아니었다. 생각이 많은 듯 진지한 표정이 다소 까다롭다는 인상을 풍겼다. 순간 남자와 눈이 마주쳤다. 박 여사는 싱긋 미소를 지어 보였다. 바로 그 점이 다른 여느 예순두 살들과 자신이 구별되는 부분이라는 것을 그녀는 그다지 분명하게 인식하고 있지 못했다.

흑인 남녀가 자기보다 세 정류장 앞서 내린다는 것을 박 여사는 이미 알고 있었다. 밀크 커피 갈색 같기도 하고 가죽 부츠 갈색 같기도 한, 탱탱하고 윤기 나는 갈색 피부를 가진 흑인 여자가 커다란 엉덩이를 뒤뚱거리며 버스의 하차문 쪽으로 향했다. 졸음과 피로가 묻어나는 얼굴. 박 여사는 버스에서 내려서는 그들을 계속 유심히 살폈다. 190쯤 되려나, 흑인 남자는 키가 아주 컸다. 차창을 통해 흑인 남자와 다시 눈이 마주쳤을 때, 얼핏 그가 눈인사를 건네는 것도 같았다. 그들은 이내 어딘가를 향해 걷기 시작했다. 박 여사는 고개를 빼고 멀어져가는 둘을 바라보았지만, 왜 그들이 사흘째 이 시간에 양평군 ○○면 ××리 버스 정류장에 내리는지 짐작할 수 없었다.

잠시 후, 박 여사도 버스에서 내렸다. 100여 미터쯤 걸어 길가의 2층짜리 상가 건물 앞에 도착했다. 서울 외곽의 도로변 상점들이 대개 그렇듯이 빨간색 대형 간판을 세 개나 내건 'W부동산.' 유리 벽면에는 노란색 고딕체로 '토지 임야 전원주택 매매 전문'이란 글씨가 코팅되어 있다. 박 여사는 출입문 앞에 놓인 종합 일간지와 스포츠 신문을 주워들고 보안업체 카드키로 문을 열었다. 금세 손이 시렸다. 역시 아직은 추운 3월 초.

밤새 비어 있던 사무실 안이 휑하니 썰렁했다. 박 여사는 실내등을 켜고 블라인드를 젖히고 온풍기를 가동시켰다. 정해진 순서처럼 컴퓨터 본체의 스위치도 눌렀다. 일주일에 6일, 매일 아침 이 부동산의 문을 연 것이 벌써 9년째인 것이다. 바로 옆 도로로 대형 화물 트럭이 연달아 세 대가 지나갔다. 다른 건 몰라도 얼을 빼놓을 듯 요란한 차량 소음은 9년이 지나도록 좀체 익숙해지지 않았다.

딸애가 보내온 이메일이 없음을 확인하고, 박 여사는 인스턴트커피를 타 들고 소파에 앉아 일간지를 펼쳤다. 매일 아침 반복이었다. 김연아는 이쁘게 하고 광고를 또 찍었네, 근데 좀 너무 많이 찍는 거 아냐. 박근혜는 머리 모양이 어쩜 만날 이래 그저 지네 엄마처럼만. 젊은 애들이 왜 강원도 펜션까지 가서 연탄불을 피워놓고 자살을 했대. 에이그, 이 부모들은 어쩜 좋아. 관세음보살. 다른 사람들이 출근하려면 아직 20분쯤 시간이 남아 있었다. 커피 잔을 무심히 입가로 가져가다 박 여사는 다시 버스에서 만난 흑인 남녀를 떠올렸다. 밀크 커피 갈색 같기도 하고, 가죽 부츠 갈색 같기도 한 여자의 갈색 피부. 티브이나 사진에서가 아니라 직접 흑인을 본 게 언제였더라. 그런데 아침부터 대체 어디를 가는 걸까. 박 여사는 진심으로 궁금했다.

월요일 아침의 버스 정류장. 박 여사는 예의 흑인 남녀가 아이 둘을 데리고 서 있는 것을 발견했다. 앞뒤가 제대로 짱구인 사내아이는 열 살쯤, 사내아이보다 반 뼘쯤 키가 작은 계집애는 두어 살 아래로 보였다. 둘 다 두꺼운 점퍼 차림에 만화 캐릭터가 그려진 새 책가방을 메고 있었다. 사내아이는 머플러를 둘둘 감았고, 계집애는 털모자를 썼다. 그런데도 몹시 추워하고 있는 것이 느껴졌다. 그들은 가족이었다. 흑인 부부와 흑인 남매, 다른 무엇일 수 없었다.

이내 2000-2번 버스가 도착했다. 뒤편에서 그들이 먼저 버스에 오르길 기다리고 있던 짧은 순간, 흑인 남자가 무어라 말을 하며 박 여사에게 손짓을 했다. 먼저 버스에 오르라는 것이었다. 흑인 여자도 고개를 끄덕였다. 충분히 정중하고 호의적이었다.

"어머, 땡큐."

박 여사는 환하게 기분이 좋아졌다. 아이 둘을 포함해 네 명의 버스 요금을 치르느라 조금 시간이 걸렸지만 흑인 남자는 제법 능숙한 동작으로 단말기에 교통카드를 가져다 대었다. 지난 금요일 박 여사는 근처에 사는 이웃 부동산의 윤 실장 차를 얻어 타고 출근했다. 흑인 부부가 아이들과 동행한 것이 금요일부턴지 오늘이 처음인지 알 수 없었다.

박 여사는 자리에 앉지 않은 채 그들 가족이 버스 안쪽으로 들어오길 기다려 흑인 남자와 눈을 맞췄다. 그리고 말했다.

"굿모닝!"

흑인 남자가 미소를 지으며 "굿모닝" 하고 대꾸했다.

박 여사는 아이들을 앞세우고 통로를 걸어오는 흑인 여자에게도 알은체를 했다.

"굿모닝!"

흑인 여자가 놀란 듯 반색을 하며 "오우, 굿모닝" 하고 인사를 받았다.

여자의 밀크 커피 갈색 같기도 하고 가죽 부츠 갈색 같기도 한 갈색 피부가 가까이서 보니 더욱 윤이 나는 것처럼 보였다. 크게 벌어진 입술 안의 치아가 고르고 희었다. 너무 가늘게 다듬었다 싶은 눈썹은 마음에 들지 않았다. 여자도 남자처

럼 꽤나 체격이 컸다. 어린 남매가 박 여사를 빤히 올려다보
고 있었다.

"안녕, 너희도 굿모닝. 헬로야, 헬로!"

조금 작은 소리로 사내아이가 헬로, 그보다 조금 더 작은
소리로 계집애가 굿모닝 하고 말했다. 아유 눈알맹이가 땡글
땡글 반짝반짝들도 하네, 박 여사는 생각했다.

자연스럽게, 박 여사가 앉은 좌석 주위에 흑인 가족이 둘러
앉았다. 버스 안에는 10여 명쯤 다른 승객들이 있었다. 힐끔
힐끔 박 여사와 흑인 가족을 쳐다봤지만 아무도 눈을 맞추고
미소를 짓거나 하지는 않았다. 국도로 들어선 버스가 속력을
내기 시작했다.

"훼얼 아 유 프롬(Where are you from)?"

물론 '만나서 반갑다'나 '내 이름은 뭐다, 네 이름은 뭐니'
가 먼저일 것이다. 그러나 그 순서를 지키지 않는 박 여사가
무례한 느낌을 주는 것은 전혀 아니었다.

"위 아 프롬(We are from), 나마공."

흑인 여자가 대답했다.

"응, 어디? 나마공이 뭐야?"

"나마공. 남, 아, 공. 리퍼블릭 오브 사우스 아프리카
(Republic of South Africa), 남아공."

흑인 남자가 발음을 분명히 하려 노력하며 말했다.

"아, 남아공! 남아공. 난 또 뭐라고. 알아, 알아, 남아공.

아프리카, 맞지? 아프리카 남아공."

오케이(OK)와 미소, 고개를 끄덕이는 맞장구, 예스(yes)와 미소, 손뼉을 치는 맞장구. 박 여사와 흑인 남자와 흑인 여자 셋이서 제각각 여러 번씩 오케이 예스 방긋 히죽 끄덕끄덕 짝짝. 박 여사가 '남아공 월드컵'이라 말하자 흑인 여자는 아주 만족스럽다는 표정을 지었다. 아니, 근데 남아공이라니. 세상에 멀리서도 왔네. 그 먼 남아공에서 한국까지 온 흑인들이 아침마다 서울도 아닌 경기도 덕소에서 양평까지 버스를 타는 건 도대체 무슨 일인가. 박 여사는 진심으로 궁금했다. '한국에는 왜 왔니' 혹은 '너희 직업은 뭐니'가 적당하겠지만.

"훼얼 아 유 고잉(Where are you going)?"

버스의 소음에 아랑곳하지 않고 박 여사와 흑인 부부는 진지하게 대화에 몰두했다. 비록 '엘리멘터리 스쿨(elementary school)'의 엘리멘터리를 알아듣지 못했지만, 부질없이 길고 상세한 흑인 남자의 설명은 더욱 알아듣지 못했지만, 박 여사는 흑인 여자가 발음한 '××초등학교'와 '영어 선생님'이란 불분명한 한국어 단어를 분명히 알아들었다. 오케이, 오케이, 유, 잉글리시 티처, 예스, 예스, 나 ××초등학교 알아, 오케이, 오케이. 셋이서 다시 예닐곱 번쯤 반복하는 오케이와 미소와 예스와 끄덕끄덕. 어린 남매는 내내 입을 다물고 제 부모와 박 여사를 번갈아 쳐다보고 있었다. 아니, 그런데 아이들도 같이? 이제 더는 떠오르는 문장이 없는 데다, 어느새 그들이 내릴 버스 정류장이 가까워져 있었다.

"홧츠 유어 네임(What's your name)?"

남자는 제임스, 여자는 빅토리아, 사내아이는 크리스, 계집 애는 안젤라.

'바이바이'를 여러 번. 버스에서 내려서도 넷은 모두 박 여사를 향해 손을 흔들었다. 넷이 조금씩 다른 갈색 피부, 그러나 영락없이 가족, 다른 무엇일 수 없었다.

몇 칸 앞쪽 좌석으로 옮겨 앉은 박 여사에게 젊은 버스 기사가 말을 걸었다. 기사 머리 위쪽 직사각형 거울로 눈을 맞추며.

"아주머니, 요기 앞에 양평 못 가 W부동산 사모님 맞으시죠?"

물론 매일 같이 얼굴을 보는 버스 기사를 박 여사도 잘 알고 있었다. 일주일씩 교대를 하는 다른 버스 기사도 알고 있었다. 그러나 그들의 이름은 알지 못했다. 그들이 흑인이 아니기 때문인가. 박 여사가 거울 속 기사를 향해 고개를 끄덕였다.

"대단하시네. 영어를 그렇게 잘하세요?"

버스 기사의 말투와 표정은 조금도 장난스럽지 않았다.

"응? 무슨 소리예요. 아휴, 아니야. 호호호호호."

"서로 말씀 많이 하시던데, 뭘."

"아니라니까. 그냥 손짓 발짓한 거지 뭐. 콩글리쉬야 콩글리쉬. 호호호. 그이들 좀 전에 내린 데, 거기 왜 ××초등학교

있잖아요. 거기 새로 온 영어 선생들이래. 요즘은 학교마다 외국인들이 직접 와서 영어 가르친다더니."

"글쎄 그걸 다 영어로 알아들으신 거잖아요."

"아휴, 참. 아니래도…… 호호호호."

박 여사는 연신 손사래를 쳤다 손으로 입을 가리고 웃었다 했다.

다시 혼자인 아침의 부동산 사무실. 커피 잔 속을 티스푼으로 저으며 박 여사는 '남아공'을 생각했다. 참 멀리서도 왔네, 미국도 아니고. 그런데 아프리카에 있는 나라들도 다 영어를 쓰나. 순간 박 여사는 남아공이란 단어를 처음으로 접했던 어린 시절을 떠올렸다. 50년도 더 전에, 박 여사가 그 흑인 사내아이만 했을 때, 상고머리를 하고 통치마를 입고 고무신을 신고 초등학교가 아닌 국민학교에 다니던 그때, 또래 아이들과 고무줄놀이를 하며 불렀던 노래——자랑스러운 우리의 UN연합국, 미주는 미국 캐나다 콜롬비아, 구라파는 영국 프랑스 그리스 터키 네덜란드 벨기에 룩셈부르크, 아시아는 필리핀 타이, 아프리카는 남아공 에티오피아……——한국전쟁에 파병된 16개국 UN연합군을 외우게 하려 학교에서 가르쳤던 노래. 거기에 남아공이 있었다. 언젠가 무심코 그 노래를 흥얼거렸더니 딸애가 깔깔거리면서도 그걸 어떻게 아직도 기억하고 있냐고 놀라워하던 기억이 났다. 그럼 그게 시험 문제에도 나왔는걸. 아시아는 필리핀 타이, 아프리카는 남아공 에티오

피아…… 그 남아공에서 온 제임스와 빅토리아. 너희 나라가 옛날에 내가 어렸을 때 우리나라를 도와줬어, 라고 영어로 말해줄 수 있다면 좋을 텐데. 그런데 문득 아까 들은 어린 흑인 남매의 이름이 생각나지 않는 박 여사였다. 이런, 뭐였지. 음, 뭐라더라. 참 나, 뭐가 문제야. 내일 아침에 만나면 다시 물어보면 되지, 제임스랑 빅토리아한테. 맞아, 나이도 전부 물어봐야지. 하우 올드 아 유(How old are you)?

*

"아, 원어민 교사. 난 또……"
"응, 그래. 그거."
막 정오가 지난 시간. 어느덧 벚꽃이 가득한 봄이었다. 4월 중순의 토요일, 박 여사는 서울 서대문역 근처 딸애의 집을 찾았다. 덕소역에서 중앙선 전철을 타고 중간에 왕십리역에서 5호선을 갈아타고 해서 한 시간 거리. 두 달 만의 만남이었다. 딸애 집에 온 건 지난 연말 이후 처음. 늘 늦잠을 자는 딸애는 30분 전쯤 파자마 차림에 젖은 머리칼을 말리다 문을 열어줬다. 제가 먹는 커피의 반 정도만 진한 거라며 인스턴트 커피가 아닌 블랙커피를 내왔다.
"남아공에서까지들 오는 줄 몰랐네, 호주나 캐나다도 아니고."

"그런데 알고 봤더니, 우리 아파트 단지 102동에 사는 거 있지, 9층에. 거기 21평짜린데, 그걸 자기들 돈으로 얻은 건가 몰라."

"그것도 물어보지, 왜?"

"내가 그게 영어로 되니?"

"엄마가 영어가 돼서 그새 그렇게 돈독한 외국인 친구가 생기셨어?"

박 여사는 또 호호호호 웃었다.

"근데 내가 있지, 빅토리아한테 네 책도 한 권 줬다, 시집."

"으! 그걸 왜 줘? 읽지도 못할 걸."

"뭐 어떠니, 애. 책의 네 사진 보더니 빅토리아랑 제임스가 와 대단하다고. 외국인들은 작가를 다 대단하게 생각한다더라, 애."

"어휴, 엄만 아무튼."

"그리고 우리 딸은 유니버시티 티처라고도 했어."

"내가 못 살아. 그럼 교수인 줄 알 거 아냐!"

"대학 교수를 영어로 모르니까. 교수가 영어로 뭐야?"

"몰라. 내가 진짜 교수야? 안 가르쳐줘."

시인도 영어로 모르기는 마찬가지. 딸애는 시인이다.

서른다섯 살이고, 미혼이고, 시집 한 권과 산문집 한 권을 냈고, 열두 평짜리 작은 빌라에 혼자 산다. 나이는 서른다섯이지만 그래도 한 서른 살쯤으로 보이고, 이런저런 글을 쓰고, 대학에 강사로 나가 강의를 하고, 책이 나오면 가끔 신문에도 나고, 남자가 아주 없는 것 같지는 않으니, 그런 생각을 하면 박 여사는 그래도 다행이다 싶어 마음이 놓였지만……, 세상에! 몇 년만 있으면 마흔 살이잖아, 신문에 나면 뭐 해 사람들이 책을 안 사 보는데, 정식 교수들은 월급을 얼마나 받기에 강사들한테는 그렇게 돈을 코딱지만큼만 줘, 이놈의 빌라 월세를 다달이 내니 어느 세월에 돈을 모아, 도대체 결혼은커녕 왜 남자 사귄단 얘기는 입도 뻥끗 안 할까, 그런 생각을 하면 가슴이 오그라들듯 답답해지는 박 여사였다. 에이 그, 관세음보살.

그래도 딸애 집에 오는 건 좋았다. 이런저런 물건들을 보며 애가 어떻게 사나 눈짐작을 해보는 것도 좋았다. 집 안 이곳 저곳을 탐정처럼 훑어보며, 이 집에 남자가 드나드는 건 아니 겠지, 아니 좀 드나들어야 되는 건가.

아무튼, 딸애는 시인이고 작가니까 집안 가득 아주 많은 책 들. 『슬픈 열대』『근대의 책읽기』『발터 벤야민과 메트로폴리 스』『해석에 반대한다』『욕망, 죽음, 그리고 아름다움』『히페 리온』 같은 함부로 대해서는 안 될 것 같은 어려운 제목의 책 들. 박 여사는 그중에서 『섹스와 공포』라는 책을 조심스레 집 어 들었다. 여기저기 밑줄이 그어져 있었다. "공격적 행위와 사랑의 행위는 결코 완전히 분리되지 않는다. 유혹이란 과장

되게 의식화된 공포이다." 박 여사는 다시 조심스레 책을 내려놓았다. 딸애는 음악도 좋아하니까 작은 오디오 옆 높이 쌓아올린 음악 CD들, 딸애는 미술과 사진도 좋아하니까 벽에는 크고 작은 그림과 제가 찍은 사진도 여럿 붙어 있다. 요런 건 어디서 샀을까 싶은 특이하고 예쁜 액자, 슬리퍼, 접시, 화장실 앞 깔개, 냉장고 자석. 그렇지만 이 모든 것들이 역시 다행이자 근심. 자기로서는 잘 알 수 없는 특별한 그 무엇, 돈만으로 되는 건 아닌 듯한, 공부를 많이 한 사람들만이 누리는 건가 싶은 고고하고 우아한 세계. 그러나 이런 책은 어지간히 비쌀 텐데, 저런 음악 CD도 꽤나 값이 나간다던데, 더 고고하고 우아하게 살 수 있게 돈 많은 남자랑 결혼하면 좋을 텐데. 옷이며 가방이며 구두며 액세서리 등도 마찬가지. 딸애가 세련되고 값비싸 보이는 걸 몸에 걸치면 흐뭇하고 만족스럽다가도 저걸 살 돈이 넉넉히 있었나 하는 걱정. 어쩌다 딸애가 싸구려 같고 남루해 뵈는 뭔가를 하고 있으면 '예술가가 뭐 저래, 지지리 궁상맞게' 심술이 나고 속이 상하는 것이었다. 그러나 그건 스스로 생각하기에도 어지간히 앞뒤가 안 맞는 일이어서, 박 여사는 현관문 앞 새것처럼 보이는 딸애의 구두에 대해 아무것도 묻지 않기로 마음을 먹었다. 대신,

"이건 뭐야?"

책장 선반에 작은 조개껍데기가 놓여 있었다. 표면에 깨알 같은 글씨가 씌어 있는.

"뭐? 아, 그거. 지난 학기에 가르쳤던 학생 애가 준 거야."

박 여사는 가방에서 안경을 꺼내 쓰고 조개껍데기를 들여다보았다.

〈교수님 짱 사랑해요 ♥♥ 속초 바다에서 민지가〉

"방학 때 여행 가서 주워 왔대."

"학생 애들이 네 말을 잘 들어?"

"안 들으면 지들이 어쩔 건데."

"애들이 너를 교수님이라고 불러?"

"참 나, 그럼 뭐라고 불러? 시간강사님, 시간강사님 할까봐?"

딸애는 제 휴대폰을 집어 들더니 몇 번 버튼을 눌러 그것을 박 여사에게 내밀었다. 박 여사는 돋보기안경 너머 역시나 깨알 같은 문자 메시지를 소리 내어 읽어보았다.

〈교수님!!직접전화주셔서넘넘감사했어요~담부터수업빠지지않을게요~주말잘보내세욧^-^〉

그러니 진짜 교수가 되면 좀 좋아. 그러나 그런 말을 했다가는 딸애는 또 있는 대로 인상을 쓰며 '으, 싫다니까' 신경질을 부릴 게 뻔하기 때문에, 박 여사는 그저 입술을 한번 삐죽거리고는 휴대폰을 다시 딸애에게 건네주었다.

"밥이나 먹으러 가요. 엄마 뭐 잡술래?"

딸애가 말했다.

"나 살 빼야 되는데, 그냥 집에서 먹을까. 너 엊그제 홈쇼

112

핑에서 열무김치 샀다며. 있는 반찬이랑 그냥……"

"마음에도 없는 소리하시네, 또."

"아냐, 얘. 어휴, 내가 지금 몇 키론 줄 아니?"

"아까 여기 오면서는, 오늘 뭐 좀 맛있고 색다른 거 먹었으면, 은근히 기대했을 거 아냐."

"응? 호호호호, 그건 그렇지만."

"샤브샤브 먹을까? 엄마 샤브샤브는 좀 별로지?"

"나 샤브샤브는 싫어."

"참 나, 그럴 거면서. 그럼 그냥 파스타나 먹으러 가요. 저 아래 괜찮은 집 있어."

"파스타? 파스타가 스파게티랑 같은 거지?"

토마토소스로 요리된 봉골레 알리오 스파게티와 감베로니 쉬림프 스파게티를 앞에 놓고 예의 외국인 친구 얘기가 계속되었다.

"훼얼 아 유 프롬이 아니고, 웨어 아 유 프롬 했어야지. 왓 (What)도 홧이 아니고 왓. 발음이 그게 뭐야, 순 식민지 영어 발음."

"그래도 잘만 알아듣는다, 빅토리아랑 제임스가. 흥, 저도 영어 잘 못하면서."

"누가 잘한대? 빅토리아한테 개인 과외라도 받았으면 좋겠다."

"빅토리아가 너 보고 싶다고 했어. 너보다 세 살 많은 돼지띠야. 나랑 스물네 살 띠동갑. 그런 것도 영어로 얘기해주고 싶은데."

"돼지띠, 띠동갑. 그런 단어는 진짜 모르겠다."

"근데, 있지. 세상에, 남아공에 열여덟 살 먹은 큰딸이 있대. 애가 그러니까 전부 셋인 거야."

"진짜?"

"응, 걔는 학교 때문에 못 데리고 온 거래. 남아공에 애들 외할머니랑 같이 있는데, 이번 여름에 그 큰 딸애랑 자기 엄마랑 같이 한국에 온다고 하더라고. 자기 엄마가 나랑 동갑이래. 그래서 그런지 빅토리아가 얼마 전부터 날 마미라고 부르는 거 있지. 그런데 어쩜 외국 애들은 그렇게 결혼을 빨리하니, 스물에 첫 애를 낳은 거야. 너보다 세 살 많은데 애가 셋이야, 어휴."

맞은편에 앉은 딸애는 양손의 스푼과 포크를 이용해 능숙하게 스파게티를 먹고 있었다. 박 여사는 딸애의 손동작을 흉내내보았지만 여의치 않아 냉면이나 칼국수를 포크로 떠먹듯 스파게티를 먹고 있었다. 물론 스파게티를 처음 먹어보는 것은 아니었다. 스파게티가 파스타랑 얼추 같은 말이라는 것도 알고 있다. 맛이 없다는 것도 결코 아니다. 그러나 아주 맛있다거나 아주 편안하다고는 할 수 없었다. 박 여사는 딸애가 자신이 그렇게 느끼고 있다는 것을 눈치 채지 못하도록 최대한 노력하고 있었지만, 딸애가 언제나 그런 것을 여지없이 간파한다는 것도 잘 알고 있었다.

식사를 마치고 딸애는 근처에 좋은 데가 있다며 박 여사를 이끌었다. 유리벽 밖으로 오래된 돌담과 아담한 정원이 내다보이고, 천장엔 커다란 지등이 걸려 있고 홀 가운데 흰 자작나무가 심어져 있는 카페. 엄만 이걸 먹어, 딸애는 박 여사 몫으로 저민 아몬드를 곁들여 에스프레소 위에 올린 아이스크림을 주문했다. 아까보다 훨씬 맛있고 훨씬 편안했다. 이렇게 먹는 아이스크림을 아포가토라고 해요. 딸애의 설명에 박 여사는 고개를 끄덕였다. 자기가 아까보다 훨씬 맛있어 하고 훨씬 편안해한다는 것을 딸애가 알고 있다는 것을 박 여사는 알았다. 여기 계산을 내가 해야지, 박 여사는 생각했다.

"지난주에 동창 모임 갔었다며? 아줌마들한테 외국인 친구 자랑 좀 하지 그랬어?"

"얘기했지. 호호호, 다들 나보고 대단하대. 누가 그러는 거야. 자기는 죽어도 흑인한테 먼저 그렇게 말 못 붙일 거라고."

몇 년 전부터 두 달에 한 번씩 여고 동창 아홉 명이 모임을 갖고 있었다. D여상 17기 백합회. 가끔 사정이 있는 한둘이 빠지기도 했지만, 매번 느긋하게 점심을 먹으며 여고 시절 얘기에 깔깔거리거나 늙어가는 몸과 마음에 대해 걱정을 늘어놓거나 했다. 자식 자랑과 남편 흉도 빠질 수 없었다. 작년에는 환갑을 맞아 단체로 일본 여행을 다녀왔다. 딸애는 박 여사에게 환갑 선물 대신이라는 여행 경비를 건네고는 '엄마 취향으로는 일본은 좀 별로일 텐데, 더구나 오사카나 교토는. 차라리 중국을 가자고 하지'라고 말했다. 5박 6일 내내, 바로 그랬다. 하유, 여우 같은 기집애. 박 여사는 교토에서 딸애와 자기가 쓸 무늬는 같고 색깔은 다른 양산 두 개를 사왔다.

"아무튼 애기들 들어보면 집집마다 문제 없는 집이 없어. 너 은숙이 아줌마 알지, 그 아줌마 아들 이혼했대. 계속 이혼 얘기 있었거든. 근데 며느리가 자기가 애 안 키운다고 난리를 피우고. 아들이 은숙이 아줌마한테 애 좀 봐달라고 사정사정 하고. 이제 겨우 두 살짜리를. 은숙이 아줌마 자긴 앞으로 어쩜 좋으냐고 죽는소리하고. 왜 또 희자 아줌마라고 있지? 그 아줌마는 호주 딸애 집에 한 달 갔다 왔는데, 아주 다시는 안 간다고 이를 갈더라. 사위 놈이 영 이상한 놈이라나."

박 여사가 말을 이었다.

"그리고 어쩜 그렇게 집집마다 애비들이 다 왕따니? 좀 잘 나가는 애비든 별 볼 일 없는 애비든. 하나같이 하는 말이 영 감이 집에 있는 게 아주 제일 싫대."

"왕따기만 하면 다행이게? 잊을 만하면 엄한 테러 감행하 니 문제지."

딸애가 커피 잔을 내려놓으며 짜증스럽다는 듯이 말했다.

"왕따들인 주제에 나 아직 안 죽었어 증명하려고 전근대적 인 삽질들이나 하고 있고."

116

"내가 아줌마들한테 네가 전에 했던 가족 얘기해서 다들 막 웃었어."

"무슨 가족 얘기?"

"그 왜, 유명한 일본 배우가 얘기했다며. 보는 사람들만 없으면 갖다 버리고 싶은 게 가족이라고."

"아, 기타노 다케시가 한 말."

"다들 맞다면서 막 배꼽을 잡아."

"한국 아줌마들 진짜 직업은 자식 스토커란 얘기도 좀 해주지."

"했어, 했어. 얘, 너무 그러지 마라. 호호호호호."

계산대 앞에서 옥신각신, 박 여사는 딸애를 거의 밀쳐내다시피 하고 커피 값을 치렀다.

카페를 나와 정동길에서 경향신문사 쪽으로 걸으며 대화가 이어졌다. 딸애가 경희궁에 가보자 한 참이었다.

"참, 집에 엄마 책 줄 거 챙겨놨는데, 깜빡했다. 그냥 집에 갈까?"

"뭘 또 귀찮게 집에 들어가니. 나 아직 읽을 거 있어. 네가 전에 사무실로 보내준 책."

학창 시절 이래, 박 여사의 취미는 늘 독서였다. 뭔가 고상해 보이려거나 마땅히 내세울 취미가 없을 때 뻔하게 언급되는 독서가 아닌, 신문 잡지 수필 소설 가릴 것 없이 글자라면 무조건 읽고 보는 오랜 습관이 밴 실질적인 독서. 딸애처럼 어려운 책을 읽을 수 있는 것은 아니었지만, 박 여사는 수십 년 책 읽는 것을 진심으로 좋아해왔다. 딸애는 언젠가 어린 시절 책을 읽던 엄마의 뒷모습이 인상적이었다는 내용의 산 문을 쓴 적도 있었다. 박 여사의 여고 동창들은 네가 학교 다 닐 때부터 책 읽는 걸 좋아해서 네 딸이 작가가 됐나 보다 입 을 모았다. 딸애는 제 책들 중 박 여사가 읽을 만한 책을 골 라주곤 했다. 전처럼 자주 얼굴을 보지 않게 되자, 간간이 부 동산 사무실로 책을 부쳐왔다. 지난번 딸애가 보내온 책은 구 효서의 『인생은 지나간다』와 박혜란의 『나이듦에 대하여』와 대니얼 고틀립의 『샘에게 보내는 편지』.

경희궁 안뜰에 봄볕이 화사했다. 꽃들이 지면 이내 싱싱한 연녹색 이파리들이 가득할 것이다. 가족, 연인, 친구. 여기저 기 사진을 찍는 사람들이 많았다. 얘는 오늘 누구 안 만나나, 박 여사가 딸애에게 물었다.

"글 쓸 거, 많아?"

"다음 주 마감 두 개. 죽겠어, 아주."

딸애는 진짜 죽기라도 할 듯 인상을 썼다.

"그 왜, 작년에 네가 읽으라고 줬던 책 있지. '소걸음으로 천리를 가다'인가. 아랍인으로 살다가 간첩죄로 잡힌 교수가 감옥에서 자기 부인에게 쓴 편지글."

"정수일 선생님 책, 『우보천리』!"

딸애가 눈을 반짝였다.

"거기 뭐였더라. 정확히 기억은 안 나는데, 내가 책 읽을 때 너처럼 밑줄 긋고 메모하고 그런 건 아니잖아. 그런데 그 책 읽다가 그 교수가 글쓰기에 대해 쓴 글 읽고 너무 정확한 표현이다 싶어 따로 메모를 해둔 게 있어."

"뭐, 무슨 표현?"

"어디다 적어뒀는지도 모르겠다. 사무실 노트에 적어놨나? 정확하진 않는데 아무튼, 글쓰기는 계속해서 난산(難産)을 하는 정신적 임신이다. 뭐 그런 말이었어. 에휴, 얼마나 힘들다는 말이니, 그게."

"어이구, 감격. 엄만 진짜 작가 엄마 자격 좀 있다니까."

"그 책 쓴 교수는 그래서 어떻게 됐는데? 감옥 나와서?"

"교수는 더 못하고, 책 많이 쓰셨지. 문명 교류 역사책들. 이제 나이 꽤 많으셔."

"만나본 적 있어?"

"아니, 대신 출판사 사람한테 팬이라고 전해달라고는 했지."

"그런 분이 진짜 훌륭한 사람인데. 학자고 선비고."

"쳇, 말은 그렇게 하면서 선거 때 왜 한나라당 뽑아, 짜증 나게."

"내가 뭐 언제 만날 뽑았니, 이제 부동산 한 2년만 더 하고 그만둬야 되니까 그랬지."

박 여사는 슬슬 돌아가봐야겠다 생각했다.

"근데, 나 동창회 나갔다 좀 우울했어."

"왜?"

"현옥이 아줌마 못 와서 여덟 명 모였는데, 가만 보니까, 우리 아홉 명 중에 예순둘이나 먹어서 돈 벌려고 일하는 건 나밖에 없는 거야. 으이구, 지겨워. 팔자 좋은 여자들은 다들 호강하고 편히 사는데."

"왜 또 이러셔. 아까 은숙이 아줌마 두 살짜리 애 봐야 한다고 죽는소리했다며. 그리고 다들 엄마 대단하다고 그런다면서 뭘. 어떤 아줌마가 전에 엄마는 명함도 있지 않냐고. 자기는 평생 명함 한 장 가져본 적 없다고 그랬다며."

"흥, 명함이 뭐 대수니, 애. 그깟 부동산 뚜쟁이 여편네 명함."

"맘에도 없는 자학 모드 하시네. 엄마는 그래도 자기 일이 있고 하니까 아빠한테 마냥 시달리지도 않고, 막장 드라마에 나오는 자식 스토커 같은 아줌마도 안 되고 하는 거야. 개그 콘서트 농담도 알아듣고 웃고, 「섹스 앤 더 시티」 보면서 캐리가 누군지 사만다가 누군지도 알고 그러잖아. 그 정도면 훌륭한 거야. 책도 많이 읽고. 근대적 인간이 될 수 있는 희망이 있어."

"근대적 인간,이 뭔데?"

"있어, 그런 게. 좋은 거야, 쿨하고."

"참, 요즘 개그콘서트에선 김병만이 제일 웃기더라. 어쩜 그렇게 잘하니, 달인 김병만 선생, 안 해봤으면 말을 하지 말래, 호호호. 참, 스포츠 신문에서 봤는데 걔 아버지가 치매래. 자식이 그렇게 성공했는데 아들 얼굴도 못 알아본다더라. 가엾어서 어쩌니. 그리고 요즘 밤잠이 많아져서 일찍 자느라 새벽에「섹스 앤 더 시티」잘 못 봐."

"아무튼, 엄마는 제임스랑 빅토리아, 나도 없는 외국인 친구가 다 있잖아. 엄마 친구들 중에 누가 그래? 그런 예순두 살 잘 없어. 그리고 누가 엄마를 예순두 살로 봐? 50대 중반 정도로밖에 안 보여. 긍지를 가져, 박 여사님."

"그런가? 하긴 저번에 선자가 우리 아홉 명 중에 내가 제일 동안이래. 호호호호호."

"엄마 동안은 귀여운 거 빼면 시체인 캐릭터에서 기인하는 내추럴 본 동안이라 보톡스 맞는 동안들이 못 따라와. 그게 아무나 되는 게 아니야. 그 현옥이 아줌마 우울증으로 입원하고 그래서 동창회 못 나오는 거라며."

"에휴, 걔는 진짜 어쩌면 좋을까 몰라. 남편이 그렇게 돈도 많고, 집도 분당이고, 아들딸도 좋은데 취직해서 다 잘사는데."

"참, 깜빡 할 뻔했다. 제임스랑 빅토리아."

딸애가 벤치 옆자리에 놓여 있던 제 가방에서 펜과 수첩을 꺼냈다. 그리고 무릎에 수첩을 펼쳐놓고 뭔가를 쓰기 시작했다.

"뭐라고 쓰는 건데? 영어야? 저도 영어 잘 못하면서."

"있어봐, 좀. 누가 영어 잘한대?"

"쓰려면 좀 크게 써, 얘. 나 눈 잘 안 보여."

"어휴, 알았습니다요."

출입문이 닫히고 5호선 마천행 지하철이 움직이기 시작했다. 손을 흔드는 딸애의 모습이 금방 사라져버렸다. 딸애는 제 교통카드로 개찰구를 통과해 승강장까지 박 여사를 배웅했다. 900원짜리 배웅이야, 하고 말했다. 노약자 보호석에 앉은 박 여사는 짧게 한숨을 내쉬었다. 예의 두 가지 금기어. '2년 전 암 수술을 한 남편'과 '2년째 고시원에 살고 있는 아들'은 서대문 지하철역 계단참에서야 입 밖으로 흘러나왔다.

첫번째 금기어의 주인공인, 남들이 자길 왜 싫어하는지 60년이 넘도록 깨닫고 있지 못한, 2년 전 대장암 수술을 한 예순여섯 살 남편에 대한 대화── '아빠 병원은?' '지지난 주 화요일이 병원 가는 날이었지. 매달 첫째 주.' '의사가 뭐래?' '아직까지 괜찮대, 저번에 CT 찍은 것도 깨끗하고. 약이야 자기가 좀 잘 챙겨 먹니.' '엄마한테 계속 성질부려?' '아냐, 얘. 그래도 요샌 많이 얌전해졌어.' '흥, 방심하지 마.' '자기 상대해주는 사람이 없으니까 큰아버지랑 삼촌한테 만날 전화해서 귀찮게 하지, 뭐.' '정작 자기 자식들한텐 전화도 못 하면서.' '에이그, 관세음보살.'

두번째 금기어의 주인공인, 가족을 안 보고 살아도 하나 아쉬울 것 없다 주장하는, 2년째 고시원에 살고 있는 서른둘 아들에 대한 대화── '걘 아르바이트 안 짤리고 잘 다닌다니?'

'이번엔 3개월 넘었는데 별소리 없네.' '집에 왔었어?' '지난 주 일요일에. 탕수육 시켜 먹고. 멸치볶음, 감자조림, 부추무침, 호박나물, 계란말이, 반찬 다섯 가지 해줘 보냈어. 과일도 챙겨주고.' '해주지 마, 얘.' '해줬다는 소리 듣고 지금 안심하고 있으면서.' '흥, 아니다. 그 나쁜 새끼.' '걔는 기껏한다는 소리가 지금 있는 고시원 시설이 너무 좋다, 주인아줌마가 자길 좋아해서 특별히 잘 챙겨준다, 그딴 소리나 해, 속 뒤집어지게.' '에이그, 관세음보살.'

2년 전 암 수술을 한 남편과 2년째 고시원에 살고 있는 아들은 왜 제임스나 빅토리아처럼, 여고 동창들처럼, 어려운 이름의 스파게티나 아이스크림처럼, 딸애도 자기도 읽은 책처럼, 티브이에 나오는 개그맨처럼 맘 편히 재미있게 얘기할 수 없는 걸까. 자신과 딸애에게 그 모든 것을 합친 것보다 훨씬 더 결정적이고 절대적인 존재들임에도. 아, 바로 그렇기 때문에, 박 여사는 생각했다.

몇 년 전만 해도 딸애는 매주 일요일마다 박 여사를 보러 와 같이 목욕을 하고 시장을 보고 외식을 하고 하룻밤 잠을 자고 가곤 했었다. 그랬던 어느 일요일, 양평의 한 찜질방 사우나의 온탕 안에서 남편의 기행과 만행에 대해 한참을 신나게 늘어놓고 있자니, 딸애가 갑자기 팔을 휘둘러 박 여사에게 물을 끼얹으며 말하는 것이었다.

"그러게 왜 잘 알지도 못하는 남자랑 결혼을 해서 몇십 년째 이 난리야!"

물속에서 어깨를 들썩거리며 한참을 웃다가 박 여사도 딸애에게 물을 끼얹으며 말했다.

"어디 나만 그러니? 우리 때는 다 잘 알지도 못하는 남자랑 결혼했어."

젖은 머리칼을 연신 뒤로 쓸어 넘기며 딸애가 일흔 살쯤 된 노파처럼 말했다.

"하긴 뭐, 잘 아는 남자랑 결혼해도 답 없는 거 같더라."

박 여사는 욕탕 속으로 몸을 더 집어넣으며 말했다.

"네 외할머니나 친할머니들 때는 아예 생판 모르는 남자들이랑 결혼했잖니. 흥, 그래도 결국 다 똑같아."

"이거야 말로 관세음보살이야."

잠시 뒤, 노란 이태리타월로 등을 밀어주던 딸애가 이를 앙다문 목소리로 말했다.

"있지, 엄마. 어디서 읽었는데, 범죄자 통계를 내보면 전세계 살인자의 97퍼센트가 남자래. 나머지 3퍼센트는 여자. 그런데 그 3퍼센트인 여자 살인자들 중에 절반 이상이 다름아닌 남편을 죽인 살인자래."

"뭐, 진짜? 세상에……, 난 그 여자들 이해해!"

"아주 시사하는 바가 커."

"에이그, 웬수들. 관세음보살."

왕십리역의 긴 환승 통로를 지나 덕소로 향하는 중앙선 지하철에 올라탄 박 여사는 딸애가 건네준 메모지에 생각이 미쳤다. 역시 노약자 보호석에 앉은 박 여사는 가방 속에서 메모지와 돋보기안경을 꺼냈다.

1. 내 딸은 시인이야 — 마이 도터 이즈 어 포엣(My daughter is a poet). 2. 넬슨 만델라는 훌륭한 사람이야 — 넬슨 만델라 이즈 어 그레이트 맨(Nelson Mandela is a great man). 3. 너희 아이들은 참 귀여워 — 유어 칠드런 아 쏘 큐트(Your children are so cute). 4. 우리는 모두 좋은 친구야 — 위 아 올 굿 프렌즈(We are all good friends). 5. 너 괜찮니? — 아 유 오케이?(Are you OK)? 6. 기운 내! — 치어 럽(Cheer up)! 7. 좋은 하루 보내 — 해브 어 나이스 데이(Have a nice day).

어머, 이거 아주 쓸모 있겠네. 박 여사가 실제 그렇게 소리를 내어 말하는 바람에 맞은편 좌석에 앉은 두 노인이 어리둥절한 표정을 지으며 박 여사를 바라보았다. 박 여사는 메모지로 입을 가리고 호호호호 소리를 내지 않으려 애쓰며 한참을 웃었다.

*

아버지. 6월 말, 아니 7월 초였을까. 아무튼 그즈음의 뜨겁고 환한 여름. 쨍쨍한 햇빛이 기세 좋게 내리쬐던 옛날 집 마당. 박 여사는 거짓말처럼 그날, 그 날씨, 그 순간의 냄새와 소리와 감촉, 그 모든 것을 기억하고 있다. 58년 전인데 말이다. 58년 전, 당연히 박 여사는 예순두 살 늙은 여자가 아닌 네 살배기 꼬마 계집애였다.

아버지. 흰색 반소매 상의에 엷은 황토색 바지를 입고 있던 아버지. 숱이 많은 검은 머리를 앞으로 숙이고 허리를 굽혀 아주 천천히 구두끈을 매던 아버지. 시간이 자꾸만 엿가락처럼 휘어지고 눌어붙는 것 같던 느낌. 등줄기가 움찔움찔, 뭔가를 위협하고 재촉하는 크고 거친 목소리. 대문 앞의 낯선 사내들. 꼬마 계집애인 박 여사는 그들 손에 들린 길고 커다란 막대가 총이란 것을 안다. 총이란 이름을 모르지만 그것이 총이란 것을 안다. 훌쩍훌쩍 숨죽여 우는 여자들은 엄마와 넷이나 되는 고모들. 엄마가 들쳐 업은 갓난쟁이 사내 아우는 이상하게도 울지 않고 조용하다. 허둥지둥 서두르듯 손을 놀리고 있는 것 같지만 실은 있는 힘을 다해 아주 천천히 구두끈을 매고 있는 아버지. 햇빛이 쨍쨍, 머리꼭지가 어질어질.

아버지. 우리 영희, 분명히 그렇게 말했다. 성큼성큼 단숨에 다가와, 우리 영희하며 네 살배기 어린 딸을 번쩍 안아 올렸던 아버지. 겨드랑이에 끼워진 아버지의 큼직한 두 손, 허공에 뜬 작은 두 발, 아버지 키만큼 높아진 세상, 우리 영희. 아버지의 머리칼, 아버지의 이마, 아버지의 눈썹, 아버지의 콧날. 58년 전의 모든 것이 더없이 생생히 낱낱이. 고르지 못한 숨결, 긴장된 땀내, 뺨에 닿은 까끌까끌한 수염 자국. 우리 영희, 그다음의 말은. 순간, 예리하고 날카로운 칼날 같은 것이 가차 없이 둘 사이를 베어내듯 어린 딸은 젊은 아버지에게서 떨어져 나왔다. 눈에 보인다 해도 다시는 이어 붙일 수 없는 서늘한 절단면. 그리고 뱅글뱅글 프로펠러처럼 돌아가기 시작하던 아버지의 얼굴. 아버지의 빨간 귀와 검은 턱과 파란 입술과 흰 목울대가 한데 뒤섞여 노랗게 소용돌이치던 순간. 아버지가 총을 든 사내들과 함께 사라진 뜨거운 여름 한낮. 아버지의 손이 닿았던 네 살배기의 겨드랑이는 두고두고 화끈거렸다.

아버지. 다시는 보지 못했다. 어디로 끌려갔는지, 언제 어디서 어떻게 죽었는지 언제까지나 알 수 없는 아버지. 아버지가 끌려간 얼마 뒤, 네 살배기 박 여사는 이불 보따리와 솥단지를 짊어진 어른들을 따라 피난길에 올랐다. 나중에 들었다. 인천에서 용인까지 걸었다는 것을. 귀가 찢길 듯한 굉음 속에 폭격기에서 쏟아지던 총탄들. 솜이불을 뒤집어쓰고 납작 땅바닥에 엎드렸던 기억. 솜이불에 반쯤 박혀 있던 총알. 주위를 빽빽이 에워싸던 피와 비명. 속속들이 뼛속까지 스며들던 비와 열기. 그리고 그 어느 새벽녘에 죽은 갓난쟁이 사내 아우. 스물일곱 젊은 엄마는 등에 업고 있던 아이가 죽은 것을 한참이나 몰랐다. 엄마는 무릎을 꿇고 맨손으로 땅을 파서 아이를 묻었다. 너무 얕게 묻었기에 뱀이나 여우에게 파 먹힐까 어디서 성냥을 구해 와 그 위에 한 움큼 뿌렸다. 어찌어찌 시간이 흐르고 긴 피난길에서 아버지가 사라져버린 마당이 있는 집으로 다시 돌아왔을 때, 엄마가 얼마 동안 미쳤었던 것을 기억한다. 그야말로 정신 줄을 놓았다는 표현에 걸맞은. 몇 날 며칠, 남편과 아들을 잃은 젊은 여자는 이부자리에 똥을 싸고 저고리 가슴의 고름을 쥐어뜯으며 짐승처럼 울었다. 그러나 58년이 흘러 예순두 살이 된 박 여사에게 그 전후의 기억들은 서른한 살 젊은 아버지와 영원히 헤어지던 순간만큼 또렷하게 떠오르지 않는다.

이제 자리는 아예 정해진 거나 마찬가지였다. 버스 중간쯤에 위치한 좌석에 박 여사와 빅토리아가 짝꿍처럼 나란히 앉고, 통로 건너 옆자리에 크리스와 안젤라가 앉고, 남매가 앉은 그 뒷자리에 제임스가 혼자 앉았다. 매일 아침 그랬다.

화창한 5월의 어느 목요일 아침, 박 여사의 팔짱을 끼었다 손을 잡았다 하는 빅토리아는 유난히 기분이 좋아 보였다. 차창 밖을 가리키며 '코리안 마운틴 이즈 뷰티풀(Korean mountain is beautiful)'을 연발했다. 제가 살던 남아공의 봄 산과는 많이 다른 모양이네, 박 여사는 생각했다. 두리번두리번 연녹색으로 가득한 5월의 산등성을 한참이나 감탄하듯 바라보던 빅토리아가 문득 이상한 기미를 느꼈는지 조심스레 물었다.

"마미, 아 유 오케이(Mommy, Are you OK)?"

"응? 왜?"

이어지는 빅토리아의 말을 정확히 알아들을 순 없었지만, 어디 아파요? 무슨 걱정 있어요? 슬픈 일이라도 있어요?라고 묻고 있다는 것은 신기하게도 의심의 여지가 없었다. 박 여사는 빅토리아의 손등을 두드리며 "아임 오케이" 하고 말했다. 하지만 더 말하고 싶었다.

'있지, 빅토리아. 우리 한국에 아주 유명한 소설가, 박경리 선생이란 분이 계셔. 그런데 그분이 며칠 전에 그만 돌아가셨어. 오래 사신 편이지만, 그래도 돌아가셨다니 내가 너무 마음이 아프고 슬픈 거 있지. 우리 딸애가 글을 쓰는 애잖아. 엊그제 병원 빈소에 가서 절을 하고 왔대. 살아 계실 때 인사드린 적은 없지만 먼발치에서 한 번 뵌 적이 있다나. 딸애가 박경리 선생에 대한 인터넷 신문 기사들을 전부 다 볼 수 있게 해서 어제 이메일로 보내줬거든. 그거 하나하나 읽고는 어제부터 지금껏 너무너무 슬픈 거 있지. 알고 봤더니 박경리 선생이 5년 전에 죽은 우리 엄마보다 세 살 어린 26년생 호랑이띠더라고. 그런데 우리 엄마처럼 전쟁 때 남편이랑 아들이 말도 안 되게 죽었다는 거야. 세상에 스물네댓 먹은 젊은 여자가 어린 딸 하나 데리고 혼자 살기가 얼마나 힘들고 서러웠을까. 그렇게 똑똑하고 공부도 잘했는데 대학도 못 가고, 그저 혼자 열심히 노력해서 소설가가 되고. 빅토리아, 그분은 아주 대단하고 훌륭한 분이야. 아주 오랫동안 아주 긴 소설을 쓰셨어. 난 아직 그 소설을 못 읽어봤지만 말이야. 유방암에 걸려서 한쪽 가슴을 잘라내는 수술을 하고도 바로 소설을 계속 쓰셨대. 식민지 때 가난하게 태어나서 젊은 시절에 전쟁 겪고 고생했던 여자들 너무너무 불쌍해. 우리 엄마도 그랬어. 옛날엔 왜 그 흔한 고무장갑 하나 없었나 몰라. 한겨울에 얼음물 길어다 밥하고 빨래하고. 추운 날 엄마가 김장 담그던 모습이 생각나. 퍼렇게 곱은 손으로 하루 종일 배추를 쪼개고 무를 썰고. 세상에, 얼마나 추웠을까. 얼마나 손발이 시려웠을까. 어디 보일러가 있어, 가스레인지가 있어, 냉장고가 있어. 더운물이 나오길 해, 따뜻한 내복을 챙겨 입었어. 박경리 선생도 그랬을 거야. 그런데도 소설까지 썼으니 그게 얼마나 대단한 거야. 빅토리아, 내가 지금 어디 아픈 게 아니라, 훌륭한 작가 선생님이 돌아가셨다고 해서 많이 우울하고 슬픈 거야. 우리 엄마 생각도 나고. 불쌍한 우리 시어머니 생각도 나고. 다들 좋은 세상 실컷 누려보지도 못하고. 가엾어라. 관세음보살.'

영어를 잘 몰라도 어지간히 빅토리아와 의사소통을 할 수 있다고 여겼던 박 여사지만, 오늘은 그래도 영어를 제대로 잘하면 참 좋겠구나 생각했다.

박 여사가 미소를 지어 보이자 빅토리아는 다소 마음을 놓는 듯했다. 그러더니 이내 설레는 말투로 무언가 장황하게 애기를 늘어놓기 시작했다. 알아들을 수 있는 단어와 그에 대한 되물음과 되풀이 설명, 말의 억양과 속도, 손짓과 표정과 눈치를 총동원하는 박 여사와 빅토리아의 의사소통은 그 자체로 둘만의 언어 체계를 만들어가고 있었다.

"아! 큰딸이랑 엄마가 한국에 온다고?"

빅토리아가 손가락으로 연신 숫자를 표시했다.

"응? 바로 다음 달에? 전에 말했던 것보다 빠르네. 7월에나 온다더니. 알았어, 알았어. 그래서 빅토리아가 기분이 좋았던 거구나. 아이고, 좋겠네. 콩그레추레이션(Congratulation)!"

빅토리아가 활짝 웃으며 박 여사의 손을 잡았다.

며칠 뒤인 월요일 오후, 부동산 사무실에 택배 회사 직원이 들어섰다.

"어머, 세상에. 왔네, 왔어."

택배 상자의 포장을 풀고, 박 여사는 바로 휴대폰 단축키를 눌러 딸애에게 전화를 걸었다.

"얘, 『토지』 지금 막 왔어. 잘 왔어. 상자가 아주 큰 게 온 거 있지. 어휴, 고맙다. 비쌀 텐데. 알았어, 알았어. 돈 얘긴 안 할게. 그래, 세상에 스물한 권이다. 스물한 권. 어쩌면 이걸 다 혼자서 쓸 수가 있니, 박경리 선생은. 훌륭해라. 얼마나 힘이 들었을까. 직접 보니까 더 대단한 것 같다, 얘. 알았어. 아주 열심히 잘 읽을 거야. 호호호호, 일단 사람들한테 자랑 좀 하고. 아무튼 선물 고마워, 딸."

한 달쯤 뒤, 막 『토지』의 제5권을 읽기 시작한 즈음의 일요일 오후, 목욕탕을 나선 박 여사는 근처 제과점으로 향했다. 딸애가 영어로만 씌어진 간판을 가리키며 '바게트baguette'라고 몇 번이나 일러줬지만 볼 때마다 왠지 단번에 발음하기가 어려운 브랜드 제과점. 아파트 단지 내에도 제과점이 있었지만 그 집은 일요일에 문을 열지 않았다. 게다가 그 제과점의 빵과 케이크는 어딘지 소박함을 지나쳐 초라하다는 느낌이 들었다.

케이크들이 들어 있는 냉장 쇼케이스 앞에서 박 여사는 잠시 망설였다. 그래도 사람이 몇인데, 박 여사는 점원 여자에게 제일 큰 사이즈의 케이크를 가리켰다. 젤라틴을 잔뜩 발라 탐스럽게 반짝이는 빨간 체리들이 가득 얹혀 있었다. 케이크 상자를 포장하며 점원 여자가 물었다.

"초 몇 개 드릴까요?"

"여섯 개 주세요. 긴 걸로."

"생일이세요?"

의례적인 물음이었지만 박 여사는 흐뭇한 미소를 지으며 고개를 가로저었다.

"아뇨, 파티. 가족 파티."

케이크 상자를 든 박 여사는 106동이 아닌, 102동으로 들어섰다. 엘리베이터를 타고 9층으로 올라갔다. 902호의 초인

종을 눌렀다. 거의 매일 아침 얼굴을 보다시피 했어도 막상 집에까지 와본 것은 처음이었다. 안에서 무언가 소란스러운 소리가 들려왔다.

"빅토리아, 나야. 마미."

토요일이었던 어제, 집으로 돌아오는 버스 안에서 박 여사는 지금쯤 빅토리아가 공항에서 큰딸이랑 제 엄마를 만났으려나 생각했다. 내일 케이크나 하나 사다 줘야겠다, 마음을 먹었다.

빅토리아의 큰딸은 제 두 동생이 한 손씩 낯선 동양인 아줌마의 손을 잡고 있는 모습이 마냥 신기한 모양이었다. 얼굴 가득 좀 심하다 싶을 정도로 여드름이 나 있었는데, 키가 크고 늘씬한 체격이 영락없이 제 아빠를 닮은 모습이었다. 박 여사는 '예쁘다' 대신 '닮았다'라는 단어를 쓰고 싶었지만 할 수 없이 제임스와 딸을 번갈아 가리키며 이런저런 손짓을 해 보였다. 제대로 알아들었는지 제임스가 고개를 끄덕이며 미소를 지었다.

빅토리아의 엄마는 뜻밖에도 157센티미터인 박 여사보다도 키가 작았다. 만지면 부서지기라도 할 것같이 푸석푸석한 머리칼과 밀크 커피 갈색 같지도 않고 가죽 부츠 갈색 같지도 않은 피부, 윤기라고는 찾아볼 수 없는 얼굴에 왠지 병색이 느껴졌다. 비행기를 너무 오래 타고 와서 저런가. 빅토리아와 제임스와 크리스와 안젤라는 박 여사를 모르는 두 가족에게 박 여사를 설명하는 말을 쉴 새 없이 쏟아내고 있었다. 박 여사는 빅토리아의 엄마에게 웃으며 말했다.

"웰컴 투 코리아(Welcome to Korea). 빅토리아, 마이 프렌드(My friend), 굿 프렌드(Good friend)!"

케이크를 식탁 위에 올려놓자 크리스와 안젤라가 환호를 지르며 박수를 쳤다. 박 여사는 가족 한 명 한 명을 손가락으로 가리키며 원, 투, 쓰리, 포, 파이브, 식스라고 말한 뒤, 빅토리아에게 초 여섯 개를 건네줬다. 빅토리아가 금방이라도 울 것처럼 말했다.

"오우, 쌩큐. 마미, 쌩큐."

케이크를 먹고 가라는 모두의 강력한 제의를 박 여사는 목욕 가방을 흔들며 단호히 거절했다.

"유어 패밀리(your family), 온리(olny)."

엉겁결에 나온 말이지만 딱 맞는 말이라고 생각했다. 아쉬운 듯 현관문을 열어주는 빅토리아에게 박 여사는 잊지 않고 말했다.

"해브 어 나이스 데이(Have a nice day)!"

빅토리아, 우리 가족은 넷이 모여 케이크에 초 꽂아본 지가 언젠지 모르겠어. 에이그, 관세음보살. 실은 그렇게 말하고 싶었던 것 같다.

*

꿈이 맞기 시작한 것은 아이 둘을 낳고 서른 줄에 들어서면서부터였다. 처음에는 크게 의식하지 못했다. 그저 꿈자리가 사납다거나 뒤숭숭하다거나 왠지 예감이 좋다거나 좋지 않다거나, 그런 정도였다. 예사롭지 않은 꿈이 그렇게 빈번히 꿔지는 것도 아니었다.

유난히 사이가 좋았던 죽은 사촌 언니가 꿈에 나오면 목돈이 생기곤 했다. 최근 몇 년 사촌 언니가 꿈에 등장하는 횟수가 전에 비해 급격히 줄었다. 부동산 일이 현상 유지조차 쉽지 않은 불경기라 사촌 언니의 출현이 여간 아쉬운 게 아니었다. 딸애가 대학에 붙었을 때는 꿈에 대통령이 나와 집 안방에서 자고 가는 꿈을 꾸었다. 겨우 김영삼이 나왔으니 간신히 인 서울 했지, 앞으로 좀 괜찮은 사람으로 꿔줘, 엄마. 딸애가 말했다. 전두환이 안 나온 게 어디니, 얘. 박 여사가 대꾸했다. 아이들이 아직 어렸던 오래전, 꿈 얘길 하며 애써 말렸음에도 굳이 차를 몰고 나갔던 남편이 교통사고를 당해 한 달간 병원 신세를 진 적도 있었다. 딸애가 죽었다며 시신을 화장해야 한다는 소리에 대성통곡했던 꿈을 꾼 얼마 뒤 딸애는 제가 쓴 글이 뽑혀 상을 받고 시인이 되었다. 결정적으로는 자기 잘못으로 실질적으로는 남편 잘못으로 집이 빚더미에 올라 아이들이 살 셋집을 간신히 구해주고 야반도주하듯 서울에서 양평으로 온 것이 올해로 9년째였다. 지금껏 '부동산 아줌마'로 살게 된 계기였다. 그 일이 있기 얼마 전 꾼 꿈에 가족끼리 자주 갔던 강원도의 어느 작은 호수가 보였다. 잔잔하고 고요한 수면을 바라보고 있자니, 갑자기 어느 순간 호수에 가득했던 물이 욕조의 마개가 뽑힌 것처럼 쭉 빠져버리고는 바닥을 드러내는 것이 아닌가.

2년하고도 몇 개월 전, 건강염려증이다 싶을 만큼 그렇게나 몸에 좋을 걸 따지고 자전거 타기에 등산을 즐겼던 남편이 처음도 아니었던 암 검사에서 대뜸 대장암 3기 판정을 받았다. 딸애와 둘이 여덟 시간 반을 수술실 앞에서 기다렸던 날, 박 여사는 예의 꿈 얘기를 딸애에게 해야 하나 어쩌나 노심초사했다. 3개월 뒤 네 시간이 걸린 2차 수술은 경과가 좋았다. 더는 못 참겠다는 듯 박 여사는 딸애에게 꿈 얘기를 했다.

"꿈을 두 개나 연달아 꿨었어. 암 판정 받기 바로 며칠 전에. 꿈에 네 아빠랑 어딜 나갔다가 빈집에 현관문을 열고 들어오는데, 글쎄 컴컴한 거실 한가운데 커다란 초가 세워져 있고 촛불이 켜져 있는 거야. 둘 다 이게 무슨 촌가 했어. 그런데 갑자기 어디서 바람이 쌩 하고 불어오더니 촛불이 홱 하고 꺼져버리는 거 있지, 세상에…… 그리고 바로 이어서 꾼 꿈은 내가 어디 계곡 같은 델 들어가 맨손으로 물고기를 잡고 있는 거야. 발 담근 물속에 큰 고기들이 왔다 갔다 하고. 두 손으로 탁 낚아채서 아주 커다란 물고기를 잡아 올렸거든. 그런데 그 물고기가 버둥버둥 힘을 써서 손이 미끄러지는 바람에 그놈을 놓쳐버렸어. 냉큼 다시 물속에서 그놈을 잡아 올렸는데, 어떻게 된 건지 그새 그렇게 크던 물고기가 바람 빠진 풍선마냥 쪼글쪼글해져서 겨우 손바닥만 하게 줄어든 거 있지. 여기저기 상처도 나고 비늘도 빠지고. 애개개 이게 뭐야, 내가 그랬다니까. 그런데 그 물고기가 아주 죽은 건 아니라서, 수술하고 힘들어도 살긴 살겠구나 했지. 어휴, 세상에. 글쎄 어쩜 꿈이 그러니. 관세음보살."

7월. 장마 중의 어느 밤, 박 여사는 빗소리에 잠을 깬 건가 생각했다. 희붐한 장맘을 보니 어느덧 새벽이었다. 전날 내리던 비는 멎은 듯했다. 반쯤 열린 문밖에서 가늘게 으으흐 으으흐, 하는 소리가 나고 있었다. 빗소리가 아니었다.

박 여사는 식탁 위 전등을 켰다. 냉장고 문에 등을 기대고 부엌 바닥에 주저앉아 남편이 으으흐 으으흐, 울고 있었다. 무서워하고 있었다.

"당신, 왜 그래!"

"……"

"아니, 왜 울어? 자다 말고."

"……꿈에, 죽은 엄마가……"

"어머니가 꿈에 나왔어? 어휴, 놀래라. 난 또 뭐라고."

"……"

"어쨌는데, 어머니가?"

"……흰 치마저고리 입고, 나 보고 같이 가자고……, 내 손목을 잡고서, 같이 가자고……."

30초쯤 시간이 흘렀다. 박 여사는 휴지를 뽑아 남편에게 건네고 냉장고의 손잡이를 잡고 섰다.

"으이그, 비켜봐, 좀. 물 좀 꺼내게. 저기 가서 앉아, 코도 좀 닦고."

식탁 의자에 앉은 남편이 코를 풀었다. 냉장고에서 물병을 꺼낸 박 여사는 유리컵에 찬물을 따라 천천히 마시고는 남편을 보고 말했다.

"다음 달이 제사니까, 어머니 돌아가신 지가 벌써 25년이네."

"……."

한층 더 환해진 12층 창밖의 하늘로 비를 머금은 회색 구름들이 강물처럼 빠르게 흘러가고 있었다.

"흥, 꿈은 내 꿈이 맞지, 여태 당신 꿈이 뭐 맞은 거 있어? 내가 꿔야 진짜지, 당신 꿈은 다 개꿈이야. ……아직 당신 죽을 꿈 꾼 거 없으니까, 울지 마."

*

초등학교가 방학에 들어간 탓에 여름 동안은 빅토리아 가족을 아침마다 만날 수 없었다. 그러나 박 여사는 빅토리아 가족과 관련된 일이라면 덕소에 살고 있는 모든 사람들 중에, 아니 대한민국에 살고 있는 모든 사람들 중에 가장 많은 것을 알고 있었다. 제임스는 여름내 서울의 잠실로 출퇴근하며 은행원들에게 영어 회화를 가르치고 있었고, 빅토리아는 일주일에 세 번 덕소에 있는 초등학교에서 한국인 초등학교 영어 선생들에게 영어를 가르치고 있었다. 저녁 6시가 조금 못 돼 양평 부동산에서 덕소 집으로 돌아올 때면 아파트 단지 놀이터에서 놀고 있던 크리스와 안젤라를 만날 수 있었다. 크리스는 특히나 박 여사를 잘 따라서 시소나 미끄럼틀에 정신이 팔려 있다가도 박 여사를 발견하면 "마미" 하고 소리를 지르며 한걸음에 달려왔다. 아이들 곁에는 종종 여드름쟁이 큰딸이나 안색이 안 좋은 외할머니도 함께 있었다. 장마가 끝나고 무더위가 한창일 때, 그 둘은 다시 남아공으로 돌아갔다.

그사이 부동산 사무실에도 크고 작은 변화가 있었다. 공인중개사 자격증을 가진 소장이 교체되었고, 동업자가 두 명에서 세 명으로 늘었다. 동업 계약 내용도 상당 부분 수정해 새로 작성했다. 박 여사 입장에선 번거롭고 골치 아픈 일을 적잖이 덜게 되어 다행인 측면이 있었지만, 어쩔 수 없는 금전적 손해도 감수해야 했다. 진을 빼며 시간을 끌던 계약이 끝내 취소되었는가 하면, 작지만 뜻하지 않던 계약이 쉽게 이루어지기도 했다. 옆 건물의 부동산이 폐업한 후 6개월 만에 다시 그 자리에 새 부동산이 들어와 개업 떡을 돌렸다. 동업자 중 하나는 송사에 휘말려 곤란을 겪고 있었다. 심란하다면 심란하달 수 있었지만 박 여사는 크게 동요하지 않았다. 10년 가까운 시간 동안 W부동산 한쪽 자리를 차지하고 앉아 별의 별 경우를 다 보고 별의별 상황을 다 겪었다고 생각하는 박 여사였다. 갚아야 할 빚은 아직 조금 남아 있었다. 적잖이 고단하고 우울해질 때도 있었지만, '더도 말고 덜도 말고 2년만 더'라는 말이 그럭저럭 주문처럼 효력이 있었다. 재작년에 해 넣은 임플란트는 말썽 없이 자리를 잘 잡은 것 같았고, 작년에 한 치질 수술 자리는 감쪽같이 아물었다. 박 여사는 매일 아침 꼬박꼬박 고혈압 약을 챙겨 먹었고, 8시 18분이면 어김없이 2000-2번 버스를 탔다. 두 달에 한 번 여고 동창 모임에 나갔고, 한 달에 한 번 남편의 병원 진료를 따라나섰고, 보름에 한 번 가족 이름의 연등을 달아둔 절에 가 삼배(三拜)를 했고, 일주일에 한 번 집 근처 사우나에 가서 때를 밀었다. 『토지』의 제12권을 읽기 시작했고, 잡곡밥과 푸성귀로 암 환자의 식탁을 차렸고, 밤이면 인기 있는 드라마나 시사 고발 프로그램이나 젊은 세대의 트렌드를 엿볼 수 있는 예능 오락 쇼를 보고 잠이 들었다. 여전히 2년 전 암 수술을 한 남편과 2년째 고시원에 살고 있는 아들은 편안하고 즐거운 대화의 소재가 될 수 없었다. 그러나 그로 인해 속을 끓이고 눈물로 밤을 지새우기까지 한다는 것은 분명 쓸모없기도 하고 우스꽝스럽기도 한 일이라고 박 여사는 생각했다.

학교가 개학을 하자 다시 아침마다 흑인 가족과 함께하는 출근길이 시작되었다. 이제 빅토리아 가족과 박 여사는 아침 시간 2000-2번 버스의 명물처럼 여겨져, 매일같이 힐끔거리기만 하던 승객 몇몇이 어색한 미소를 지으며 인사를 하거나 말을 걸어오거나 했다. 하루는 빅토리아와 제임스가 무언가 진지하면서도 기대에 찬 계획을 자신에게 설명하려 한다는 것이 느껴졌다. 그새 박 여사가 새로운 영어 단어들을 습득한 게 아님에도 빅토리아와 박 여사의 의사소통 체계는 더욱 원활하고 긴밀해져 있었다. 어쩐 일인지 제임스까지도 수다스럽게 이야기에 가세했다. 요는 앞으로 계속 한국에서 살게 될 수도 있다는 것. 처리해야 할 어렵고 복잡한 절차들이 있긴 하지만, 남아공의 큰딸과 빅토리아의 엄마까지도 데려와 함께 살 가능성이 있다는 것.

"어머, 그럼 아주 이민을 온다는 거야?"

종종 티브이에서 남아공 월드컵에 대한 얘기가 나올 때면 박 여사는 전에 없이 관심을 집중했다. 그러나 들려오는 얘기의 대부분은 부정적인 것들이었다. 월드컵처럼 큰 행사를 치르기에 남아공은 경제 사정이 너무나 좋지 않다는 것, 치안이 불안하고 사회 갈등이 극심하다는 것, 축구 경기가 열릴 경기장을 비롯해 기반 시설들이 잘 갖추어 있지 않다는 것. 박 여사는 깊은 밤 아이들이 잠든 후 식탁에 마주 앉아 목소리를 낮춰가며 이민에 대해 의논을 하는 빅토리아와 제임스의 모습을 상상해보았다. 둘은 언제 어떻게 만나서 결혼했어, 남아공에서는 어떻게 살았어, 왜 이 먼 나라까지 돈을 벌려고 온 거야, 한국이란 나라는 어떤 것 같아, 한국에서 사는 게 좋아, 문득 그런 질문은 한 번도 해본 적이 없다는 사실을 깨달았다.

가을이 시작될 무렵의 어느 토요일 저녁, 덕소 시내의 한 대형 마트 청과물 코너에서 박 여사는 장을 보고 있는 빅토리아 가족과 마주쳤다. 이번엔 박 여사도 혼자가 아니었다. 남편과 시숙 내외가 함께였던 것이다. 빅토리아 가족 모두 활기가 넘쳐 보였다. 예의 계획이 잘 진행되고 있는 듯한 눈치였다. 쇼핑 카트 안에 이런저런 물건들이 가득 담겨 있었다. 크리스와 안젤라는 박 여사의 손을 하나씩 잡고 연신 흔들어댔다. 남편에게 빅토리아 가족에 대해 많은 말을 한 터였지만, 직접 만나게 된 것은 처음이었다. 한바탕 요란한 만남이 지나간 후 남편은 자기 형과 형수를 바라보고 말했다. 나란히 일흔을 앞둔 시숙 내외는 놀라움을 넘어 일종의 충격을 받은 듯한 얼굴을 하고 있었다.

"허, 참. 이 사람이 영어를 되게 잘하나 봐요. 허, 참. 난생처음 오늘 흑인하고 악수를 다 해봤네. 흑인들이 빨리 병 나으라고 위로도 해주고. 허, 참."

*

　추석 연휴의 마지막 날 밤, 박 여사는 다시 아파트 단지 안으로 들어섰다. 길 건너 강변 공원에서 한 시간쯤 걷기 운동을 하고 돌아오는 길이었다. 매일 밤 9시 뉴스가 끝날 즈음 집을 나서 운동을 시작한 것이 오늘로 2주째였다. '아무래도 안 되겠어, 역시 운동을 해야 돼' 하는 마음을 몇 년에 한 번은 실행에 옮기곤 했는데, 매번 몇 달 못 가 흐지부지되고 말았지만 그래도 처음 얼마간 습관이 되면 역시 몸이 가벼워지는 게 느껴졌다. 그러나 몸과 달리 박 여사는 마음이 무거웠다. 연휴를 앞두고 딸애는 오래된 약속이라며 몇몇 지인들과 여행을 가버렸고, 아들은 당연하다는 듯이 제 아버지의 전화를 받지 않았다. 며칠 전 큰집에 가 차례를 지내고 돌아와 조용한 연휴를 보내나 싶었는데, 아니나 다를까 몇 시간 전 남편이 성질을 내며 한바탕 히스테리를 부린 것이었다. 얼마 못 가 제 풀에 지쳐버렸지만, 박 여사는 지긋지긋하다는 생각이 들면서도 스스로도 두 자식이 괘씸하게 여겨지는 것은 어쩔 수 없는 일이었다.

　아무도 없는 놀이터 옆을 지나다 박 여사는 걸음을 멈추었다. 어둠 속 그네 위에 누군가 앉아 있었다. 아이들이 타는 그네에 걸터앉아 있기에는 너무 큰 몸집. 그런데 그 큰 몸집이 눈에 익었던 것이다. 빅토리아였다.

박 여사가 다가가 알은체를 하자 빅도리아는 반가워하면서
도 난처해하는 모습을 보였다. 근심이 가득한 얼굴로 박 여사
와 눈을 제대로 마주치지 못했다. "아 유 오케이?"란 질문에
도 애매한 미소만 지어 보일 뿐이었다. 박 여사는 조심스레
빅토리아의 옆 그네에 앉았다. 그리고 꼬마 계집애처럼 발을
굴러 그네를 타기 시작했다. 삐걱삐걱 쇳소리가 났다. 역시
운동을 열심히 해서 살을 빼야 돼, 그네 무너지겠네, 하는 민
망한 생각이 들었다.

몇 마디 알아듣지 못하는 말에 귀를 기울이고 나서야 박 여
사는 빅토리아가 부부 싸움을 했다는 걸 알 수 있었다. 제임
스가 단단히 화가 나서 마구 소리를 질렀고, 자기도 소리를
지르고 문을 쾅 닫고 집 밖으로 나와버렸다는 것이다.

"에이그, 집집마다 골치 아픈 건 전 세계가 마찬가지네. 관
세음보살."

박 여사에게 말문을 연 빅토리아의 표정이 조금 풀어진 것
도 같았다. 하지만 근심 어린 눈빛은 여전했고 한숨 섞인 얘
기가 계속 이어졌다. 박 여사는 '베리 식(very sick)'과 '트러
블(trouble)'이란 단어를 분명히 알아들었다.

"남아공에 있는 엄마가 많이 아프다고? 딸애도 뭐가 문제
가 있고?"

빅토리아의 표정이 '예스'라고 말하고 있었다. 박 여사는
안색이 좋지 않던 빅토리아의 엄마와 왠지 겹도는 느낌이었

던 빅토리아의 큰딸을 떠올렸다. 뭔가 계속 좋지 않은 내용의 말이 이어졌다. 그 때문에 한국으로 둘을 데려오는 게 여의치 않다는 얘기였고, 그 때문에 빅토리아와 제임스는 부부 싸움을 한 것이었다.

시원하면서도 이내 서늘하게 느껴지는 가을바람이 불어왔다. 박 여사와 빅토리아는 잠시 침묵 속에 있었다. 박 여사가 발을 구르며 빅토리아에게 말했다.

"그네 타봐, 빅토리아도."

빅토리아가 주저주저 움직이기 시작하자, 삐걱삐걱 그네의 쇳소리가 좀 전과는 비교할 수 없을 정도로 크게 울렸다.

"어이쿠, 뚱뚱한 여자 둘이 진짜 그네 무너뜨리겠네."

그제야 빅토리아는 이 밤중에 왜 박 여사가 밖에 나와 있는지 궁금해하는 눈치였다. 박 여사는 그네에서 일어서 앞뒤로 크게 팔을 흔들며 걷는 시늉을 해 보였다.

"운동했어, 운동. 다이어트(diet), 다이어트. 빅토리아도 다이어트 좀 해. 빅토리아도 나처럼 한 10킬로는 빼야 되겠다."

박 여사는 '킬로그램'이 영어라는 데 생각이 미쳤다.

"디스(This), 원 킬로그램(1kg), 아웃(out). 디스, 원 킬로그램, 아웃."

박 여사는 번갈아 양손으로 제 양쪽 어깨 아래 팔뚝 살을 감싸며 말했다.

"디스, 원 킬로그램, 아웃. 디스, 원 킬로그램, 아웃."

양쪽 허벅지 역시 번갈아 양손으로 툭툭 치며 말했다. 마지막으로 박 여사는 왼손으로 아랫배를 감싸고 오른손을 전부 활짝 펴 보이며 말했다.

"디스, 파이브 킬로그램(5kg), 아웃."

빅토리아가 호호호호 웃었다. 박 여사처럼 웃었다. 그리고 말했다.

"미 투(Me too), 미 투."

*

어느새, 겨울 문턱이었다. 입안의 아이스크림이 차갑게 느껴져 박 여사는 딸애의 따뜻한 커피를 한 모금 마셨다.

토요일 오후, 박 여사는 서울 정동 입구 맥도날드 창가 자리에 앉아 있었다. 맞은편의 딸애는 큰 종이컵에 담긴 커피를 마시고 있었고, 그 옆자리의 아들 앞에는 떠먹는 아이스크림이 놓여 있었다. 같은 건물 2층의 음식점에서 함께 삼겹살 4인분을 먹고 내려온 참이었다. 계산은 딸애가 했다. 살을 빼야 된다는 이유로 박 여사는 디저트를 먹지 않겠다고 했다. 고기는 잘만 먹어놓고, 딸과 아들이 코웃음을 쳤다. 아들이 커피와 아이스크림을 주문하러 간 사이, 딸애가 물었다.

"아까 여기 올 때, 아빠가 뭐래?"

박 여사는 또 호호호호 웃었다.

"잘하고 오래. 그래서 내가 '지금 내가 어디 시험 보러 가?'라고 했지. 그래도 아무튼 잘하고 오래."

"진작 자기가 좀 잘하지."

딸애가 입술을 삐죽거리며 말했다.

박 여사는 다시 아들의 아이스크림을 한 숟가락 떠먹었다. 딸애는 갑자기 생각이 났다는 듯 세탁기 얘기를 꺼냈다. 이사 올 때 산 중고 세탁기가 수명이 다했는지 영 신통치 않다는 것이었다. 깨끗이 빨래가 되지도 않고 소음도 심하다고 했다. 박 여사는 홈쇼핑 카탈로그에서 보았던 작은 용량의 세탁기 가격이 얼마였더라, 기억을 되짚었다.

"누나도 드럼세탁기 사라. 우리 고시원에 있는 거 되게 좋아. 빨래도 잘되고, 건조도 다 되고."

이놈아, 그걸 자랑이라고 하냐, 멀쩡한 집 놔두고 고시원에 살면서 좋은 세탁기 쓰는 게 자랑이야, 시집도 안 가고 혼자 사는 애가 드럼세탁기를 뭐 하러 사, 어쩜 저렇게 지 애비랑 똑같을까, 뭐가 똥인지 된장인지 구별을 못해, 에이그, 관세음보살. 박 여사는 애써 말을 삼키며 다시 딸애의 커피를 한 모금 마셨다.

잠시 후, 얼추 스무 명은 됨 직한 외국인들이 맥도날드 안으로 우르르 몰려 들어왔다. 백인들, 흑인들, 동남아시아인들, 히잡을 쓴 중동 여자들도 있었다. 주문을 받는 카운터 앞이 금세 왁자지껄해졌다. 무슨 일인가 의아해하는 박 여사에게 딸애가 말했다.

"여기 경향신문사 옆에 난타 전용 극장이 있어서 단체 관람하는 외국인 관광객들이 늘 많아. 밖에 저기, 저 사람들 싣고 온 관광버스. 근데 대부분은 일본인들이나 중국인들인데, 오늘은 꽤나 인종이 다양하네."

박 여사가 다급한 목소리로 말을 받았다.

"아 참, 내가 너한테 얘기 안 했지?"

"뭘?"

"빅토리아, 빅토리아가 갔어. 얼마 전에 가족이 다 남아공으로 돌아갔어."

"아니, 왜? 1년 기한으로 온 거라며, 초등학교 방학 아직 안 했을 텐데."

박 여사가 울상을 지으며 말을 이었다.

"글쎄 남아공에 있는 빅토리아 엄마가 오늘내일할 정도로 많이 아프다지 뭐니. 큰딸도 뭔가 심각한 문제가 있고. 자세한 얘기는 해줘도 내가 다 못 알아들으니 깊은 사정을 속속들이 알 순 없지만, 정해진 기한도 다 못 채우고 돌아갈 정도니 어지간한 거였겠어. 원래는 부부가 둘이 계속 영어 선생 하면서 아예 한국에 눌러앉을 생각까지 했거든. 큰딸이랑 빅토리아 엄마도 잘하면 한국으로 데려올 수 있다 했고. 그런데 다 틀어진 모양이야. 에이그, 세상 일이 어디 그렇게 맘대로 되나. 관세음보살."

"안됐네. 엄마 섭섭해서 어째? 작별 인사는 제대로 했어?"

"떠나기 며칠 전에 내가 그 집에 잠깐 갔었어. 빅토리아 목도리랑 장갑 선물로 사가지고. 제임스랑 빅토리아랑 크리스랑 안젤라가 차례로 나를 한 번씩 꼭 끌어안아주는 거 있지, 세상에. 눈물이 나서 혼났네."

그새 아이스크림 컵을 비운 아들이 뜬금없이 말했다.

"목도리랑 장갑? 남아공은 이제 곧 더운 여름일 텐데, 우리랑 반대로."

박 여사가 발끈하며 아들을 흘겨보았다.

"뒀다가 겨울에 하면 되지! 남아공은 뭐 아예 겨울이 없다니?"

햄버거며 콜라며 감자튀김 따위를 쟁반 가득 받쳐 든 외국인들이 삼삼오오 자리를 차지하고 앉았다. 뚱뚱하다는 말로는 부족해 엄청나게 뚱뚱하다고밖에 표현할 수 없는 두 흑인 여자가 두 칸 건너 옆자리 테이블에 자리를 잡았다.

"어머, 저런 걸 먹으면 더 살이 찔 텐데 많이도 시켰네. 세상에, 의자가 엉덩이 반도 못 가린다, 얘. 옷 옆구리가 막 터질 것 같아."

딸애가 주의를 주는 눈짓을 하며 말했다.

"그렇게 빤히 쳐다보면 엄마, 자기들 얘기하는 줄 다 알아. 빅토리아도 꽤나 뚱뚱하다면서, 뭘."

"아냐, 얘. 빅토리아는 저렇게까진 안 뚱뚱해. 빅토리아가 얼마나 피부가 곱고 예쁜데. 가슴이랑 엉덩이가 너무 툭 튀어나와서 그렇지, 아주 뚱뚱하진 않아. 흑인들은 체형이 원래 그런 거라더라. 좀 뚱뚱해 보여도 키도 크고 해서 빅토리아는 몸매가 에스 라인이야. ……에이그, 우리 빅토리아 보고 싶다, 관세음보살."

좀 어이가 없다는 표정을 지으며 아들이 말했다.

"우리 빅토리아래."

*

새해가 시작되고도 벌써 2월 초, 곧 입춘이었다. 그러나 아직은 쌓인 눈이 곳곳에 얼어붙어 있었다. 저녁 6시가 되기 전임에도 주위는 이미 어둑어둑했다. 버스에서 내린 박 여사는 찬바람에 어깨를 움츠리며 집을 향해 발걸음을 재게 놀렸다. 날이 풀리면 다시 밤에 걷기 운동을 시작해야지, 마음을 먹었다. 지난주, 박 여사는 『토지』의 마지막 권인 제21권을 마저 다 읽었다. 읽고 난 후 책을 덮고 잠깐 합장(合掌)을 했다. 에이그, 박경리 선생님 수고 많으셨어요, 관세음보살, 하고 말했다.

아파트 단지에 들어선 박 여사는 걸음을 멈추고 102동을 올려다보았다. 보름 전쯤부터 902호에 불이 켜져 있었던 것이다. 그리고 공교롭게도 근처에서 서너 차례 한 백인 여자를 목격했다. 볼 때마다 여자의 손에는 단지 내 슈퍼마켓의 비닐 봉지가 들려 있었다. 희디흰 얼굴에 붉은 기가 도는 짧은 갈색 머리 여자였다. 서양인치고는 키나 몸매가 작고 아담했다. 얼핏 「섹스 앤 더 시티」에 나오는 캐리의 변호사 친구 미란다를 연상시켰다. 새침해 보이는 표정이 딸애를 닮은 것도 같았다. 미국인일까, 설마 남아공은 아니겠지.

박 여사는 다시 집을 향해 걷기 시작했다. 물론, 그 여자가 빅토리아 가족이 살던 902호로 이사를 왔다고 단정 지을 수는 없었다. 여자의 직업이 초등학교 영어 과목 원어민 교사란 법도 없었다. 그러나 모르는 일이었다. 곧 3월, 매일 아침 그 백인 여자를 2000-2번 버스에서 마주치게 될지도. 박 여사는 한동안 입 밖에 내지 않았던 몇몇 영어 문장들을 저도 모르게 중얼거려보았다. 사람 인연은 모르는 거니까. 에이그, 그나저나 우리 빅토리아는 잘 있나, 관세음보살.

:
하우스
메이트
:

희수의 집으로 상은이 이사를 오다

딸깍, 욕실 문이 잠기는 소리가 났다. 무심한 듯, 어쩌면 의도적인 듯.

이내 양치질 소리, 샤워기에서 물이 쏟아지는 소리, 작지만 분명한 소리들이 들려왔다. 희수는 제 빈 커피 잔을 들고 식탁 의자에서 일어섰다. 무심한 듯, 어쩌면 의도적인 듯. 잠시 정지 화면처럼 멈춰 있던 희수는 다시 자리에 앉았다. 그리고 욕실에서 들려오는 소리에 다시 귀를 기울였다. 그런 자신이 좀스럽게 여겨졌다. 희수는 스스로가 느끼고 있는 긴장감이 불안에 가까운 것인지 설렘에 가까운 것인지 구별할 수 없었다.

"요새 누가 방 한 칸 세놓는다는 말을 쓰니?"라고 희수에게 핀잔을 준 친구 진경은 하우스메이트란 표현을 자연스럽게 사용했다.

희수는 식탁 위에 놓아둔 명함을 찬찬히 들여다보았다. '경인지방통계청 조사지원과 통계주무관 박상은.' 오늘로 희수의 하우스메이트가 된 상은은 친구 진경의 막내 여동생인 연경의 대학 동기였다. 지방의 소도시 출신으로 줄곧 기숙사, 하숙, 자취 생활을 해온 터라 하우스메이트로는 적격일 거라는 게 동생으로부터 상은의 얘기를 전해 들은 진경의 평이었다. 진경은 "학교 때부터 내내 아르바이트를 달고 살았대. 좀 또순이 스타일인 것 같아. 성격도 싹싹하고 무난하니 괜찮다 하고. 같이 사는 데는 그런 애가 백 번 낫지, 뭐. 까다롭고 새침한 타입이나 제멋대로 날라리 같은 애들은 골치 아파, 애"라는 말을 덧붙였다.

"잘은 모르지만, 어려운 일 같아 보여요."

한 시간 전쯤, 상은에게 명함을 건네받은 희수가 말했다.

"아뇨, 공무원들 일이라는 게 뭐…… 여기저기에서 이런저런 통계 자료를 원한다 요청이 들어오면 이런저런 자료를 찾아서 여기저기로 보내주는 게 제 일이에요."

제 일을 간단명료하게 설명하는 상은의 말투와 표정 역시 간단명료했다. 그러나 희수에게는 역시 어려운 일이라 여겨졌다.

"그리고 참, 말씀 놓으세요. 그냥 편하게 상은이라고 하시면 되는데, 전 희수 언니라고 부를게요."

"뭐, 차차……"

희수는 상은의 명함으로 시선을 떨어뜨리며 말꼬리를 흐렸다.

희수는 식탁 위 상은이 사용했던 커피 잔을 조심스럽게 집어 들었다. 빈 잔 바닥에 남은 갈색 얼룩을 일없이 들여다보았다. 문득 욕실에서 들려오는 샤워기의 물소리가 멈췄다. 순간 희수도 숨을 멈췄다. 다시 물소리가 들려왔다. 안심 같기도 하고 포기 같기도 한 숨이 희수의 입에서 흘러나왔다. 희수는 자신이 느끼고 있는 긴장감이 불안에 가까운 것인지 설렘에 가까운 것인지 구별할 수 없었다.

참 수건은 어쩌지? 얼추 짐 정리를 마친 상은이 이미 제 물건을 욕실에 가져다 놓았던가. 희수는 가족이 아닌 사람과 한 집에 살아본 경험이 없었다. 상은에게도 아마 제 것인 수건과 비누와 폼 클렌징과 보디워시가 있을 것이다. 치약은 그래도 같이 쓰는 게 자연스럽겠지? 세면대에 칫솔이 두 개인 것은 이상하지 않지만 치약이 두 개인 것은 확실히 좀 이상할 것 같았다.

오늘부터 상은이 사용하게 된 욕실 건너편 방. 꼭 손가락 하나가 들어갈 만큼 문이 열려 있었다.

그 방에는 원래 러닝머신, 고정사이클, 스텝퍼, 덤벨 같은 운동기구들이 들어차 있었다. 자연스레 '운동방'이라 불리던 방이었다. 여러 기구들 중 '만능 파워 홈 짐'이란 이름의 복합 웨이트 트레이닝 기구가 방 한가운데 가장 넓은 자리를 차지하고 있었는데, 그 복잡한 생김새와 권위적인 존재감이 왕처럼 위풍당당했다. 예의 기구에는 운동 방법을 설명하는 매뉴얼 그림이 붙어 있었다. 버터플라이, 레그익스텐션, 로우 폴리, 하이 폴리, 체스트 프레스, 케이블 크로스, 렛 풀 다운 등 힘겨운 트레이닝 동작을 선보이고 있는 그림 속 근육질의 남자는 놀랍게도 전혀 인상을 쓰고 있지 않았다. 짙은 눈썹과 서글서글한 눈매, 반듯한 콧날 아래 큼직한 입술은 살짝 미소를 짓고 있기까지 했다. 과연 만능 파워를 소유하고 있을 것 같은 얼굴이었다. 운동방을 청소할 때면 희수는 걸레를 손에 쥔 채 그림 속 남자를 빤히 들여다보곤 했다. 남자의 표정이나 동작이 조금만 바뀌어도 그것은 운동의 매뉴얼이라기보다는 고문의 매뉴얼로 보일 수 있겠다는 생각이 들었다.

남편이 집을 나가는 것으로 결정이 되었을 때, 희수는 엉뚱하게도 그럼 운동방은 어떻게 되는 거지 하는 생각을 먼저 했던 것 같다. 운동기구들은 하나같이 크고 무거운 것들이었다. 그 자리에 뿌리라도 내린 것처럼 완전히 붙박여 있다는 느낌이었다. 자신이 직접 그것들을 집 밖으로 들어내야 하는 것도 아니면서, 그것들을 어떻게 처리해야 할지 직접 결정해야 하는 것도 아니면서 희수는 마음이 불편했다.

비어버린 운동방의 장판 바닥에 운동기구들이 놓였던 모양대로 눌린 자국이 남았다. 눌린 자국 위를 슬리퍼 바닥으로 쓸며 희수는 그림 속 근육질의 남자를 떠올렸다. 새삼 만능 파워란 어떤 힘을 말하는 것일까 의구심이 들었다.

방이 완벽하게 비어버린 것은 아니었다. 방 한쪽 구석에 짙은 남색의 나일론 주머니가 하나 남아 있었다. 희수는 주머니의 지퍼를 열었다. 그 속에는 바람이 빠진 채 아무렇게나 접힌 분홍색 짐 볼이 들어 있었다. '만능 파워 홈 짐'의 사은품 정도였을 것이다. 희수는 우글쭈글 구겨진 짐 볼을 꺼내 주입구에 공기를 집어넣었다. 공은 둥글고 탱탱하게 부풀어 올랐다. 희수는 운동기구를 판매하는 티브이 홈쇼핑에서 본 것처럼 짐 볼 위에 올라 앉아 몇 차례 몸을 튕겨보았다. 생각만큼 균형 잡기가 쉽지 않았다.

빈방의 문을 갑자기 세게 열어젖히면 그 바람에 분홍색 짐 볼이 스르륵 미끄러지며 자리를 옮겼다. 희수는 방문이 닫힌 빈방에서 짐 볼이 저 혼자 방의 천장과 바닥을, 이 벽과 저 벽 사이를 마구 튕겨 다니는 것은 아닐까 엉뚱한 상상을 하기도 했다. 잠시 문을 닫았다가 갑자기 확 열며 '얍!' 하는 소리를 질러본 적도 있었다. 분홍색 짐 볼이 깜짝 놀라 당황한 표정을 짓는다면 재밌을 텐데 하는 생각을 했다.

노랫소리가 들려왔다. 멜로디도 영어 가사도 여자 가수의 목소리도 낯설었다. 손가락 하나만큼 열린 문틈 사이에서 들려오는 휴대폰 벨소리. 샤워를 마치고 상은이 욕실 밖으로 나왔을 때, '전화벨이 울리던데'라고 말을 해주는 편이 좋을까, 듣지 못한 척 입을 다물고 있는 편이 좋을까. 아니 그보다 그렇게 말하는 자신이 어디에 어떻게 놓여 있는 게 좋을까, 하는 고민이 먼저였다. 줄곧 식탁 앞에 앉아 있었다는 건 분명 부자연스러운 느낌을 줄 것이다. 거실 소파 위는 너무 뻔한 설정, 제 방에 들어갔다 다시 나오는 모습이 그나마 나을 것 같다. 그런 생각을 하고 있는 사이, 희수는 이 적잖이 쩔쩔매는 듯한 태도가 자신에게 무척이나 익숙한 감각이란 것을 새삼 깨달았다.

설거지를 마치고 물기를 빼기 위해 싱크대 위 스테인리스 선반에 올려놓았던 그릇들을 정돈하고 있는 모습이 가장 무난한 장면일 듯싶었다.

아무리 사소한 일이라 해도 무언가를 판단하고 결정하는 데는 전 생애가 필요하다는 것이 희수의 생각이었다. 당연히 판단과 결정은 매번 너무나 어려운 일이 되었다. 늘 조금은 어쩔 줄 몰라 하는 상태, 희수는 혼란에 익숙했다. 그 익숙함에 안정을 느낄 정도였다.

이혼 후 이 아파트는 희수의 것이 되었다. 그러나 혼자 지낸 지난 9개월 남짓, 그것을 명확히 실감한 순간은 딱히 없었다. 여전히 남편의 이름이 찍힌 공공요금 고지서가 우편함에 들어 있기 때문만은 아닐 것이다. 희수는 거실 한구석의 분홍색 짐 볼을 바라보았다. 다시 바람을 빼서 주머니 속에 집어넣어야 하나, 라는 결정을 내려야 하는 것이다.

딸깍, 잠겼던 욕실 문이 열리는 소리가 들렸다. 희수는 샤위를 마치고 밖으로 나온 상은에게 싱크대 앞에서 유리 접시를 달그락거리고 있는 뒷모습을 보여주었다. 전화벨 소리가 들렸다는 얘기는 하지 않기로 했다. 약간의, 익숙한 불편함. 희수는 반쯤 마른 행주를 반대편으로 접어 넣었다. 어쩌면, 그리웠던 불편함. 그런데 정말 수건은 어쩌지?

상은이 희수의 집을 사용하다

세면대 거울 앞, 상은은 치약뿐인 칫솔꽂이 안에 제 칫솔을 꽂았다. 희수의 전동 칫솔은 그 옆에 저 혼자 서 있었다. 목례를 하듯 둥근 칫솔 머리를 조금 앞으로 숙인 채. 다른 사람과 마찬가지로 그동안 상은도 많은 칫솔을 가졌다. 족히 수십 개는 될 것이다. 그러나 전동 칫솔은 한 번도 가져본 적이 없었다. 물론 가지려면 얼마든지 가질 수도 있었다. 전동 칫솔의 값이 칫솔 몇 개보다야 비싸겠지만, 칫솔 수십 개보다 비쌀 리는 없었다. 하지만 일반 칫솔을 전동 칫솔로 바꾸는 일은 단순히 사용하던 비누나 샴푸의 종류를 바꾸는 것과는 다른 일이었다. 기호나 취향의 문제만이 아닐뿐더러, 특정한 치아 질환 때문만도 아닐 것이다. 가지려면 얼마든지 가질 수 있을 정도의 것은 아니었지만 비데 역시 그런 것이었다. 상은은 비데를 가져본 적이 없었다. 상은은 세면대 옆 자주색 변기에 설치된 희수의 비데를 바라보았다. 전동 칫솔과 비데, 그것들을 사용하기 위해서는 치아와 항문이 필요하기도 했지만 그것들을 사용할 수 있는 욕실을 갖는 것이 먼저였다.

상은은 하늘색 비눗방울 무늬가 프린트된 샤워 커튼을 여미고 따뜻한 물이 쏟아지는 샤워기 아래 섰다.

"좀 예민한 편이긴 한데 고약하게 깐깐하거나 한 언니는 아니야. 그럼 내가 너한테 소개를 시켜주겠니? 한집에서 같이 살 사람으로 말이야. 뭐랄까, 좀 멍하니 무슨 생각을 하고 있는지 잘 모르겠다 싶은 때가 많은 얼굴이긴 한데, 아무튼 무난하고 얌전한 성격이야. 그럼 된 거지 뭐. 내가 어려서부터 봐온 언니라 잘 알아."

희수에 대한 친구 연경의 얘기였다. 특별히 절친하다고까지는 할 수 없었지만 연경은 졸업 후에도 그럭저럭 만남을 이어가고 있는 대학 동기 중 한 명이었다. 이 집과 이 욕실, 전동 칫솔과 비데의 주인인 조희수란 여자는 일곱 살 터울이 진다는 연경의 큰언니인 진경의 친구였다.

"이혼하고 나서 잠깐 우울증 치료를 받았었다나 봐. 내가 보기에도 좀 힘들어하는 것 같더라. 그래도 뭐 별건 아니었대. 우리 언니 말로는."

지금껏 사용했던 모든 칫솔의 개수만큼은 아니겠지만 상은은 그동안 꽤 많은 룸메이트와 하우스메이트를 경험했다. 그들의 데이터를 나름대로 수치화하는 버릇이 정확히 언제부터 생긴 것인지는 기억할 수 없었다. 새 동거인을 의식하며 청소를 한 탓이겠지만, 처음으로 욕실을 사용하며 매긴 희수의 '청결 지수'는 90. 대체로 80에서 85정도의 청결 지수가 가장 적절하다고 할 수 있었다. 85가 넘을 경우 그만큼의 청결 상태를 유지하기 위해 상은 역시 보조를 맞춰야 했고, 그것은 스스로의 청결 지수를 70 정도로 생각하고 있는 상은에게 곧 스트레스를 의미했다. 청결 지수가 50 이하인 이들도 얼마든지 있었다. 물론 그것 역시 스트레스였다. 발에 찼던 땀으로 끝부분이 뻣뻣해진 스타킹과 질에서 나온 분비물이 묻은 팬티가 아무렇게나 구석에 처박혀 있던 욕실도 있었다. 열세 명이 함께 사용해야 했던 좁고 낡은 욕실도 있었다. 지금껏 경험한 최저 청결 지수는 5였다. 박물관에 전시라도 해야 할 것 같던 냉장고 속의 곰팡이와 하수구의 악취와 창틀의 먼지. 새삼 떠올려보니 경이롭기까지 한 불결함이었다. 어쨌든 희수의 욕실은 깨끗했다. 세면대의 거울도, 벽과 바닥의 타일도, 샤워기의 스테인리스 밸브도 반짝반짝 윤이 났다. 상은은 제 것인 세면대와 타일벽과 샤워기를 가져본 적이 없었다. 청결 지수가 높은 동거인은 대체로 '강박 지수'도 높았다. '변덕 지수'와의 함수관계는 뭐라 단정 짓기 어려웠다. 나름대로 오랜 경험을 통해 얻은 분석 결과였다.

몇 시간 전, 이삿짐을 풀러 옷가지들을 정리하고 있었을 때 희수가 인기척을 하고 조심스레 방 안으로 고개를 들이밀었다.

"상은 씨, 텔레비전이 없나 봬요. 작은 거라노 있을 것 같
아서 거실에 있던 건 안방으로 들여놨는데."

"아, 저 티브이 잘 안 봬요."

"그래도……, 다시 거실로 내놓을게요."

"아뇨, 그러실 거 없어요. 보고 싶은 건 인터넷으로 보면
되는데요, 뭘."

내저었던 손으로 책상 위 노트북 컴퓨터를 가리키며 상은
이 말했다. 필요 이상 난처해한다 싶은 표정으로 희수가 다시
물었다.

"정말 괜찮겠어요?"

"네, 신경 안 쓰셔도 돼요. 저 진짜 티브이 잘 안 봬요."

밝게 웃으며 대답을 했음에도 희수의 표정에는 거의 변화
가 없었다. 아무래도 방으로 들여놓았다는 텔레비전을 다시
거실로 내놓을 듯 보였다.

대충 짐 정리를 마치고 함께 부엌 식탁에 마주 앉아 커피를
마셨다. 제 명함을 오래도록 들여다보고 있는 희수에게 상은
이 말했다.

"왜 경이적인 기록이다 어쩐다 하면서 시청률이 30퍼센트
네, 40퍼센트네 하는 드라마들 있죠? 마치 안 보는 사람이
아무도 없는 것처럼 요란하게 떠들어대는. 그런데 거꾸로 생
각해보면 그 30퍼센트, 40퍼센트 높은 시청률이란 건 인기가
그렇게 많다는데도 불구하고 결국 그 드라마를 안 보는 사람

이 70퍼센트, 60퍼센트나 된다는 얘기잖아요."

"그러네, 듣고 보니."

상은의 말에 희수가 고개를 끄덕였다.

"저는 엄연히 그 다수에 포함되는 거니까, 전혀 걱정하지 않으셔도 돼요."

상은이 미소를 지으며 말을 이었다.

"실제로는 정말 꽤 많은 사람들이 티브이를 잘 안 볼지도 모른다는 생각이 들어요."

"그래도 난 보게 되는 거 같아요, 별수 없이."

교사에게 무언가 잘못을 털어놓는 여학생처럼 희수가 말했다. 그래도 다행히 안방의 벽걸이 티브이가 다시 거실로 옮겨지거나 하는 일은 일어나지 않을 듯했다.

상은이 샤워를 마치고 욕실 밖으로 나왔을 때 희수는 부엌의 싱크대 앞에서 그릇들을 정리하고 있었다. 제 수건으로 젖은 머리를 감싼 상은을 돌아보며 희수는 살짝 미소를 지어 보였다. 희수에게 물 한 잔을 청한 상은이 물었다.

"언니, 뭐 운동하는 거 있으세요?"

"아니, 지금은 특별히 없어요. 요가를 다시 배워볼까 하는 중인데."

"네, 저기 짐 볼이 있길래……"

상은이 거실 구석의 분홍색 짐 볼을 바라보며 말했다. 희수는 마치 물어봐주길 기다렸다는 듯 반색을 하며 대답했다.

"아, 저거. 원래 상은 씨가 쓰게 된 방에 있던 건데. 그냥 뭐, 기념품 같은 거예요."

"기념품이요?"

"아니, 사은품이던가……"

희수가 상은에게 차가운 물이 담긴 유리잔을 건넸다. 어딘가 자연스럽지 못한 동작에 바닥에 몇 방울 물이 떨어졌다.

타인의 독백은 대개 들리지 않는다

그 방(房). 당신도 그 방을 기억할 것이다. 아주 간지럽고 포근한 방이었다 기억할 것이다. 아주 어둡고 깊은 방이었다 기억할 것이다. 차갑게 말랑거리던 공기, 선명하게 파열하던 소리, 부드럽게 끈적이던 맛과 향. 나는 당신의 기억 장치가 정확히 어떻게 작동하는지 알지 못한다. 그러나 당신도 분명히 그 방을 기억할 것이다. 그 방. 캄캄했고, 바람이 불었고, 노래가 들렸다. 춤이 아닌 움직임은 없었다. 우리 중 누군가 이것을 기억할 수 있을까 중얼거렸던 것을 기억한다. 타닥타닥 불티가 일던 수줍음, 뜨겁게 몸을 꼬던 허기, 해변의 물결처럼 끝없이 밀려오던 주문과 암시. 그 방에서는 전생(前生)과 전생(全生)이 모두 필요했다. 나와 당신과 그 방. 그러나 애써 불러온 전생과 전생을 우리는 조금도 사용하지 못했다.

우리는 잠시 그윽했다. 그저 그럴 수 있을 뿐이었다. 당신도 나처럼 갑자기 그 방이 움직이기 시작했던 순간을 결코 잊지는 못할 것이다. 자전(自轉)이었다. 처음엔 거대한 꿍음이 귓가를 메웠다. 움켜쥘 것이 제법 많았지만 우리는 아무것도 움켜쥐지 못했다. 방이 둥실 떠오르자 이내 소리는 완전히 사라졌다. 결국, 우리는 그 방을 공중에 묻었다. 사라지지 않게 하기 위해서라 믿었다. 사라지지 않게 하기 위해서는 아무도 그 방을 찾을 수 없어야 했으므로, 우리는 공중 깊숙이 그 방을 묻었다. 우리조차 찾을 수 없을 만큼 아주 깊이. 해서 우리는 다시 그 방으로 돌아갈 수 없다. 영원히 공중에서 자전하는 그 방을 영원히 공중에 묻기 직전, 당신의 슬픔과 나의 불안이 방의 자전축을 조금 기울어지게 만들고 말았다는 것을 기억할 것이다. 전율처럼 방은 잠시 몸을 떨었다. 당신의 기억 장치가 나와는 다른 방식으로 움직인다 해도 당신 역시 그 방을 기억할 것이다. 깊은 공중에서 조금 기울어진 채 영원히 혼자 자전하는 방. (pp. 23~24)

거기에 있는 줄 알았는데 거기에 없던 그것. 상현달에도 없고 하현달에도 없던 그것. 밤의 공원, 뜨거운 철책 담장, 텅 빈 우리, 수생식물들의 가볍고 복잡한 뿌리. 줄곧 여러 곳을 찾아봤다. 곳곳에 있었다는 말은 쓰지만 곳곳에 없었다는 말은 들어본 적이 없는데. 아무튼 그것은 곳곳에 없었다. 어두운 상자 속 오랫동안 신지 않은 구두 뒤축에도, 빵 부스러기가 말라붙은 빈 접시에도, 같은 곳을 자꾸 반복해서 틀리던 피아노 건반 위에도, 급발진 사고로 아이가 죽은 골목길에도, 물음표로 휜 버려진 고양이의 긴 꼬리 끝에도, 그것은 없었다. 그것은 곳곳에 없었다. 그러나 분명한 것은 그것이 아무 곳에도 없을 수는 없다는 것이었다. 때문에 줄곧 여러 곳을 찾아봐야 했다. (p. 8)

확실하다는 것은 안정을 뜻한다. 그러나 확실한 것은 없다. 있다면 누구나 죽는다, 누구나 고통을 겪는다 정도. 우울한 결론이기 때문인지 그 사실은 널리 알려져 있음에도 불구하고 그만큼 널리 받아들여지고 있지는 못한 형편이다. 확실하다는 것은 안정을 뜻한다. 그러나 확실한 것은 없다. 안정은 없다. (p. 15)

껴안아줘, 꼭 껴안아줘, 있는 힘껏 껴안아줘, 언제나 온전히 껴안아줘, 시작조차 없었던 것처럼 그렇게 껴안아줘. 반드시 그렇게 껴안아줬으면 좋겠어. 이 말을 하는데 벌써 슬프다. 그러니까 더 꼭 껴안아줘, 더, 더 꼭, 더 꼭 껴안아줘, 빈틈없이 샅샅이 낱낱이 껴안아줘. 시간을 거품처럼 부글부글 끓어오르게 할 거야. 기억을 투명하고 단단하게 굳힐 거야. 매일매일 얼굴에서 무덤처럼 혹이 솟아나는 꿈을 꿔. 껴안아줘,

꼭 껴안아줘. 이것 봐. 눈물에서 땀이 나, 피가 나. 이상하게
애써 감춘 것만을 잃어버리고 말아. 밤이 오기 전에 어두워질
수는 없는 걸까. 아, 제발 부탁이야. 그럴 수 없겠지만, 그래
도 껴안아줘. 제발 꼭 껴안아줘. (pp. 30~31)

"돌아올 거야?"
"왜 떠나는지부터 물어보는 게 순서 아닌가?"
"바로 그것 때문에 떠나는 것도 아니잖아."
"그렇긴 하지만." (p. 44)

상은은 데니스 브라운을 듣는다

항상 무언가를 잊어버리고 있다는 생각이 희수의 머릿속을
떠나지 않았다. 막연하지만 너무나 확고한 느낌. 뭔가를 분실
한 아쉬움이나 낭패감과는 달랐다. 잃어버린 것이 아니라 잊
어버린 것. 그러나 건망증과도 역시 다른 것이었다. 이미 했
어야 했거나 반드시 해야 할 일, 더없이 중요한 일, 그러나
그게 무엇인지 떠오르지 않는 것이다. 종잡을 수 없는 것이
다. 사야 할 물건의 목록, 자질구레한 일과나 계획을 일일이
기록하고 꼼꼼히 체크하는 오래된 메모 습관은 빈틈이 없었
다. 그러나 틀림없이 잊어버리고 있는 것이 있다. 기억이 떠

오를 때까지 잊고 있다는 사실 자체를 아예 깨닫지 못하고 있
는 경우와는 다르다. 무언가를 잊어버리고 있다는 느낌이 현
재진행형으로 언제까지나 지속되었다. 애당초 기억한 적이
없던 것처럼 잊어버리고 있는 것이 무엇인지 끝내 떠오르지
않은 채.

종종 두려움과 무기력이 밧줄처럼 굳게 온몸을 휘감았다.
처음엔 뿌연 안개처럼 희미하고 모호할 뿐이지만, 차츰 거대
한 해일처럼 덮쳐오는 압도적인 마비의 감각. 마른 잎처럼 잘
게 바스러지는 의식. 희수는 잊어버리고 있는 것이 과연 무엇
인지를 기억해낼 수 있다면 가위눌림 같은 침울함과 쇠약함
에서 벗어날 수 있지 않을까 생각하곤 했다.

처음으로 함께 식사를 하게 된 일요일 정오.
"와, 전부 제대로 된 음식이네요."
식탁 앞에 앉은 상은이 말했다. 칭찬이 아니라 우선 감탄이
었다. 인사치레가 아니라는 것을 증명하듯 상은은 조심스러
워하면서도 부지런히 수저를 놀려 빠짐없이 음식 맛을 보았
다. 희수는 제가 진지하게 만든 음식을 진지하게 먹고 있는
상은의 모습이 만족스러웠다. 제대로 된 음식이란 단어 선택
역시 마음에 들었다.
식탁 위에 올라와 있는 것은 잡곡밥과 된장찌개, 갈치구이
와 열무김치, 그리고 애호박전, 두부조림, 시금치무침, 콩자

반 등이었다. 희수도 상은도 알고 있었다. 그 모두가 얼마든지 제대로가 아닌 음식일 수 있었다. 세상에는 제대로가 아닌 잡곡밥과 열무김치와 두부조림과 콩자반이 존재한다. 제대로가 아닌 된장찌개와 갈치구이와 애호박전과 시금치무침도 먹을 수 있다. 얼마든지 그럴 수 있었다. 상은은 아주 오랜만에 제대로 된 음식을 먹었다. 희수는 아주 오랜만에 제대로 된 음식을 만들었다. 제대로 된 재료를, 제대로 된 방법으로, 제대로 된 상태에서. 제대로가 아닌 음식도 얼마든지 만들 수 있고 얼마든지 먹을 수 있다는 것은, 제대로 살지 않아도 얼마든지 살아갈 수 있는 것과 비슷한 일이었다.

"난 전혀 부담될 거 없으니, 그냥 밥 같이 먹는 걸로 해요. 상은 씨 음식 해 먹을 시간도 없는 것 같던데."

강한 인간이란, 아니 강한 척이라도 할 수 있는 인간이란 타인이라는 대상 없이도 제대로 된 음식을 먹고, 제대로 된 일과로 하루를 보낼 수 있는 인간이라고 희수는 생각했다. 타인이라는 선결 조건, 그 없이도 삶이 가능해야 한다는 것. 아닌 척 공포였다.

"그럼 제가 월세에 식비를 조금 추가하는 걸로 할게요. 어쩌다 보니 하숙생처럼 되어버렸네요."

식사를 마친 상은이 말했다. 제 업무 내용 설명하거나 티브이를 거실로 다시 내놓는 것을 만류할 때와는 다른 느낌이었다.

물론 매끼 얼굴을 마주하고 식사를 하게 된 것은 아니었다. 그래야 했다면 제안도 수락도 가능하지 않았을 것이다. 하우스메이트가 가족이 아니라는 점을 상은도 희수도 지나치리만큼 의식하고 있었다. 상은은 출근을 위해 아침 7시 반쯤 집을 나섰고, 보통 저녁 7시 반쯤 귀가했다. 희수는 늦잠을 자고 오전 10시를 넘겨 일어났고, 저녁 시간을 거의 집 밖에서 보냈다. 희수는 외출을 하지 않은 오후 시간에 몇 가지 음식을 만들어두었고, 상은은 집으로 돌아와 저녁 식사로 혼자 그것을 먹었다.

주 5일 근무를 하는 공무원이었지만 상은은 주말에도 일을 했다. 입시 과외 개인 교습. 토요일에는 여학생 둘, 일요일에는 남학생 둘, 네 명의 고등학생들에게 수학을 가르치는 아르바이트였다. 종종 평일 밤 시간에 보충수업을 하기도 한다는 말에 희수는 아연한 표정을 지었다. 적당한 대꾸가 떠오르지 않았다. 물론 법률에 명시된 공무원 겸직 금지 조항에 대해 말하고 싶은 것은 아니었다.

"대학에 들어간 이래 줄곧, 졸업하고 지금까지 일주일 이상 과외 선생짓을 쉬어본 적이 없어요."

다시 대수롭지 않다는 듯 상은이 말했다.

"집에 빚이 많은데, 빚 갚을 사람은 거의 없거든요."

"거의?"

"네, 거의."

여전히 적당한 대꾸를 하고 있지 못한 희수에게 상은이 다시 말했다.

"그런데 왜 공무원이 되었냐구요?"

희수는 고개를 끄덕였다.

"학교 선생이나 과외 선생이 되지 않으려 한 몸부림이었던 것 같아요. 여차하면 별수 없이 학교 선생이나 과외 선생이 될 수밖에 없는 형편이었는데, 그렇게 되면 정말 끝도 없이, 영원히 빚을 갚아야 할 것 같았거든. 그런데 학교 선생이랑 과외 선생이랑 또 학생이랑은 제가 세상에서 제일 싫어하는 세 가지예요."

상은이 호호호 노파 같은 웃음소리를 냈다. 희수가 굳이 뭔가를 꼬치꼬치 캐내고 싶은 것은 아니었다.

"그래서 완전히 끝난 건 아니지만, 그래도."

"네, 언젠가는 끝낼 수 있는 빌미가 있는 거죠."

"음, 다행이네."

그럼 그렇게 바빠서 상은 씨 연애는 언제 해? 희수는 묻지 않았다.

"그러니까, 비틀스랑 비교를 하자면요. 뭐랄까, 데니스 브라운도 단순해요. 비틀스처럼 단순하고 아름다워요. 그런데 그 단순함과 아름다움이 확실히 서로 달라요. 데니스 브라운은 비틀스보다 가나에 대해 더 잘 알고, 책을 읽지 않는 사람들에 대해서도 더 잘 알았어요. 레게는 태양과 바다가 없었으면 아예 생겨날 수도 없었던 음악이에요. 녹아내릴 것처럼 맑은 하늘, 마냥 부드럽고 따뜻하고 느린, 야자수가 있고 그물침대가 있는 해변, 그런데 전혀 게으르거나 호사스럽지 않아요. 영원히 계속되는 가난한 휴가 같은 일생이랄까. 음, 동물처럼 원시적이면서도 왠지 신실하고 종교적이기까지 해요. 아무튼 비틀스처럼 감탄하게 하거나 열광하게 하지는 않는데, 데니스 브라운 참 좋아요."

이 노래를 부른 가수는 누구지, 라는 질문에 상은은 그런 설명을 덧붙였다. 티브이를 거의 보지 않는 대신 상은은 언제나 음악을 듣고 있다는 인상을 주었다. 목에는 늘 MP3 플레이어가 걸려 있었다. 종종 노트북 컴퓨터에 연결한 스피커에서 밤새 닫힌 문밖으로 음악 소리가 흘러나왔다. 음악을 듣다 그대로 잠이 든 게 분명했지만, 방문을 열고 들어가 스피커를 꺼줄 수는 없는 일이었다. 상은은 운전할 때 들으라며 희수에게 음악 시디 몇 장을 건넸다. 제가 선곡한 노래 파일들을 공시디에 담은 것이었다. 희수는 음악을 듣는 일에 딱히 흥미나 기호가 없었다. 좋은 음악을 들을 때면 그저 오늘은 날씨가 화창하네, 꽃이 참 예쁘게 피었네, 하는 정도의 감흥을 받을 뿐이었다. 베토벤과 김건모와 머라이어 캐리는 알고 있었지만, 쳇 베이커와 콜드플레이와 루이치 사카모토는 알지 못하는 희수였다. 화창한 날씨 같거나 예쁜 꽃 같은 음악들, 혹은 눈매가 서늘한 미남 배우를 보았다거나 진하고 향기로운 커피 한 잔 마셨다거나 하는 정도의 감흥을 주는 노래들. 상은이 선곡해준 시디 속의 노래들 중 희수가 이미 알고 있는 곡은 없었다.

그 수십 곡들 중 한 곡. 노래의 제목도 노래를 부른 가수도 알지 못했지만 들어본 적이 있는 노래가 있었다. 어쩌면 안다고 할 수 있는 노래. 그랬기에 상은에게 질문을 던졌던 것이다. 데니스 브라운의 「삶 속의 일들Things in Life」——매일매일은 아니겠지만, 우리는 날마다 같은 길을 가게 될 거예요, 작은 변화 정도는 있겠죠, 나쁜 시간들도 있을 테고 좋은 시간들도 있을 거예요, 그러니 무슨 일을 하든지 작은 믿음을 가져요……

자메이카의 레게 음악에 대해서도 데니스 브라운이라는 흑인 가수에 대해서도 알지 못했지만, 희수는 그 노래를 알고 있었다. 「삶 속의 일들」은 10여 년 전 여러 번 반복해서 보았던 어느 영화의 엔딩 타이틀곡이었다. 희수는 데니스 브라운에 대해 일러준 상은에게 그 영화 얘기를 하지 않았다.

마지막이란 것이 중요했다. 영화 내내 각기 다른 이야기 속에서 따로따로 움직이던 남자와 여자는 영화의 마지막 부분에 와서야 만난다. 서로 등을 돌린 채 그제야 만난다. 남자는 벙어리고 엉뚱한 짓을 일삼고 시비에 휘말려 얻어맞고 다니기 일쑤다. 짝사랑했던 어지는 그를 알아보지 못했고, 자신이 사진을 많이 찍은 탓인지 아버지는 죽고 말았다. 남자는 벙어리지만 노래를 부른 적이 있었다. 여자는 킬러의 파트너였고, 킬러의 쓰레기를 뒤질 만큼 킬러를 원했지만 킬러는 죽었다. 검정 스커트에 검정 그물 스타킹을 신고 검정 선글라스를 낀 채 손을 떨며 강박적으로 담배를 피워대던 여자였다. 엇갈리기만 했던 그들이 만난 것은 영화의 마지막 부분에 이르러서였다. 그때 데니스 브라운이 노래하기 시작한다. 삶 속의 일들…… 여자를 태운 남자의 모터사이클이 푸르데데한 불빛을 뒤로하며 도시의 터널 속을 달린다. 둘 다 바이크 헬멧은 쓰지 않았다. 안전을 담보하고 사랑을 시작할 수는 없는 노릇이란 걸 알기에. 여자는 남자의 등에 창백한 옆얼굴을 얹는다. 이 길이 그렇게 길지 않으며 곧 내려야 한다는 것을 안다. 그러나 지금 이 순간은 아주 따뜻하다. 그것이 그 영화의 마지막 대사였다. 데니스 브라운의 노래가 흐른다. 삶 속의 일들. 희수는 기억하고 있었다.

희수는 「CSI─과학수사대」를 본다

희수는 하는 일이 많았다. 상은은 그 전부를 정확히 파악할 수도, 기억할 수도 없었다. 희수는 일주일에 두 번 아로마 테

176

라피스트 교육을 받으러 다녔고, 백화점 문화 센터에서 와인 강좌와 오페라 감상 강좌를 들었다. 또한 중국문화원의 '중국 정통 가정 요리 특강'에 참여해 음식을 만들었고, 한 여자대학교 부설 평생교육원에서 '생활 풍수 인테리어'를 수강 중이었다.

그 모두를 취미 생활이나 자기 계발의 일종으로 여기기엔 무리가 있어 보였다. 말 그대로 중구난방, 좀처럼 연관을 지을 수 없는 대상들이었다. 이미 배운 적이 있다는 '홈 메이드 제과 제빵'이나 '수동 카메라의 기초' '예뻐지는 경락 마사지' 역시 마찬가지였다(그 외 몇 가지를 더 말해주었지만 상은은 기억하지 못했다). 어쨌든 희수는 하는 일이 많았다. 그러나 어느 것에도 몰두한다거나 탐닉한다는 인상은 없었다. 자격증을 따거나 전문가 과정을 이수해 취업이나 창업을 계획하고 있는 눈치도 아니었다. 남다른 열의를 느낄 수 있는 것은 아니었지만 그렇다고 울며 겨자 먹기는 더욱 아니었다. 정확히 파악하기 어려운 강좌 스케줄에 따라 움직이는 희수는 그다지 성실하지도 않았지만 결코 게으르지도 않았다.

상은이 보기에 희수가 하는 일 중 유일하게 일다워 보이는 것은 하우스메이트로 두 사람을 이어준 연경의 언니이자 희수의 친구인 진경이 운영하는 카페에서 바쁜 시간 일을 도와주는 것이었다. 친구의 카페에서 일손을 빌려주고 그 대가로 돈을 받는지 어쩐지는 알 수 없었지만, 희수는 거의 매일 저녁 이후의 시간을 그 카페에서 보냈다.

어쨌든 희수는 하는 일이 많았다. 그런데 직업이 없었다. 그것이 어떤 삶을 의미하는 것인지 상은으로서는 알 수 없는 일이었다. 그러나 자신의 이해와는 무관하게 강력한 실체를 가지고 나름으로 존재하는 것, 그것이 바로 타인의 삶이라는 것을 상은은 알고 있었다.

예의 취미 생활이나 자기 계발 강좌를 언급할 때의 덤덤한 표정과는 달리, 희수가 종종 눈빛을 반짝이며 과장된 태도로 열을 올리는 대상은 케이블 영화 채널에서 방영되는 「CSI— 과학수사대」라는 미국의 드라마 시리즈였다.

"저도 예전에 「프렌즈」나 「섹스 앤 더 시티」는 가끔 봤었어요."

CSI를 한 번도 본 적이 없는 상은이 말했다.

"아니, 난 오히려 그것들을 못 봤어. 더 유명하다는데도 굳이 찾아보게 되지 않더라고."

"원래 추리소설이나 범죄영화 같은 거 좋아하세요?"

"뭐 딱히 그렇지도 않은데, 아무튼 시에스아이는 정말 대단한 것 같아."

"어떤 점이?"

"음, 그러니까…… 개연성, 개연성이 있어. 아무리 어렵고 복잡하게 얽히고설킨 상황이라도 결국에는 딱딱 아귀가 맞게 정리가 되고 해결이 되거든. 아무리 미스터리한 사건 같아 보여도 이러저러한 과정을 거쳐 분명한 개연성으로 답이 풀리니까. 그게 정말 놀랍고 부러워."

"부러워요?"

"응, 난 개연성이 없거든."

과연 중국 정통 가정 요리와 예뻐지는 경락 마사지 사이에는 개연성이 없어 보였다.

상은은 희수에게 CSI 시리즈의 몇몇 에피소드를 전해 들었다. 현재 지구상에서 가장 인기가 높다는 범죄 수사 드라마― 뺑소니 차가 남긴 스키드 마크, 깨진 유리잔의 혈흔, CCTV 속 행방불명자의 뒷모습, 사체의 위 속에서 검출된 정액, 몇 가닥의 머리카락, 찢어진 영수증 조각, 담배꽁초에 남은 DNA. 특정 화학물질에 반응해 숨겨졌던 제 존재를 드러내는 결정적인 증거들, 피의자의 완벽한 알리바이를 무력하게 만드는 최첨단 과학수사 장비들, 탐정과 과학자와 저격수의 면모를 동시에 갖춘 수사대원들. 몸이 땅속에 파묻힌 채 머리가 잘린 게이 청년와 명품 핸드백 끈에 목이 졸려 숨진 소녀와 동물 옷에 집착하는 변태 성욕자. 살인과 폭행과 납치와 음모, 비뚤어진 욕망과 억울한 누명, 원한과 비밀, 충동과 함정이 지옥처럼 뒤엉킨 범죄의 현장. 그러나 결국 그 모든 게 티브이 화면 속에서 채 한 시간도 되지 않아 말끔하고 명료하게 일단락 지어진다는 경이로운 개연성.

희수는 특히 CSI 라스베이거스 시리즈의 수사 요원인 길 그리섬 반장을 좋아했다. 상은은 CSI 마니아들이 사용한다는 애칭을 써서 희수에게 맞장구를 쳐주기도 했다.

"오늘 길 반장님의 명대사는 뭐였어요?"

"이번엔 오스카 와일드를 인용했어. 상부의 누군가가 높은 자리를 제안하자, '오스카 와일드의 말이 야심은 실패자의 마지막 피난처라고 하더군요, 전 됐습니다' 하는 거야. 멋지지?"

희수에 따르면 드라마 속의 길 그리섬이란 인물은 카리스마 넘치고 박학다식하며 어떠한 상황에서도 냉철한 이성을 잃지 않는, 그러면서도 따뜻한 인간미와 비밀스러운 어둠을 가진 인물이라는 것이었다. 대화에 셰익스피어나 사르트르나 프로이트를 인용하는 인물, 다시 한 번 열대우림에 가는 것과 다시 한 번 멜빌의 소설 『백경』을 완독하는 것을 바람으로 가지고 있는 인물, 길 그리섬. 희수가 말했다.

"내가 제일 마음에 들었던 그리섬의 대사는 헤라클레이토스를 인용한 거였어. '자신의 의미를 찾는 건 변화함으로써만 가능하다.' 근데 상은 씨, 헤라클레이토스가 누군지 알아? 내가 인터넷으로 찾아봤는데……"

희수의 아파트에는 방이 세 개 있었다. 희수의 방, 상은의 방 그리고 또 다른 방. 세 방 중 크기가 제일 작은 그 방에는 책장과 한 세트인 책상과 의자, 인터넷이 연결된 데스크탑 컴퓨터가 있었다. 그리고 반대편 벽에 커다란 붙박이장이 있었다. 장 안에는 사용하지 않는 침구와 옷가지, 이런저런 잡동사니라 부를 만한 물건들이 들어차 있었다.

희수의 컴퓨터에는 로그인 비밀번호가 걸려 있었다. 상은은 희수의 휴대전화번호, 유선전화번호, 자동차 번호 등에 사용된 숫자를 여러 가지로 조합해 로그인을 시도해보았다. 당연히 생년월일의 숫자도 동원해보았지만 모니터의 화면은 열리지 않았다. 상은은 한 번도 희수가 컴퓨터를 사용하는 모습을 본 적이 없었다.

그러나 붙박이장 안에서 예의 노트를 찾아낸 것은 '단숨에'라고 표현해도 좋을 만한 것이었다. 붙박이장을 열고 그 안을 살펴보는 상은의 눈빛이 CSI의 수사 요원들처럼 예리했던 것은 아닐 것이다. 하지만 낡고 두꺼운 겨울 이불 사이로 손을 쑥 집어넣었을 때 단번에 그 노트를 움켜쥔 것이다.

가죽 장정을 한 고급 수제 노트였다. 줄이 쳐지지 않은 백지 하단에 특이하게도 페이지 숫자가 일일이 인쇄되어 있었다. 꼭 99페이지였다. 처음 노트를 찾아냈을 때 반듯하고 정성스러운 만년필 글씨가 37페이지까지 백지를 메우고 있었다. 상은은 종종 붙박이장을 열어 희수의 노트를 꺼내 읽었다. 매번 한두 페이지씩 분량이 늘어나 있었다. 빼곡한 글자들 중에 의외로 개연성이란 단어는 눈에 띄지 않았다.

타인의 타인은 나 혹은 당신일 경우가 많다

전화벨이 울린 것은 막 새벽 2시가 지나서였다. 단잠을 깨고 잠긴 목소리로 받았어야 했을 전화. 그러나 상은은 말짱한 정신으로 깨어 있었다. 잠들기 위해 자리에 누운 것은 두 시간 전쯤이었다.

"상은 씨, 미안한데. 나 여기…… 지금 좀 나와줄 수 있어?"

잠긴 목소리로 전화를 걸어온 것은 희수였다.

상은은 침대에서 일어나 옷을 갈아입었다. 새벽 2시까지 희수가 귀가하지 않은 것은 처음 있는 일이었다. 자신이 새벽 2시까지 깨어 있는 것도 이 집의 이 방으로 이사를 온 이후 처음인 듯했다. 위급 상황이 아니라며 상은을 안심시키려 들었지만, 두서없는 얘기를 늘어놓는 희수의 목소리는 무척이나 달뜨고 불안정했다.

"상은 씨, 옆방에 붙박이장 있지, 거기 열고 안에 보면 왼쪽 제일 아래 선반에 침대 시트 안 쓰는 거 몇 장 있을 거야. 그거 하나 쇼핑백 같은 데 담아서…… 참, 끈도. 끈도 있어야 돼. 좀 넉넉하게. 다용도실 공구함 옆에 찾아보면 비닐끈 같은 게 있을 거야."

상은이 그동안 룸메이트와 하우스메이트에게 매긴 점수에

는 청결 지수, 강박 지수, 변덕 지수 외에 '뒤통수 지수'라는 것도 있었다.

상은은 집을 나섰다. 어차피 잠이 올 것 같지는 않았다. 그러나 시트와 비닐끈, 왠지 CSI 드라마에나 등장해야 할 소품 같았다.

상은은 희수가 알려준 어느 초등학교 앞에서 내렸다. 집을 나와 택시를 잡아타고 5분, 걸어서는 20분 정도 걸릴 거리였다. 물론 상은에게는 초행인 곳이었다. 초등학교 옆 아파트 단지의 담장을 끼고 오른쪽으로 백여 미터, 다시 단지 뒤쪽 야트막한 오르막 산책로를 따라 걸으니 희수가 말한 공원의 입구가 보였다. 전화벨이 울렸다. 전화를 받고 주위를 두리번 거리자 역시 자신처럼 전화기를 귀에 대고 주위를 두리번거리는 희수의 모습이 눈에 들어왔다.

근처 주민들만이 이용할 법한 작은 공원이었다. 도시의 여느 공원들과 조금도 다를 게 없어 보이는 평범한 공원이었다. 주황색 가로등의 불빛이 닿지 않은 군데군데 어둠이 거품처럼 고여 있었다. 깊은 밤의 외진 공원은 두려움이나 불안보다 연극의 무대처럼 인위적이고 비현실적인 느낌을 불러일으켰다. 무료하고 무탈했을 지난날의 오후, 학교를 마친 초등학생들이나 유모차를 앞세운 아기 엄마, 느린 걸음의 노파들이 이곳에 머물다 돌아갔을 것이다. 그러나 아무도 없었다. 어두운 나무 그늘이 드리워진 구석진 벤치에 회수와 상은이 나란히 앉아 있을 뿐이었다. 상은은 회수에게서 술 냄새를 맡았다. 그러나 분명 회수는 술이 깨어가고 있는 중이었다. 깊은 밤 아무도 없는 외진 공원에 와 있는 것보다 훨씬 더 예외적이라 느껴지는 시트와 노끈이 종이봉투에 담긴 채 상은의 발치에 놓여 있었다.

"전에 제법 자주 왔던 공원이야. 주로 이렇게 늦은 시간에. 우연히 발견한 곳이었어. 길가에서 제법 떨어져 있잖아. 이런 데가 있는 줄 몰랐지. 그냥 별것 없는 작은 동네 공원일 뿐인데, 이상하게 나 여기가 늘 참 좋았어. 그래서 자주 왔던 곳이야. 오늘은 꽤나 오랜만에 온 건데, 그전만큼 좋지는 않네."

선선하다 느껴졌던 밤바람이 점차 쌀쌀하게 느껴졌다. 상은은 졸음을 느꼈다. 회수의 전화를 받지 않았다면 언제쯤 잠이 들었을까. 전에도 여기 혼자 왔었나요? 전에도 누굴 불러냈었나요? 상은은 쌀쌀한 바람결에 노곤한 졸음을 흘려보내며 내내 입을 다물고 있었다.

"근데 상은 씨, 이 벤치 어때?"

회수가 불쑥 물었다.

"네?"

"이 벤치 어떠냐고."

벤치가 어떠냐는 질문에 대한 적절하고 알맞은 대답이란

무엇일까. 상은은 앉은 자세를 조금씩 바꿔가며 그에 대한 답을 찾는 시늉을 해 보였다.

"얼핏 보면 그냥 평범한 보통 벤치인 것 같지만, 그렇지 않아. 잘 한번 봐, 아니 한번 잘 느껴봐. 상은 씨도 알 수 있을 거야. 이 벤치는 아주 특별해. 그렇지? 뭔가 다르단 느낌이 들지? 이 벤치는 내가 앉아본 벤치 중에 최고야. 이렇게 완벽하다는 느낌이 드는 벤치는 다른 데서 본 적이 없어. 그래서 여기 올 때마다 늘 이 벤치에 앉았지. 정확히 설명하기 어렵긴 한데, 아무튼 이 벤치는 정말 특별해. 한동안 잊고 있었어. 그런데 아까 바로 이 벤치가 생각이 난 거야."

내가 앉아본 벤치 중에 최고. 누군가가 하우스메이트에게 청결 지수나 변덕 지수를 매기는 것처럼, 누군가는 공원의 벤치에 순위를 매긴다.

전에 없이 갑작스러운 희수의 전화를 받은 직후부터 지금까지, 희수는 그사이 아주 오랜 시간이 흐른 것 같다는 착각이 들었다. 불과 대여섯 시간 전, 상은은 2년 남짓 사귄 남자와 헤어졌다. 그사이 그에게 빌려준 돈은 9백만 원이 조금 넘었다. 좋아, 이자까지 틀림없이 갚겠어. 그전에 헤어진 남자와 마찬가지로 그도 역시 그렇게 말했다. 그러나 끝내 3백만 원 정도를 받지 못했다. 누구도 물어올 리 없다는 걸 알면서도 상은은 돈 때문에 늦도록 잠을 못 자고 있었던 건 아니야, 라는 대답을 하고 싶었다. 술에 취하듯 계속 졸음이 밀려왔다.

"상은 씨. 이거, 우리 집에 가져가자!"

이거란 물론 '최고의 벤치'를 말하는 것이었다.

"아까 한참 끙끙거리면서 내가 미리 밑에 고정돼 있던 부분을 손봐놨어."

그리하여 희수는 시트와 비닐끈이 필요했던 것이다. 물론 자신의 하우스메이트라는 운반책도 함께.

근데 이게 아파트 엘리베이터에 들어갈까? 들어가겠지? 세로로 세우면 어떻게든 들어가겠지? 이걸 차에 실을 수 있으면 좋았을 텐데. 그러면 이렇게 고생 안 해도 되고. 미안해, 상은 씨. 힘들지. 생각했던 것보다 진짜 훨씬 무겁다. 휴, 땀이 막 나. 우리 저기 편의점에 가서 뭐 마실 것 좀 사올까? 이거 바닥에 잠깐 내려놓고 갔다 올까? 아니, 안 되겠다. 누가 들고 가진 않겠지만, 그래도 좀 이상해 보일 거야. 그냥 빨리 가는 게 낫겠지? 아, 저기 횡단보도 신호등 깜빡거려.

체크무늬 침대 시트에 둘러싸여 하늘색 비닐끈에 칭칭 감긴 나무 벤치. 어두운 새벽의 거리, 앞뒤로 서서 그것을 힘겹게 들고 가는 두 명의 여자. 언뜻 그것이 벤치로 보이지는 않았다. 그러나 그것은 다른 무엇으로 보이지도 않았다. 그들의 모습을 호기심 어린 눈으로 바라볼 행인조차 좀처럼 눈에 띄지 않는 시간이었다. 보도 쪽으로 다가와 잠시 클랙슨을 울리고는 이내 지나쳐 달려가는 빈 택시들.

근데 경비실 아저씨가 졸다 일어나 우릴 보고 그게 뭐냐고 하면 어쩌죠? 아, 뭐 24시간 영업하는 대형 마트에서 가구를 사왔다고 하면 되겠네요. 근데 도와준다고 하면 어쩌죠? 아, 그냥 우리 둘이 충분하다고 하면 되겠네요. 근데 우리 아직 반의 반도 못 온 거 맞죠? 근데 정말 집까지 이걸 가져갈 수 있겠다고 생각한 거예요? 아, 엄살이 아니라 팔이 빠질 것 같아요.

내내 희수와 상은은 입 밖으로 말을 꺼내지 못했다. 끙끙대는 신음과 헉헉대는 숨소리마저 도로의 차량 소음에 묻혀버렸다. 팔다리가 후들후들 떨렸다. 이마와 등줄기 가득 땀이 솟았다. 중얼거리기도 투덜거리기도 불가능했다. 물론 그것이 침묵의 모든 이유는 아니었을 것이다. 희수와 상은은 시트와 비닐끈으로 감싸 맨 벤치를 들고 새벽의 거리를 걸었다. 그것이 제아무리 세계 최고의 벤치라 해도 지금 이 순간 그것은 그저 지나치게 무거운 벤치일 수밖에 없었다. 팔다리가 떨리고, 등줄기로 땀이 흐르고, 도무지 입 밖으로 말을 꺼낼 수 없는 까닭에, 그저 안간힘을 쓰며 앞뒤로 벤치를 들고 가는 두 여자는 자신들의 모습이 마치 부조리 실험극에 출연한 마임 배우 같아 보인다는 사실을 알지 못했다.

멀찍이, 집이 보였다. 집, 너와 나의 집, 우리의 홈이 아닌 우리의 하우스. 희수의 방, 상은의 방, 그리고 또 다른 방이 있는 바로 그 집. 전동 칫솔과 일반 칫솔이 나란히 놓인 욕실과 로그인 비밀번호가 걸린 컴퓨터와 애완견 같은 분홍색 짐 볼과 제대로 된 음식이 들어 있는 냉장고가 있는 집. 세상의 다른 많은 집들처럼 '삶 속의 일들'이 있는 집.

집이 멀지 않았다. 그러나 아직은 멀었다. 벤치를 불태워버리고 싶기도 하고 아무렇게나 길바닥에 내버리고 싶기도 하다는 생각을 둘은 동시에 하고 있었다. 잠시 걸음을 멈추고 벤치 위에 앉은 두 여자는 말없이 가쁜 숨을 골랐다. 말짱히 술이 깬 여자도, 졸음을 견디기 힘든 여자도 그대로 그 벤치에 누워 죽은 듯이 잠이 들고 싶다는 생각을 했다. 그러나 앉을 때는 2인용, 누울 때는 1인용. 제아무리 세계 최고의 벤치라 해도 벤치의 용량은 대개 그러했다. 만능 파워 홈 짐도, 돌려받지 못한 돈도, 훔친 벤치도 예의 이불 속 깊이 넣어둔 노트에는 적히지 않을 것이었다.

두 여자는 동시에 일어섰다. 그리고 다시 벤치의 양쪽 끝을 들어 올렸다. 하우스메이트와 함께 하우스로 돌아가는 것은 당연한 일처럼 느껴졌다. 서늘하게 땀이 식어 있었다.

쿨라라라라라

기분이 좋지 않아. 하지만 기분이 나쁠 건 또 뭐야. 어젯밤 토미에게 제대로 한 방 먹이지 못한 게 분할 뿐이야. 토미는 작년에 우리가 함께 터키 상점에서 산 토파즈 화병을 가리키며 차라리 저걸 집어던지는 게 어때 하고 비아냥거리며 말했지. 무슨 소리. 물건을 부수는 일 따윈 관심 없어. 내가 부수고 싶은 건 네 광대뼈야, 토미. 곧바로 그렇게 받아쳤던가. 나만큼이나 엉망으로 취해 길길이 날뛰며 허공으로 마구 팔을 휘둘러대던 토미. 그 역겨운 손가락질. 그런데 나는 저 왼손 검지가 내 입속으로, 귓속으로, 질 속으로 뻔질나게 들어왔었잖아 하는 생각을 하고 있었지. 결코 역겹지 않게, 부드럽게, 다정하게 말이야. 그래서였어. 결국 그 손가락을 사나

운 개처럼 콱 물어버린 건. 물론 토미는 미친개에 물린 개새
끼처럼 깽깽 비명을 질러댔고. 그건 분명히 기억이 나. 이 시
트의 핏자국은 바로 그 때문이니까. 그렇지만 내가 정작 부수
고 싶은 건 토미의 광대뼈였다고. 으, 이가 다 얼얼하고 시큰
거려. 그런데 참, 다른 손가락이 아니라 왼손 검지를 제대로
물긴 한 건가.

　밖은 또 안개로군. 창문을 열어보지 않아도 확실히 알 수
있어. 이 도시는 언제나 그렇지. 풀처럼 차고 끈끈하게 엉겨
붙는 집요한 안개. 이 도시의 안개는 언제나 그래. 사실 내가,
또 이 도시의 사람들이 기분이 좋지 않은 건 저 안개 때문은
아니야. 하지만 누구나 안개 탓을 하지. 나쁜 기분에 대해 지
긋지긋한 안개만큼 좋은 핑계거리도 없으니까. 조용하군, 조
용해. 이런, 이거 너무 조용하잖아. 다들 어딜 간 거지. 빌어
먹을, 어디를 갔든 나와 무슨 상관이란 말이야. 아니 빌어먹
을, 어디를 갔든 다 나와 상관이 있단 말이지. 아아, 이대로
침대 속에 시럽처럼 줄줄줄 녹아버리고 싶어. 안개처럼 스멀
스멀 사라지고 싶어. 기분이 좋지 않단 말이야. 하지만 기분
이 나쁠 게 도대체 뭐가 있겠어.

　클라라 코헨Clara Cohen이란 이름을 들어본 적이 있는 사
람이란 21세기의 첫 10년이 끝나가는 이즈음의 지구인으로

어떤 특징을 가질까. 아니, 그것은 거의 변별력을 지닐 수 없는 질문이다. '클라라 코헨의 음악을 들어본 적이 있는 사람'이나 '클라라 코헨에 관한 정보를 인터넷에서 찾아본 적이 있는 사람' 혹은 '클라라 코헨의 음반을 구입한 사람'이나 '클라라 코헨의 콘서트를 관람한 사람' 등으로 물음을 구체화시키는 게 좋을 것이다. 그러나 그렇다 한들, 그들의 특징은 조금도 명확해지지 않는다. 명확한 것은 언제나 클라라다. 그들은 그저 클라라에 대해 명확하게 경이로워하거나, 명확하게 경악스러워하는 지구인일 뿐.

인터넷 검색창에 클라라라는 글자를 입력하면 검색어 자동 완성 기능이 설정되어 있는 경우, 클라라 코헨이란 이름이 맨 먼저 등장한다. 우리는 코헨이란 글자를 입력할 수고를 덜게 된다. 클라라 코헨은 현재 지구에 살고 있는 모든 클라라 중 가장 유명한 클라라다. 우리는 마이클이나 안젤리나나 빌이란 이름을 가진 수많은 사람들 중 가장 유명한 마이클과 안젤리나와 빌을 알고 있다. 프란츠, 소피, 무하마드, 나타샤, 와타나베, 곤잘레스 등도 마찬가지. 장(張)이나 이(李)같이 세계적으로 흔한 성(姓)도 종종 오직 한 사람을 가리키기 위해 사용된다. 대개의 경우 가장 유명한 마이클과 소피와 곤잘레스와 이는 동명이인들 중 가장 많은 돈과 가장 높은 명예와 가장 막강한 영향력을 가졌다. 가장 많은 파파라치와 웹 페이지와 스캔들도 가졌다. 클라라도 마찬가지다. 물론 돈과 명예와 영향력과 파파라치와 웹 페이지와 스캔들을 대하는 방식과 태도는 안젤리나, 빌, 무하마드, 장 모두가 제각각이다. 클라라도 마찬가지다.

셀러브리티celebrity——21세기의 첫 10년이 끝나가는 이즈음의 유명 인사란 과거의 유명 인사와는 사뭇 다르다. 여기서의 과거는 인터넷이 대중화되지 않았던 비교적 가까운 과거를 말한다. 좀더 범위를 넓히자면 근대적 미디어 매체가 등장하기 이전의 과거라 하겠다. 100년 전만 하더라도 사람들은 제 나라를 다스리는 지배자의 얼굴 생김새를 알지 못했다. 사람들이 위정자들의 얼굴을 기억하게 된 것이 그들이 곧잘 화폐 모델로 등장했기 때문만은 아니다. 미디어는 유명 인사를 탄생시켰다. 유명 인사의 유명한 이름뿐만 아니라, 유명 인사의 유명한 얼굴도 탄생시켰다. 모두 가까운 지인처럼 그들의 얼굴을 익혀갔다. 그토록 유명한 얼굴들——제국의 침략 전쟁에서 혁혁한 공을 세운 장군의 얼굴, 수많은 소나타를 남기고 결핵으로 죽은 작곡가의 얼굴, 여성 참정권 쟁취를 외치며 달리는 경주마들 사이로 뛰어든 페미니스트의 얼굴, 상상을 초월할 정도의 부를 축적한 부르주아지의 얼굴, 순교자처럼 참수당한 민중봉기 주모자의 얼굴, 야심찬 모험가의 얼굴, 미친 화가의 얼굴, 냉철한 과학자의 얼굴, 익살스런 배우의 얼굴, 불운한 시인의 얼굴, 얼굴, 얼굴들. 미디어는 우리에게 보여주었다. 그 구체적이고 독특하고 별스러운 얼굴을, 고유한 표정과 동작과 말투와 취향과 행보를, 더없이 생생한 실체인 한 없이 모호한 이미지를.

중절모를 쓰고 나비넥타이를 매고 손에서 시가를 놓지 않았던 정치가, 중절모와 나비넥타이와 시가 대신 반라 차림으로 직접 물레를 돌려 실을 잣던 또 다른 정치가. 선박왕이라 불리던 세계적 갑부와 재혼한 대통령의 미망인과 그 미망인에게 선박왕을 빼앗긴 세계적 프리마 돈나——그 둘의 얼굴을 타블로이드 1면에 나란히 함께. 미디어는 전쟁으로 600만 명을 학살한 다소 희극적인 콧수염의 전범이 실은 자살한 게 아니라 어딘가 살아 있다는 소문을 잊을 만하면 들려주었고, 중남미의 전설적인 혁명 게릴라를 마초적인 턱수염이 돋보이는 세계적인 티셔츠 모델로 부각시켰다. 그 유명한 록 밴드는 토크쇼에 출연해 우리는 예수보다 유명하다 말해 더욱 유명해졌고, 그 유명한 여배우는 잘 때 무엇을 입고 자느냐는 기자의 질문에 특정 향수의 이름을 대 더욱 유명해졌다. 수렵광에 전쟁이 난 곳이면 어디든 달려갔던 그 유명한 소설가는 고질적인 우울증 끝에 라이플로 자살해 더욱 유명해졌고, 앞서 언급한 대통령의 미망인과 요절한 여배우의 얼굴을 프린트한 작품으로 떼돈을 번 그 유명한 화가는 예술은 사기다라고 말해 더욱 유명해졌다.

20세기 후반에 이르러 셀러브리티들의 유명세는 보다 이종 교합적인 형태를 띠게 된다. 유명 인사의 상당수를 스포츠나 엔터테인먼트 업계 종사자가 차지하기에 이르렀는데, 스포츠나 엔터테인먼트 업계 종사자가 아닌 유명 인사들도 다분히 스포츠나 엔터테인먼트 업계 종사자들 같은 습성을 보여주기 시작한 것이다. 어쨌거나 그들이 기본적으로 월등히 뛰어난 능력의 소유자들인 것은 분명하다. 선천적인 재능이든 후천적인 노력이든 그 둘의 복합적인 결과이든, 그들의 유명세는 곧 그들 능력의 유명세다. 그들은 평범한 사람들이 범접할 수 없는 탁월한 무언가를 이뤄낸 사람들이다. 우리는 그들의 월등히 뛰어난 외모, 월등히 뛰어난 춤과 노래와 연기, 월등히 뛰어난 언변, 월등히 뛰어난 지능, 월등히 뛰어난 운동신경에 열광한다. 그들은 탁월한 열정으로, 탁월한 비전으로, 탁월한 심미안으로, 탁월한 리더십으로, 탁월한 창조력으로, 탁월한 유혹으로 우리를 사로잡는다. 그러나 많은 경우 그들의 뛰어남과 탁월함은 부정적이거나 반어적인 의미로 희화화된다. 월등히 뛰어난 염문, 월등히 뛰어난 장삿속, 월등히 뛰어난 이기심, 월등히 뛰어난 과시욕, 월등히 뛰어난 경거망동, 월등히 뛰어난 변덕. 그들의 탁월한 거짓말과 탁월한 낭비벽과 탁월한 속물근성과 탁월한 중독 성향과 탁월한 노출증과 탁월한 기고만장과 탁월한 소송 해결 능력은 연일 미디어를 번쩍번쩍 장식한다. 결국 되어야 하는 것은 '별'이므로, 그 모든 것을 반드시 그렇게 만들고야 마는 미디어, 대중의 '그런 것까지는 알고 싶지 않은 권리'는 번번이 그런 게 있기나 하냐는 듯 무시된다.

클라라 코헨은 현재 지구상에 살고 있는 모든 클라라 중 가장 유명한 클라라다. 클라라는 동명이인들 중 가장 많은 돈과 가장 높은 명예와 가장 막강한 영향력을 가졌다. 가장 많은 파파라치와 웹 페이지와 스캔들도 가졌다. 월등히 뛰어난 그녀의 음악, 그녀의 목소리. 그녀는 탁월하다. 그녀는 유명하다. 월등히 뛰어난 그녀의 구설, 그녀의 기행. 그녀는 탁월하다. 그녀는 유명하다.

찬찬히 몸의 혈관을 들여다보고 있는 게 좋아. 이 팔과 손, 허벅지에 가늘고 구불구불하고 어지러운 푸르스름한 선들, 발에도 발바닥에도 많이 있어. 무엇보다 거울 속, 화면 속, 내가 직접 볼 수 없는, 노래를 부를 때의 도드라진 목의 핏줄. 그 불룩거리고 꿈틀거리는 숨찬 선들, 뼈보다 강하고 살보다 생생해. 봐, 혈관이 이렇게나 많아. 나뭇가지처럼 뻗쳐 냇물처럼 흘러. 찬찬히 몸의 혈관을 들여다보고 있는 게 좋아. 아 그런데, 실은 좀 무섭기도 해.

기타 소리. 「신과 왕The God & The King」의 간주 파트. 기타가 연주되는 건 세상에 울음이 있다는 걸 알려주기 위해서야. 기타는 언제나 울어. 크게 소리쳐 울기도 하고 숨죽여 작게 울기도 하고, 하지만 결코 웃지는 않아. 기뻐도 기타는 울

어. 어쿠스틱은 어쿠스틱대로 일렉트릭은 일렉트릭대로. 상
냥하게도 울고, 진지하게도 울고, 거만하게도 울고, 정교하
게도 울어. 바이올린도 첼로도 마찬가지야. 울음이 웃음보다
훨씬 더 많다는 걸 보여주려고 그것들이 만들어진 거야. 모두
울어. 계속 울어. 심장처럼 두근거려도 베이스기타도, 콘트라
베이스도 결국 우는 거야. 울지 않는 현악기는 없어. 현악기
는 웃을 수 없어. 명심해야 돼. 그런데 울음이 슬픔과 아주
같은 말은 아니야. 눈물과도 조금 달라. 그것도 명심해야 돼.
　「날개를 주세요Give Me Wings」의 도입부. 트럼펫. 두 대의
트럼펫이 번갈아. 그리고 슬쩍 댄스 파트너를 가로채듯 끼어
드는 알토 색소폰. 관악기는 모두 옛날의 소리를 내. 관악기
로는 앞으로 일어날 일에 대해 말할 수 없어. 과거뿐이야. 지
나간 순간들이 흘러나오는, 반짝이는 둥근 악기 속의 검은 어
둠. 결코 만만치 않지. 플루트마저 클라리넷마저 그래. 내가
오보에나 호른은 잘 모른다고 생각하는 거야? 나는 미래를
들려주는 관악기를 결코 알지 못해. 목관악기든 금관악기든
모두. 저 색소폰을 부는 입술과 트럼펫을 짚는 손가락들을 좀
봐. 우리가 늘 하는 짓이잖아. 턱을 괴고, 술을 마시며, 창가
에 서서, 운전을 하며 하는 짓. 그래, 옛 생각. 어두운 기억이
든 환한 추억이든 되새기고 더듬어 찾는 거. 그래서인지 관악
기는 꽤나 솔직한 편이지만 그다지 사실적이진 않아. 상당히
자기 본위야. 안 그래? 우린 모두 자신에게 유리하게 기억하

니까.

쏟아질 듯 흘러내리는 피아노 건반. 「내 심장 속의 풍차The Windmill In My Heart」의 후렴구. 아니, 나는 피아노에서 전혀 손가락을 느끼지 않아. 피아노가 들려주는 건 발걸음이야. 우리의 발걸음, 동물의 것이 아닌 오직 인간의 발걸음. 우리가 걸었던 모든 걸음이 세상 모든 피아노 건반 위에 살며시 놓여 있어. 작곡가와 연주자는 손가락으로 그 걸음들을 재생하는 거야. 설레던 발걸음, 망설였던 발걸음, 헤맸던 발걸음, 경쾌했던 발걸음, 물러섰던 발걸음, 확신했던 발걸음, 고달팠던 발걸음, 막막했던 발걸음, 분노했던 발걸음, 위태롭게 비틀거렸던 발걸음, 불에 덴 듯 뜨거웠던 발걸음, 춤추듯 날아오를 것 같던 발걸음. 우리가 제 발을 내디디며 어딘가로 향했던 모든 순간을 피아노는 연주할 수 있어. 나는 곡을 쓸 때 피아노를 사용하지 않아. 피아노는 너무 크고 깊고 머니까. 너무 외로우니까.

딱딱딱, 드럼 스틱이 맞부딪히는 소리. 음악이 시작되려는 순간. 아 다행이야, 안심이야. 나를 붙잡아주는 건 언제나 타악기들이지. 드럼 소리. 둥둥둥, 쿵쿵쿵, 츳츳츳, 이봐 클라라, 정신 차려, 허리를 곧게 펴고 똑바로 서, 고개를 숙이지 말고 앞을 바라보라고. 모두 너를 보려고, 네 노래를 들으려고, 오직 그 이유만으로 모인 사람들이야, 저렇게나 많이. 자, 하나, 둘, 셋, 걱정 말고 이 박자대로만 해. 괜찮아, 넌 꽤 근사하다고. 흐느적거리는 건 좋아도 흔들리는 건 용납 못해. 그래 고마워, 드럼이 없었다면 나는 제대로 해낼 수 없었을 거야. 단단히 바닥을 딛고 서 있지 못했을 거야. 리듬이 있어 다행이야, 안심이야. 둥둥둥, 쿵쿵쿵, 츳츳츳, 리듬은 여기가 어딘지, 지금이 언젠지, 내가 누군지 잊지 않도록 일러주니까.

그리고 나의 혈관. 찬찬히 몸의 혈관을 들여다보고 있는 게 좋아. 자, 뭘 부를까. 「사막은 어디에나The Desert Is Everywhere」 「그렇게 많은 밤을So Many Night」 아니, 「잘 가라고 말했나요?Did You Say Goodbye?」로 하겠어. 아프고 외롭게 버려진 목소리로. 몸의 모든 혈관을 매끄럽고 진하게 울리며. 눈동자에는 밤의 빛을, 입술에는 달의 숨을. 나는 검은 벨벳 장갑을 낀 클라라, 노래하는 클라라. 그대 내게 잘 가라고 말했나요, 미처 돌아갈 곳을 만들지 못했는데, 그대 내게 잘 가라고 말했나요, 당신을 실망시키지 않으려고, 마치 돌아갈 곳이 있는 여자처럼 미소를 지었죠. 들어봐, 나는 혈관으로 노래해. 이토록 불룩거리고 꿈틀거리는 숨찬 선들. 강하고 생생하게. 나뭇가지처럼 뻗쳐 냇물처럼 흘러. 찬찬히 몸의 혈관을 들여다보고 있는 게 좋아. 바로 내가 악기라는 걸 확신할 수 있으니까. 아 그런데, 그래서 실은 좀 무섭기도 해.

클라라 코헨이 첫 앨범을 발표하고 영국 대중음악계에 데뷔한 것은 지금으로부터 약 5년 전의 일이다. 당시 런던의 가장 영향력 있는 재즈 레이블 중 하나인 '매치Match'의 책임 프로듀서 카일 매덕스의 책상 위에는 늘 그렇듯 뮤지션 지망생들이 보내온 데모 테이프가 한가득 쌓여 있었다. 어느 화요일 오후, 클라라가 부른 다이나 워싱턴의 「What A Difference A Day Makes」를 여덟 소절까지 들은 카일은 자리에서 일어나 아무도 앉아 있지 않은 맞은편 소파를 향해 큰 소리로 질문을 던졌다고. "이 목소리는 도대체 어떻게 된 거야?"

며칠 후인 금요일, 빨간 인조 가죽 기타 케이스를 어깨에 멘 클라라가 매치의 스튜디오를 찾아왔다. 카일은 이미 데모 테이프에 다이나 워싱턴의 곡과 함께 녹음되어 있던 나머지 세 곡의 노래를 클라라가 직접 작사하고 작곡했음을 알고 있었다. 의례적인 인사말이 오가고 잠시 다이나 워싱턴이 화제에 올랐다. 이내 카일은 「What A Difference A Day Makes」의 기타 반주 역시 클라라의 솜씨임을 알게 되었다.

"음, 최근에 새로 만든 곡이에요. 제목은, 「충분하지 않아It's Not Enough」."

클라라가 기타를 치며 노래를 부르기 시작했다. 예의 카일의 소파에 앉아. 그녀의 모습은 적잖이 긴장돼 보였지만, 그녀의 기타와 그녀의 목소리는 전혀 긴장하고 있지 않았다. 촛불처럼 일렁이며 연기처럼 음악이 피어올랐다. 조금 빠르게,

어쩌면 조금 능청스럽게. 너와 사랑을 나눈 밤, 충분하지 않아, 네가 내게 속삭인 말들, 충분하지 않아, 결코 충분하지 않아, 아침이 되자 너는 서둘러 떠나려 했지, 모든 게 충분하지 않아 나는 네게 쏘아붙였지, 나쁜 자식, 어림없어, 내 담배 가져가지 마, ……

노래가 끝나자 매치의 간부들은 일제히 박수를 쳤다. 신인을 테스트하는 자리에서 매치의 간부들이 일제히 박수를 친 것은 4년 만에 처음 있는 일이었다. 누군가는 자기들만 알아듣는 은어를 써가며 연신 의미심장한 미소를 지었고, 누군가는 길게 휘파람을 불었다. 카일이 소파의 클라라를 향해 정색을 하고 말했다.

"아니, 충분하군."

클라라는 그 자리에서 바로 매치와 정식 계약을 맺었다. 그리고 6개월 후 첫 앨범 〈안개를 통과해Pass Through Fog〉가 발매되었다. 앨범이 발매된 일주일 후 클라라는 스무 살 생일을 맞았다.

훗날 한 인터뷰에서 밝힌 바에 따르면, 클라라가 처음 무대에서 혼자 노래를 부른 것은 연기 학교를 다니던 열다섯 살 때였다. 교내 뮤지컬에서 솔로 곡을 한차례 부른 것인데, 솔로 곡을 불렀음에도 그녀가 맡은 역할은 거의 엑스트라나 다름없는 단역이었다고. 그 학교의 한 교사는 당시의 클라라를 '노래는 웬만큼 들어줄 만하지만, 춤과 연기는 도저히 봐줄

수가 없는 학생'이라고 평했다. 이듬해 학교를 그만둔 것에 대해 클라라는 '자퇴 같은 퇴학'이었다고 말했다. '다니기 싫었는데 마침 잘라준 것'이라고도 덧붙였다. 그녀의 퇴학 이유가 교칙 위반 누적이란 것은 훗날 그 학교의 관계자들과 그녀의 동급생들에 의해 밝혀졌다. 그 교칙 위반이 대부분 풍기문란 조항에 해당되는 것이었다는 증언이 뒤를 이었다. 때문에 꽤 많은 과목에서 그녀가 낙제를 한 것은 그다지 부각되지 않았다. 주변의 몇몇은 음악 학교에 진학해볼 것을 권하기도 했지만, 클라라는 제 방에서 기타를 퉁기며 종일 뒹구는 것에 대해 아무런 불만이 없다고 대꾸했다. 당시 클라라의 첫번째 꿈은 볼링장의 진행 보조 요원이 되는 것, 두번째 꿈은 볼링장 카페테리아에서 콜라와 팝콘을 파는 것이었다. 그때부터 지금껏 클라라는 볼링을 광적으로 좋아하는 것으로 유명하다. 정확히는 내기 볼링과 내기 볼링을 옆에서 구경하며 소리를 지르는 것을 광적으로 좋아하는 것으로 유명하다.

열일곱 살의 크리스마스를 얼마 앞두고 클라라는 처음으로 노래를 부르고 그 대가로 돈을 받았다. 나이 차이가 많이 나는 그녀의 사촌 오빠가 재즈 세션맨으로 일하는 작은 클럽 무대에 서게 된 것이었다. 원래 노래를 부르기로 되어 있던 중년의 흑인 여가수가 빙판에 미끄러져 복합골절상을 입는 바람에 생긴 기회였다. 음반을 내고 정식으로 오버그라운드에서 활동한 사람은 없었지만, 그녀의 가까운 친척 중에는 뮤지션이 몇 명 있었다. 모두 재즈나 블루스 계통의 연주자들이었다. 그들의 영향으로 클라라는 어려서부터 올드 팝이나 스탠더드 재즈 넘버들을 친숙하게 접하며 자랐다. 그녀가 처음 클럽에서 부른 노래는 크리스마스캐럴 팝을 재즈풍으로 편곡한 곡들이었다. 입소문이 나자 규모가 엇비슷한 라이브 클럽 몇 군데에서 출연 제의가 들어왔다. 클라라는 클럽에서 만난 또래의 남자들이 주축인 록 밴드들과도 어울렸다. 6,70년대 유명 그룹의 카피 밴드와 함께 펑크나 디스코의 히트 넘버를 부르기도 했다. 클라라가 클럽 두 곳에 고정 출연을 하게 된 얼마 뒤, 한 재즈 밴드의 매니저가 그녀에게 데모 테이프를 만들어 메이저 레이블에 보내볼 것을 권유했다. "넌 충분해, 클라라." 그 역시 카일 매덕스와 비슷한 말을 했던 것을 클라라는 기억한다.

〈안개를 통과해〉는 발매 2주 만에 UK 종합 앨범 차트 48위로 진입했다. 소울 장르로는 상당히 높은 진입 순위였다. 힙합도 테크노도 하우스도, 얼터너티브 록도 글램 록도 어반 록도 아니었던 만큼 평론가들의 반응이 상대적으로 요란해 보였다──'전성기의 다이나 워싱턴과 더스티 스프링필드를 절묘하게 결합시킨 듯한 목소리다.' '클라라 코헨은 소울을 단순히 트렌드로 흉내 내고 있는 요즘의 젊은 가수들과는 확실히 구별된다.' '복고를 새롭게 재탄생시키려는 신인 싱어송라이터의 야심이 돋보인다.' '전혀 고리타분하지 않다, 젊은 세

대가 힙합처럼 열광하며 즐길 수 있는 뉴 재즈다.' 등등.

앨범의 첫번째 타이틀곡인 「충분하지 않아」가 싱글 차트 34위에서 단번에 11위로 올라서자, 「안개를 통과해」와 「그렇게 많은 밤을」이 동시에 50위권에 진입했다. 〈안개를 통과해〉는 39주 동안이나 앨범 차트에 머무르며 플래티넘을 기록했고, 두 곡의 넘버원 싱글을 비롯해 열한 곡의 수록곡 중 여섯 곡이 50위권 안에 드는 기록을 세웠다. 매치의 카일 매덕스는 런던의 유서 깊은 재즈 콘서트홀인 캔트우드하우스에서 매주 금요일 밤 클라라의 정기 공연을 열었다. 라이브 무대에 있어서 클라라는 결코 신출내기가 아니었다. 무대 위의 그녀는 이미 너무 노회하다는 느낌마저 주고 있었다. 공연은 언론의 호평 속에 매회 매진을 기록했고, 얼마 뒤 클라라는 대형 공연장인 엠파이어 스태튼의 무대에도 섰다. 공연의 관객은 이례적으로 10대 후반부터 4, 50대 중년층까지 다양했다. 넘버 원 히트곡인 「충분하지 않아」의 유명한 후렴구 "결코 충분하지 않아, 나쁜 자식, 어림없어, 내 담배 가져가지 마"는 특히 10대 후반의 소녀들에서부터 4, 50대 중년 여성들에 이르기까지 세대를 넘나들며 사랑받는 유행어가 되었다. 영국의 거의 모든 여자들이 침실을 빠져나가는 남자들을 향해 킬킬거리며 말한 것이다──결코 충분하지 않아, 나쁜 자식, 어림없어, 내 담배 가져가지 마, 라고. 클라라는 그해 브리티시 뮤직 어워드에서 3개 부문을 수상한다. 최우수 컨템퍼러리 싱글상, 최우수

여성 싱어송라이터상, 최우수 신인 앨범상.

시상식 직후 언론과의 인터뷰에서 카일 매덕스가 '클라라는 이제부터 시작'이라고 말한 것은 전혀 의례적인 발언이 아니었다. 카일은 클라라의 2집 앨범 작업을 위해 직접 미국으로 건너가 과거 소울 음악계 최고의 프로듀서로 손꼽혔던 짐 레이먼드를 영입했다. 진정한 성공을 위해서는 미국 진출이 필수였다. 미국 음반 시장에서 성공을 거둔다는 것은 곧 월드스타가 되는 것을 의미했다. 짐과 공동 프로듀서로 앨범에 참여하는 것이 자신의 입지를 좁게 만드는 일일 수도 있었지만, 새 앨범이 최대한 미국 시장을 겨냥해야 한다는 카일의 생각에는 변함이 없었다. 카일은 이미 클라라가 적잖이 제 골머리를 썩게 만들 것임을 예상하고 있었다. 한 음악 잡지에 실린 인터뷰에서 클라라는 "내가 만들어둔 곡들이 더 있었음에도 불구하고, 카일은 굳이 리메이크 곡을 두 곡이나 넣었어요. 난 내 첫 앨범에 다른 사람의 곡이 들어가는 걸 결코 원치 않았는데 말이죠"라고 말했다. 이어 다음과 같이 말하기도 했다. "난 매치를 너무 사랑해요. 그들은 정말 끝내주거든요."

클라라는 뚱뚱한 미국 흑인 노인인 짐 레이먼드를 좋아했다. 소울 음악계의 거장이자 철저한 프로페셔널인 짐은 뜻밖에도 인자하고 친근한 할아버지처럼 클라라를 대했다. 그는 자신이 런던에 온 이유를 매치가 제시한 계약금 때문이 아니라 클라라의 〈안개를 통과해〉에 반했기 때문이라 말하곤 했다. 클라라는 짐을 빅 파파라 부르며 그의 목에 매달려 장난을 쳤다. 짐은 산타클로스라도 된 것처럼 껄껄거리며 클라라의 어리광을 받아주었다. 둘은 서로를 알아본 것이다. 매치의 녹음실에서 스물한 살의 클라라와 일흔을 바라보는 짐이 주거니 받거니 노래를 부르고 기타와 피아노로 잼 연주를 하는 모습을 매치의 관계자들은 사뭇 감격적인 표정으로 바라보았다.

그러나 앨범 작업은 카일의 계획과는 달리 1년 넘게 시간을 끌었다. 라이브 공연 요청이 쇄도하기도 했고, '클라라 밴드'를 결성하기 위해 실력 있는 세션들을 모아 연습을 진행시켜야 했다. 미국 진출에 대한 준비도 쉽지 않았다. 그러나 무엇보다 우리의 클라라. 카일의 예상대로 클라라의 '상태'는 그야말로 롤러코스터를 탔고, 어느새 그녀는 타블로이드가 열광하는 '가십의 여왕'이 되어 있었다.

'클라라, 실연으로 알코올 중독에 빠지다' '마리화나는 시시해라고 말한 클라라' '클라라가 파파라치에게 퍼부은 욕설은 바로 이것' '두문불출 클라라 우울증 치료받아' '제대로 망가진 클라라의 화제만발 엽기 사진' '클라라, 하룻밤 상대와 결혼 임박……'

우여곡절 끝에 클라라의 두번째 앨범 〈클라라라라라라 Clararara〉가 영국과 미국에서 동시에 발매되었다. 앨범은 더없이 강하고 거침없으면서도, 놀라우리만치 노련하고 유연

했다. 클라라의 멜로디와 가사와 목소리는 확신에 차 있었고, 짐 레이먼드의 편곡 솜씨는 탁월했다. 네오 빈티지의 정수라는 찬사가 쏟아졌다. 두 곡의 뮤직비디오 촬영을 끝낸 직후 클라라는 매치의 스태프들과 함께 미국으로 향했다. 두 달 남짓 8개 주(州) 12개 도시를 돌며 프로모션 투어에 임했다. 클라라는 뉴욕이나 LA 이상으로 텍사스와 플로리다를 마음에 들어 했다. 〈클라라라라라라〉는 빌보드 차트에 이름을 올렸다. 런던으로 돌아오기 직전 혼자 뉴욕의 밤거리를 걷고 있던 카일 매덕스는 대형 음반 매장의 스피커를 통해 클라라의 첫번째 싱글 「푸른 그림자The Blue Shadow」를 들었다. 「그건 더 이상 비밀이 아니야It's Not A Secret Anymore」가 뒤를 이었다. 런던으로 돌아온 후 카일은 1집 〈안개를 통과해〉의 발매를 요청하는 미국 음반 관계자들의 전화를 받았다.

이듬해 그래미 시상식의 하이라이트는 단연 미국 할리우드에서 런던의 캔트우드하우스를 연결해 위성 생중계된 클라라 코헨의 라이브 무대였다. 수십 명의 그래미 시상식 기술 스태프들과 왕년의 블루스 스타 랜디 오브라이언이 오직 클라라를 소개하기 위해 대서양을 건너간 참이었다. 클라라는 클라라밴드와 함께 「푸른 그림자」를 부르고, 이어 「그건 더 이상 비밀이 아니야」와 「클라라라라라라」를 메들리로 불렀다. 스물세 살의 클라라는 두번째 앨범으로 그래미 4관왕을 차지했다. 〈클라라라라라라〉는 이미 모든 차트를 석권하며 영국에서만

500만 장이 넘는 판매고를 올린 상태였다. 앨범은 22개국에서 라이선스 발매되었다.

그사이 클라라는 동갑내기 무명 로커 토미 길모어와 결혼했다. 과도한 흡연으로 폐기종 진단을 받고 한 달간의 입원치료를 마치고 퇴원한 직후의 일이었다. 크고 작은 추문이 끊임없이 이어졌다. 그러나 그중에서도 단연 세간을 떠들썩하게 만든 것은 바로 폭행 스캔들이었다. 스코틀랜드 에든버러에서의 공연 후 일행과 함께 작은 펍을 찾은 클라라는 자리를 양보하지 않는다는 이유로 시비가 붙은 한 남자의 얼굴을 수차례 주먹으로 가격했다. 남자의 앞니와 코뼈가 부러졌고, 클라라는 얼마 뒤 예정되어 있던 그래미 시상식에 참석할 수 없게 되었다. 폭행 사건 재판에 회부 중이라는 이유로 미국 입국이 불허된 것이다. 자초지종을 설명하는 사회자의 공식적인 언급은 없었지만, 그래미 시상식의 라이브 위성중계는 그런 이유로 기획된 고육지책이었다. 몇 개월 후 클라라는 주먹을 날린 남자에게 30만 파운드의 합의금을 지급했다. 폭행 스캔들과 관련해 딴은 유머러스하지만 다분히 악의적이라 할 수 있는 가십 기사의 한 구절은 다음과 같았다——클라라는 그 남자에게 술잔을 끼얹을 수도, 욕설을 퍼부을 수도, 대개의 여자들처럼 할퀴거나 꼬집거나 아니면 뺨을 때릴 수도 있었다. 그러나 그녀는 앞뒤 가리지 않고 강력한 스트레이트 펀치를 날렸다. 바로 이 점이 우리가 높이 평가해야 할 그녀의 타고난 파이터 본능인 것이다.

　미친 듯이 부는 바람 소리, 완전히 미쳐버린 바람의 미친 바람 소리. 결국 아빠는 용케 이런 장소를 찾아낸 거로군. 영화에서처럼 커다란 나무가 뿌리째 뽑혀 날아가는 장면을 볼 수 있다면 좋겠지만, 그래도 이 정도면 충분해. 이건 영화가 아니니까. 바람 부는 벌판. 걷잡을 수 없이, 압도적으로, 조금의 틈도 주지 않고, 전부 소용없다는 듯이, 강하고 단호하게, 음악 그 자체처럼, 그렇게 부는 바람. 정말 아무도 없네. 덜컹거리는 창문도, 이리저리 굴러다니는 빈 캔도, 뚜벅뚜벅 발자국도, 아무것도 없어. 여긴 이제 병원이 아니니까.
　저 커다란 나무, 모든 게 뒤흔들리고 있어. 구석구석 샅샅이 바람에 휘감겨 있어. 미친 바람이 끝없이 나무를 덮쳐 와. 발작처럼, 악몽처럼, 재앙처럼, 지옥으로 떨어지라는 판결처럼. 저렇게 얇고 작고 많은 나뭇잎들이, 남김없이 휩쓸려 갈 것만 같은데, 처절하게 허우적대고 있는데, 저렇게까지 속수무책 휘둘리는 건, 어쩌면 너무나 고귀한 일. 눈물이 날 것 같다. 바람이 멋지니까, 나무도 멋지니까, 바람과 나무가 멋지지 않았던 적은 지금껏 한 번도 없었으니까. 바람이 된다면 정말 멋질 거야, 나무가 돼도 틀림없이 그럴 거야. 하지만 아프겠지. 무엇에든 맨몸이 닿아야 할 테니, 차가운 땅속에 발을 박고 언제까지나 서 있어야 할 테니. 철조망을 모조리 훑고 지나가야 한다면 견딜 수 없이 쓰라릴 거야. 축축한 안개에 종일 감싸여 있어야 한다면 지독하게 추울 거야. 그래도 바람은, 나무는, 미친 바람에 미친 듯이 흩날리는 커다란 나무는 언제나 멋지고 언제나 최고야. 클라라라라라, 아무도 없는 벌판에 누워 바람 속의 나무를 바라보았지, 영원히라도 그럴 것처럼 모든 것이 거친 바람 속에 있네, 클라라라라라, 지금 이 순간 바람과 나무도 나를 바라보는 걸까, 바람과 나무와 내가 함께, 영원히라도 그럴 것처럼, 클라라라라라.

나는 금세 늙어버릴 거야. 엄마보다 더 못생겨지고, 아빠보다 더 뚱뚱해질 거야. 엄마의 보라색 원피스가 생각나. 엄마가 커다란 흰색 벨트를 허리에 두르고 반들거리는 흰색 하이힐과 함께 입던 풍성한 보라색 물실크 원피스. 엄마의 옷장을 열고 소매를 쓰다듬거나 치마폭에 얼굴을 비비면, 그 시원하고 부드러운 느낌. 엄마 화장대 위 엄마 브러시의 엄마 머리칼, 나는 왜 금발이 아닐까, 생각했지. 아빠가 피클 병의 굳어버린 뚜껑을 열려고 낑낑대던 모습도 떠올라. 시뻘게진 아빠 얼굴, 옆에 있던 나도 덩달아 이를 앙 물고 손아귀에 힘을 주었지. 갑자기 뚜껑이 열리면서 내 얼굴에 튄 피클 물, 그 달고 신 냄새. 눈이 따가웠어. 그래도 신나고 마음이 놓였어. 살구잼 병도, 피넛버터 병도, 아빠 이것도 열어줘, 이것도, 이것도, 하고 말했지. 나는 금세 늙어버릴 거야. 엄마보다 더 못생겨지고, 아빠보다 더 뚱뚱해질 거야.

열두 살 때였던가. 처음으로 물구나무서기를 했던 날. 뒷마당 나무 담장에 기대서. 아주 더운 날이었어. 뜨거운 햇살, 윙윙거리는 날벌레들. 목덜미의 땀방울이 거꾸로 흘러내려 다시 머리칼 속으로. <u>흐흐흐흐</u>, 갑자기 기침처럼 숨 막히는 웃음이 터져 나왔지. 열두 살 때였던가. 실은 발레를 더 배우고 싶었는데, 그런데 왜 더는 배우고 싶지 않다고 말한 걸까. 작고 납작한 발레 슈즈, 쫀쫀한 분홍 타이즈, 나무 봉이 달린 교습소의 커다란 거울. 나는 발레가 좋았는데, 나는 발레가 싫다고 말했어. 발레 동작에 물구나무서기가 없다는 게 그 이유라도 되듯.

웰링턴 파크 특설 무대에서 노래를 부르다 무지개를 보았던 게 작년이던가, 재작년이던가. 수천 명이 비를 맞고 서서 몸을 흔들며 노래를 불렀지. 우리가 죽여주게 놀면 비가 그칠 거야, 내가 말했지. 「술에 취한 젊은 연인Drunken Young Lover」를 부른 다음 「길 위에서 돌아보면Looking Back On The Road」을 부르기 시작하자 정말 비가 그치고 날이 개었어. 해가 나왔어. 순식간에 모든 것이 빛났어. 환히 빛났어. 그리고 무지개. 하늘에 무지개가 떴어. 둥글고 커다랗게 빛나는 무지개 아래 노래를 부르는 수천 명의 사람들. 그 노래는 내 노래였으니까 나도 그 노래를 불렀어. 길 위에서 돌아보면, 희미해지는 지난날, 길 위에서 돌아보면, 흩어지는 입맞춤, 길 위에서 돌아보면, 사라지는 약속들, 돌아보지 않을 수 없었어, 길 위에서 돌아보면, 해가 지고, 내가 걸어온 길이 서서히 연기처럼 사라져버려. 그리고 무지개가 사라졌어.

느낌, 느낌은 중요해, 너무나 중요해. 울고불고 악을 쓰며 발을 구를 만큼 중요해. 느끼지 못하는 자들을 느끼게 만들고 싶어. 느꼈다 해도 자기가 무엇을 느꼈는지 알아차리지 못하는 자들에게, 이봐 당신이 그 순간 느낀 건 바로 이거였던 거야, 무릎을 치게 만들고 싶어. 느낌, 느낌은 중요해. 너무나 중요해. 하지만 알아, 분명히 알고 있어. 느낌이 다가 아니란 것을. 느낌은 너무나 중요한데, 이렇게 중요한데, 그런데도 다일 수가 없다니. 느낌만으론 부족하다니. 그래서 분해, 그래서 슬퍼, 그래서 무서워. 느낌이 다라고 우기고 싶어, 소리치고 싶어, 거짓말하고 싶어.

클라라 코헨의 얼굴을 인터넷에서 처음으로 접한 사람들은 대개 다음과 같이 말한다——뭐야, 못생겼잖아. 물론 그들의 대부분은 제 컴퓨터 앞에 혼자 앉아 있을 터, 격식을 차려 공손한 말을 사용할 이유는 없을 것이다. 그러나 못생겼다는 말이 너무나 즉흥적이고 거칠고 단정적이고 인색한 평가라 해도, 클라라 코헨이란 영국의 유명 여자 가수가 외모에 대해 일반적인 의미로는 결코 예쁘다는 평가를 받기 어렵다는 것은 주지의 사실이다. 그의 부계 혈통이 증명하듯 어쩌면 전형적인 유대인의 얼굴이랄 수도 있겠다. 숱이 많은 검은 머리, 짙은 검은 눈썹, 평평하고 좁은 이마, 코와 얼굴이 길다는 것이 결정적으로 클라라를 '깜찍하다'거나 '귀엽다'거나 '인형 같다'는 형용사로부터 배제시킨다. 그리고 커다란 입, 어느 저급하기 짝이 없는 연예 정보 웹 사이트가 실시한 설문 조사에서 '페니스를 가장 잘 빨아줄 것 같은 입술 1위'로 뽑힌 그 입.

클라라의 사진을 본 사람들의 대체적인 다음 반응은, 이 여자가 스물다섯이라고? 서른다섯은 돼 보이는데? 아니 마흔다섯이라 해도 믿겠는데, 하는 것이다. 실제로 그렇다. 클라라는 스물다섯에서 마흔다섯 사이 그 어느 나이라 해도 수긍이 갈 만한 그런 얼굴을 하고 있다. 그러나 이 점 역시 겉늙어 보인다는 단순한 말로는 그 의미를 온전히 설명할 수 없는 복잡한 측면을 가지고 있다. 술과 마약과 섹스에 찌들어 있을 때나 온갖 구설에 시달리고 있을 때의 클라라는 마흔다섯을 넘어 수십 년 더 나이를 먹은 노파의 모습을 하고 있다. 그러나 무대 위에서 빛날 때, 드럼 스틱에 맞춰 손가락을 까딱까딱 움직일 때, 마이크를 움켜쥐고 웃음을 터뜨릴 때, 그녀는 영락없는 10대 소녀다. 모든 나이를 동시에 사는 것. 소녀에서 노파까지 한 여자 안에 들어 있는 모든 여자들을 꺼내 보이는 것. 클라라는 '너무도 민감해 끝도 없이 변화하는'이란 여성적 메타포를 충실히 체현하고 있다.

그러나 그런 점이 눈 밝게 살펴져 존중되거나 하는 일은 일어나지 않는다. 미디어는 탐욕스런 들개 떼처럼 '망가진 클라라'의 사진에 달려든다. 유명 인사들의 추한 모습이 담긴 사진과 동영상만을 취급하는 것으로 악명 높은 '어글리-스타닷컴(www.ugly-star.com)' 내에서도 '어글리 클라라'는 단연 최상위권 방문자 수를 자랑하는 인기 블로그다. 다른 스타들에 비해 사진의 숫자가 많기도 하거니와, 앞다투어 줄줄이 이어지는 다분히 코믹하고 가학적인 댓글들의 인기 또한 다른 블로그를 능가한다. 예를 들어, 니코틴으로 누렇게 변색된 치아를 드러내며 인상을 찡그린 클라라의 사진, 물론 얼룩진 화장과 초점 없는 눈동자와 산발한 머리를 하고 찍힌 사진. 그 사진에 달린 '50대 퇴물 매춘부처럼 보인다'는 어느 댓글에 대한 댓글은 '이 말이 50대에 대한 모독일까, 매춘부에 대한 모독일까' 하는 것이었다. 기형적으로 마른 팔다리와는 대조적인 풍만한 가슴과 엉덩이를 강조한 비키니를 입고, 그렇지만 결코 요염하다거나 뇌쇄적이라고는 할 수 없는, 비치적거리는 주정뱅이 걸음으로 해변을 걷고 있는 동영상에 대해서는 '자위를 하며 떠올리기엔 적당하지 않은 얼굴이지만, 갖은 변태 짓을 죄다 시험해보고 싶게는 만드는 얼굴'이란 댓글이 가장 뜨거운 반응을 불러일으켰다.

그러나 어쨌든, 클라라 코헨이 세계적인 인기 스타라는 사실에는 그 누구도 이의를 제기할 수 없으리라. 불법적이거나 합법적인 음원 다운로드를 제외하고도, 클라라의 두 앨범은 세계적으로 1천 8백만 장 이상이 팔렸다. 거의 전 곡을 제가 직접 작사 작곡했으므로, 저작권료를 포함한 클라라의 공식적인 수입은 비슷한 연배의 스타들 중 단연 독보적이라 할 수 있다. 어글리 클라라라 불려도 그녀는『롤링 스톤즈』의 표지를 장식하고『보그』와『하퍼스 바자』에 화보를 실은 패션 아이콘이다. 그녀의 패션 역시 그녀의 음악처럼 네오 빈티지의 정수라 불린다. 길고 검은 머리칼을 사자의 갈기처럼 마구 부풀려 풀어헤친 클라라 특유의 독특한 헤어스타일은 과거 비슷한 헤어스타일로 인기를 모았던 티나 터너나 다이애나 로스의 카리스마를 능가한다. 그 사자의 갈기 같은 검은 머리채 사이사이 몇 가닥 환한 금발의 브릿지를 넣은 것에 대해 클라라는 '우리 엄마가 금발이니까'라는 이유를 댔다. 검은 벨벳 장갑 역시 빼놓을 수 없는 클라라의 트레이드 마크다. 손목 부분이 길게 팔을 덮는, 고전적인 무도회용 드레스와 함께 착용하는 게 보통인 검은 벨벳 장갑. 무대 위에서 노래를 부르는 클라라는 언제 어디서든, 어떤 화장과 옷차림을 하든 반질반질 윤이 나는 검은 벨벳 장갑을 착용한다. 양손 모두에, 때로는 오른손에만 혹은 왼손에만. 그것만은 아무 이유 없다 둘러댄다. 배꼽이 드러나는 탱크 탑에 가죽 스키니 팬츠를 입고 편의점에서 담배를 사는 클라라가 무대 위가 아님에도 검은

216

벨벳 장갑을 끼고 있던 모습의 파파라치 사진은 무척이나 기괴한 느낌을 불러일으켰다. 헤어스타일이나 장갑 때문에 마녀나 뱀파이어 같은 별명이 추가된 것은 이미 너무 많은 별명을 가지고 있는 클라라에게 조금도 새삼스러운 일이 아니었다. 사람들은 결국 클라라의 외모에 열광한다. '예쁘다'를 대신해 '끝내준다'나 '죽여준다'를 서술어로 사용해 그녀를 아름답다 치켜세운다. 전 세계 주요 11개국어로 '빽 간다'나 '뿅 간다'에 해당되는 비속어도 빈번히 사용된다. 끝내준다나 죽여준다나 빽 간다나 뿅 간다가 빈번하게 사용되는 것은 그녀의 음악을 평가할 때도 마찬가지. 폭행 스캔들의 두번째 공판이 열리던 날, 런던의 법원 앞에는 클라라의 헤어스타일과 화장과 옷차림까지 모든 것을 똑같이 코스프레한 극성 팬들이 '클라라는 무죄!'라고 외치며 피켓 시위를 벌였다.

데뷔 이래 클라라는 자신의 위악 취미를 마음껏 즐겨왔다. 특히 두번째 앨범의 성공과 '영국 최고의 엽기녀'란 별명이 제 머리 위에 왕관처럼 씌워진 이후, 그 정도는 쉽게 도를 넘었다.

하나하나 늘어나는 그녀 몸의 문신들이 미디어에 의해 자주 놀림감이 되었다. 하이힐 한 짝과 우산을 쓴 두더지와 음표들로 뒤덮인 해적 마크와 '내 침대에서In my bed'라는 글귀는 미의식이라고는 전혀 찾아볼 수 없는 조악한 싸구려 문신들이란 반응을 이끌어냈다. 이내 클라라는 왼쪽 어깨 아랫부분에 바늘이 살을 반쯤 찌르고 있는 주사기 그림을 문신했다. '24시간 마약 주사 중인 클라라'라는 헤드라인은 어쩌면 의도에 가까운 것이었다.

한 음악 전문 웹 사이트에 소개된 클라라의 최신 인터뷰는 4백만 이상의 조회 수를 기록했다. '가장 환희에 찼던 순간은?'이란 질문에 클라라는 '무대에 서면 언제나'라고 그럴듯한 답을 했다. '어린 시절 받았던 선물 중 가장 기억에 남는 것은?'이란 질문에 대한 '열세 살 생일 때 받은 어쿠스틱 기타'라는 답도 무리가 없었다. 그러나 '최근 가장 즐기는 취미 생활은?'에 대한 답은 '술을 마시다 다른 사람 얼굴에 술잔을 끼얹기'였고, '최근 당신을 가장 힘들게 만든 것은?'에 대한 답은 '이 세상 그 자체,' '최근 가장 당황했던 기억은?'에 대한 답은 '아침에 정신을 차리고 나서야 지난밤 내가 우리 밴드의 멤버 하나를 흠씬 두들겨 팼다는 걸 알았다'고 답했다. '섹스와 마약에 대한 당신의 생각은?'에 '할 수 있을 때 최대한 자주 많이 해둘 것,' '술과 담배는?'에 역시 '이하 동문'이라 답했는데, 그 뉘앙스가 전혀 농담같이 느껴지지 않았다. 클라라는 '가십 기사에 열을 올리는 타블로이드 신문을 어떻게 생각하나?'라는 질문에 '신문? 아, 내일이 되기도 전에 노숙자들이 덮고 자는 종이 쓰레기'라고 답했다. '당신을 동물에 비유한다면?'이란 질문도 있었다. 클라라는 '사자와 뱀과 너구리와 공작새를 섞은 괴물'이라고 답했다. '내 노래들'이란

답을 이끌어낸 질문은 '당신의 목숨보다 소중하다 말할 수 있는 것은?'이었다. 모두 50가지 질문 중 마지막을 차지한 것은 '기억하고 있는 명언이 있다면?'이었다. 클라라는 '음악은 현상을 모사하는 게 아니라, 의지 자체를 그대로 모사한다는 점에서 다른 모든 예술과 구별된다'라는 말을 주문처럼 중얼거렸다고 한다. 쇼펜하우어의 말이었다. 하나가 더 있다며 클라라가 말을 이었다. '계속해야 한다, 계속할 수 없지만, 계속할 것이다' 사무엘 베케트의 말이었다.

클라라 코헨과 토미 길모어의 이혼 법정 싸움은 소송이 제기된 지 1년 반이 넘도록 계속되었다. 둘의 연애 기간과 결혼 기간을 합친 것보다 더 긴 시간이었다. 클라라는 그해 변호사 비용을 가장 많이 지출한 영국인 7위를 기록했다. 클라라의 상습적인 마약 복용과 고질적인 폭력 성향에 대한 토미의 야비한 폭로가 이어졌다. 그러나 그 두 가지 모두 토미 역시 자유로울 수 없는 부분이었다. 멍 자국이 가득한 상처투성이의 두 사람을 적나라하게 찍은 파파라치의 사진은 험악한 육탄전 부부 싸움의 명백한 증거였다. '클라라와 토미의 한밤의 활극' '망나니 대 개망나니 제2라운드 돌입' '남편이 지어준 아내의 별명은 손찌검 클라라' 등의 헤드라인은 이미 하나 새로울 것 없는 가십이었다. 법정을 나선 클라라를 집 앞까지 집요하게 따라붙은 기자들을 향해, 몇 년 이래 '클라라 코헨의 엄마'가 직업이 되어버린 클라라 코헨의 엄마가 소리를 질렸다.

"빌어먹을, 내 딸은 적어도 유명해지기 위해서 말썽을 피우진 않아!"

토미 길모어는 자충수를 두고 말았다. 비현실적으로 높게 청구한 위자료에 대해 그는 클라라가 여러 노래의 가사를 자신에게서 영감을 받아 창작했으므로, 그 저작권료의 일부가 자신에게 돌아와야 한다고 주장한 것이다. 클라라는 사랑의 고통으로 환청과 환시를 경험했다는 내용의 가사를 담고 있는 「푸른 그림자」가 제 경험에서 비롯된 것임을 인정한 바 있었다. 내가 너를 속이자 너도 나를 속였지, 우리는 서로의 비밀을 알아버렸지, 우리가 맞바람을 피운 걸 모든 사람들이 알아버렸지, 그건 더 이상 비밀이 아니야, 라는 「그건 더 이상 비밀이 아니야」의 가사 역시 마찬가지였다. 그러나 클라라의 변호인단은 코웃음을 쳤다. 물건을 도둑맞았던 실제 경험을 소설로 쓴 작가가 그럼 원고 인세의 일부를 도둑에게 줘야 하냐는 그들의 반론은 누가 봐도 합당하고 재치 있는 것이었다.

재판에 지고 공식적으로 전(前) 남편이 된 토미가 늦은 밤 술에 취해 클라라에게 전화를 걸어왔다.

"지옥에나 가버려, 클라라."

클라라는 침착하게 대답했다.

"흥, 내가 이미 지옥인걸, 어딜 가?"

라라, 나의 라라. 너를 보려고, 너를 만나려고, 너와 함께 하려고, 너를 가지려고, 이 먼 곳까지 왔어, 라라. 아르헨티나 북부의 작은 도시 살타까지 단숨에 날아왔어, 라라. 오직 너 때문에.

바로 국경을 넘어 볼리비아로 가면 끝도 없이 펼쳐진 우유니 소금 사막을 볼 수 있대, 부에노스아이레스에 가서 질리도록 탱고를 출 수도 있겠지, 헬기를 타고 이과수 폭포 위를 날 수도 있어, 살타의 유명하다는 케이블카를 타고 멋진 도시 전망을 감상해보라더군. 좋아, 나쁠 것 없지. 하지만 그따위 조금도 관심 없어. 다 필요 없어. 그 모두를 합쳐도 너 하나를 대신할 순 없으니까, 라라.

라라, 너의 이름은 라라. '잉카 얼음 소녀'니 '라 돈셀라'니 하는 건 다 거짓말이야. 뭣도 모르는 사람들이 그렇게 갖다 붙인 거야. 너의 이름은 라라야. 500년 전 네가 이 고원 어딘가에 살고 있을 때 사람들이 너를 그렇게 불렀다는 걸, 나는 네 사진을 본 순간 단번에 알 수 있었어. 너는 난데, 내가 어떻게 그걸 기억하지 못할 수가 있겠니.

살타 주(州)정부의 관료들까지 우르르 나를 찾아올 줄은 몰랐어. 고고학 박물관의 관계자들은 그들 앞에서 연신 굽실거리더군. 어딜 가나 관료는 다 역겨운 돼지 새끼들 같아. 터질 듯한 볼때기 살을 씰룩거리면서 세계적인 문화유산이자

나라의 역사 유물을 외국인에게 개인적으로 팔 수는 없다고
하더군. 그러면서도 연신 눈깔을 굴리면서 내 허벅지를 힐끔
힐끔 훔쳐보는 돼지 새끼 같은 놈들. 네가 그간 발굴된 미라
중 가장 완벽한 상태인 미라라고, 너를 발굴한 뒤 연구와 보
존 처리를 거쳐 일반에 공개하기까지 엄청난 비용과 시간이
들었다고, 이미 박물관 관계자들이 자세히 해준 얘기를 몇 번
이나 지루하게 되풀이하더군. 으름장을 놓듯 1억 달러를 준
다 해도 팔 수 없습니다, 하길래 그럼 2억 달러면 어때요, 라
고 웃으며 말해주었지. 지난주에 중동의 어느 석유 재벌이 자
기와 자기의 다섯 부인들만을 위해 하룻밤 콘서트를 열어주
면 200만 달러를 주겠다고 제의했다는 얘기도 농담처럼 덧붙
였어. 뭐, 어디까지나 사실이니까.

라라, 꽤나 많은 돈을 내주었지만, 하나도 아깝지 않아. 너
를 영국에 데려갈 수는 없게 되었지만, 띄엄띄엄 일주일씩 뿐
이지만, 1년에 겨우 4주뿐이지만, 너와 함께 있을 수 있게 되
었으니까. 특수 화학약품 처리를 한 이 방을 꾸미는 데도 어
지간히 내 돈을 뜯어가더군. 하지만 괜찮아. 얼음처럼 차가운
유리 상자 속의 너를 절대 직접 만져서는 안 된다는 각서까지
썼지만 아무래도 괜찮아. 라라, 여긴 이제 우리 둘만이야. 이
렇게 온밤 내내 너만을 바라보고 있어. 나는 클라라, 너는 라
라. 너는 나니까, 우리는 클라라라라라라.

자, 이제 말해봐, 라라. 아니, 내가 기억해볼게. 부족의 마

을 사람들이 열다섯 소녀인 네게 치자술을 먹이고, 네가 잠들자 얼음 구덩이 속으로 너를 밀어 넣었던 그 순간에 대해. 물론 너는 상처 하나 입지 않았지. 피 한 방울 흘리지 않았지. 그저 이렇게 얌전히 앉은 채로, 두 손은 편안히 다리 위에 얹고, 고개를 옆으로 살짝 기울인 채, 그렇게 500년. 기억나지? 밤의 피리 소리, 텅텅 가죽 북소리, 길고 날카로운 휘파람 소리, 마른 옥수수 이파리가 모닥불 속에서 타닥거리던 소리, 달을 가르는 독수리의 퍼덕임, 그리고 고원의 황홀한 바람 소리. 나도 모두 기억나, 라라.

너는 사실 알고 있었어. 다른 소녀가 아닌 바로 네가 제물로 결정될 거란 것을. 너의 반듯한 가르마, 진한 눈동자, 침착한 입술, 두꺼운 무릎, 작지만 강렬한 손과 발. 그리고 투명한 그림자와 꿈을 꿔본 적이 없는 깊은 잠. 너는 사실 모든 걸 알고 있었어.

침묵과 호흡, 네가 죽어가는 동안 사람들은 기도를 하고 노래를 불렀지. 제물로 바쳐진 너는 고결한 여왕이자 전능한 여신. 네 것이 아닌 안녕을 위해 얼음 속에 갇힌 너는 한 번도 꿔본 적 없는 꿈을 500년 내내 꾸게 되었어. 어둠이 밝게 빛나던 시간, 냉기가 따뜻하게 흐르던 공간. 나는 알아, 너는 난데, 내가 어떻게 그걸 기억하지 못할 수가 있겠니.

자, 라라, 나의 라라. 그래, 어서 들려줘. 너를 만나려고, 오직 너와 함께하기 위해 이 먼 곳까지 내가 찾아왔어. 내 이름은 클라라, 네 이름은 라라. 온밤이 새도록 네 앞에 앉아 이렇게 귀를 기울이고 있어. 그래, 어서 들려줘. 노래를 들려 줘. 네 노래를, 너의 노래인 나의 노래를.

* 작품에 영감을 준 텍스트.

1) 에이미 와인하우스(Amy Winehouse: 1983~) : 영국의 싱어송라이터.

2) 〈Frank〉—Amy Winehouse(Island, 2003, London).

3) 〈Back to Black〉—Amy Winehouse(Island/Universal, 2006, London).

⋮

조금밖에
남아 있지 않은

⋮

*

    소녀, 계집애, 여자아이. 아니, 그보다는 누이라고 부르는
게 좋겠다. 누이——누이는 소녀, 계집애, 여자아이가 맞다.
그러나 그보다는 누이라는 점이 훨씬 중요하다. 요는 소녀이
기도 하고, 계집애이기도 하고, 여자아이이기도 한 누이가 지
금 누이로만 존재하고 있다는 것이다. 과연 누이라고 부르는
게 옳겠다.

    누이에게도 물론 이름이란 것이 있다. 그러나 지난 2년여
동안 아무도 누이의 이름을 부르지 않았다. 정말 그랬다. 누
군가 큰 소리로 누이의 이름을 부른다면 누이는 깜짝 놀랄지
도 모른다. 어쩌면 그것이 제 이름을 부르는 소리인지 알아듣
지 못할 수도 있다.

얼핏 보아 누이의 나이는 열 살쯤으로 짐작된다. 그러나 누이가 열 살이었던 건 2년여 전의 일이다. 그렇다고 누이가 열두 살이라는 것은 아니다. 누이는 열두 살이 될 수 없다. 언제까지나 그렇다. 그 점에 대해 누이 자신은 크게 마음을 쓰고 있지 않은 듯하다. 그래서 우리는 함부로 안타까워할 수도 없다.

혹여 제 이름을 잊었는지 모르지만, 누이는 아우의 이름만은 정확히 기억하고 있다. 결코 잊은 적이 없다. 지난 2년여 하루도, 한순간도 잊은 적이 없다. 내내 아우를 찾고 있기 때문이다. 누이는 아우의 이름을 수시로 불러본다. 손나팔을 만들어 크고 길게 소리를 질러보기도 한다. 그러나 아무런 대답도 돌아오지 않는다. 어느 누구도 고개를 돌려 소리가 나는 쪽을 바라보지 않는다. 어쩌면 소리가 나지 않는 것일 수도 있다. 그래도 누이는 아우의 이름을 부른다.

아우는 2년 새 키가 훌쩍 자랐을 것만 같다. 누이와 달리 여섯 살에 머물지 않고 여덟 살이 되었을 것이다. 그래도 만나기만 한다면 누이는 아우를 단번에 알아볼 수 있다. 누이는 아우의 누이이므로 아우의 모든 것을 기억하고 있다. 그러므로 소녀이기도 하고, 계집애이기도 하고, 여자아이이기도 한 열두 살이 될 수 없는 누이는, 오직 누이다.

*

　노원구 상계8동과 상계9동을 구분 짓는 6차선 도로. 3월의 둘째 주, 계절은 간신히 봄이기도 하고 여태 겨울이기도 하다. 오후 해가 제법 길어졌지만 아직은 어김없지 하는 식으로 찬바람이 분다. 거리는 더럽다. 보도블록에도 가로수에도 상점 간판에도 겨우내 두껍게 쌓인 먼지가 엉겨 있다.

　횡단보도 붉은 신호등 아래 누이가 서 있다. 신호가 바뀌어 녹색등이 켜졌지만 누이는 길을 건너지 않는다. 누이에게 규칙이나 금기는 무의미하다. 그렇다고 위반이나 일탈이 특별한 의미를 가지나 하면 그것도 아니다. 신호등 아래 무력한 햇빛이 고인다. 멈추어 섰던 차들이 제각기 소음을 내며 다시 움직이기 시작한다. 춥다.

　누이가 바라보고 있는 것은 건너편 신호등이 아닌 횡단보도 옆 허름한 구두수선소다. 누이의 몸집에 비하면 큰 상자 같고, 도시의 몸집에 비하면 작은 상자 같은 거리의 구두수선소. 누이는 유리에 '굽갈이' '염색' '광택' 등의 글자가 씌어진 알루미늄 새시 문 안을 들여다본다. 늙은 남자가 낡은 안경을 쓰고 목이 긴 가죽 부츠의 굽을 갈고 있다. 남자의 팔뚝에는 검은 토시가 끼워져 있고 흠집이 많은 뿔테 안경엔 가는 목줄이 걸려 있다. 남자의 왼편으로 선풍기 모양을 한 전기난로가 주홍색 불빛을 뿜고 있다. 여름용 선풍기는 때와 먼지를 뒤집어쓰고 좁은 선반 위에 잔뜩 고개를 조아린 모양으로 놓여 있다. 거리의 구두수선소는 1년 내내 너무 춥거나 너무 더울 게 틀림없다. 누이는 새시 문 가까이 얼굴을 가져다대고 예의 좁은 공간 안을 천천히 살핀다. 물론 그곳에 아우는 없다.

늙은 남자는 익숙한 솜씨로 수선용 펜치와 망치를 다룬다. 누이는 남자의 손놀림이며 그가 사용하는 작은 못 따위를 유심히 바라본다. 누이가 구두를 만들거나 수선하는 일에 대해 아는 것은 거의 없다. 그러나 그것이 세상에 꼭 필요한 일임을 누이는 이 순간 알 것 같다. 어른들은 누구나 구두를 신게 되어 있으므로. 어른들은 누구나 구두를 신고 멀리, 오래, 걷게 마련임으로. 구두를 신지 않았다 해도 누이는 제법 멀리, 제법 오래, 걸어보았으므로 그것이 결코 쉽지 않고, 외롭고, 짐짓 중요한 일임을 알고 있다. 남자가 뭉툭한 손가락을 놀려 검은 플라스틱 함에서 닳지 않은 새 굽 하나를 골라 든다. 누이는 한 번도 제 것인 구두를 가져보지 못했다. 누이는 늘 값싼 운동화나 슬리퍼를 신었다. 모든 아이들이 그렇지는 않을 것이다. 누이는 잠시 제 두 발을 내려다본다. 군데군데 분홍색 합성 피복이 벗겨진 여름용 만화 캐릭터 샌들. 그것이 얼마나 형편없이 닳고 더러워졌는가 하는 것보다 새삼스러운 것은 누이가 지난 2년여 한순간도 그 샌들을 벗은 적이 없다는 사실이다. 그것은 또한 2년 동안 165밀리미터의 작은 두 발이 조금도 자라지 않았다는 것을 의미하기도 한다. 굽갈이를 끝낸 늙은 남자가 헝겊에 갈색 구두약을 묻혀 부츠를 닦기 시작한다.

누이는 또한 알지 못한다. 추운 아침 섬세한 패턴이 수놓인 겨울 스타킹을 신고 그 위에 무릎 길이의 모직 스커트를 두르는 일에 대해. 그런 다음 현관에서 허리를 굽혀 앞코가 뾰족하고 굽이 7센티미터인 갈색 가죽 부츠 안으로 두 다리를 집어넣는 일에 대해. 종아리가 문득 선득하다 이내 체온만큼은 따뜻해지는 것을 느끼며 부츠에 달린 긴 지퍼를 끌어 올리는 일에 대해. 마지막으로 허리를 펴고 힘을 주어 현관문 손잡이를 밀어젖히는 것에 대해, 누이는 알지 못한다. 문밖을 나선 가죽 부츠가 또각또각 어느 시간 어느 곳들을 지나쳐 시나브로 굽이 닳게 되는가에 대해 누이는 언제까지나 알 수 없으리라. 그 역시 세상에 꼭 필요하고, 결코 쉽지 않고, 외롭고, 짐짓 중요한 일일까. 아마 그럴 것이다. 누이는 생각한다.

구두수선소의 늙은 남자는 새 굽을 갈고 윤이 나게 닦은 부츠를 한쪽에 가지런히 놓아둔다. 전기난로의 주홍 불빛 속에 240밀리미터 사이즈의 갈색 가죽 부츠가 아름답게 빛난다. 남자의 얼굴은 긍지 같기도 하고 체념 같기도 한 무표정이다. 구두를 수선하는, 세상에 꼭 필요한 일을 하는 늙은 남자는 그러나 누이를 알아볼 수 있는 사람은 아니다.

해가 진다. 상계9동 주공아파트 14단지 어린이 놀이터. 겨

울이나 다름없는 날씨 탓인지 인적이 없다. 10여 분 전 마지
막으로 놀이터에 남아 있던 사내아이 둘이 제각각 1405동과
1409동 쪽으로 사라진 참이다. 아이들은 한참 동안 벤치 위
에 밥풀처럼 붙어 앉아 손바닥만 한 휴대용 게임기로 번갈아
게임을 했다. 제 차례가 아닐 때도 그네 쪽으로는 눈길 한 번
주지 않았다.

이제, 아무도 없는 저녁의 놀이터, 두번째 시소 한쪽 끝에
누이가 앉아 있다. 누이가 있지만 역시 아무도 없는 것이다.
어두워진다.

누이는 요 며칠 상계동 일대를 맴돈다. 물론 아우를 찾기
위함이다. 오늘 아침엔 근처 초등학교에 갔다. 여덟 살 아이
들이 있는 1학년 교실을 모두 꼼꼼히 살폈지만 아우는 없었
다. 서너 명쯤 제법 닮은 아이들이 있기는 했다. 누이는 크게
실망하지 않았다. 지난 2년여 거의 매일 반복되고 있는 일이
기 때문이다. 누이는 만 단위 숫자의 연산을 배우는 3학년 어
느 교실과 4분의 4박자 사장조의 「봄 오는 소리」의 계이름을
외우는 음악실 맨 뒷줄 빈자리에 한동안 앉아 있기도 했다.
과학 실험 시간 한 아이가 장난을 치다 메스실린더를 깨고 꾸
지람을 들었다. 점심 급식으로는 잡곡밥과 미역국, 생선가스
와 깍두기와 김구이가 나왔다. 요구르트도 나왔다. 요구르트
를 남긴 아이는 없었지만 깍두기는 반 이상이 버려졌다. 4층
남학생 화장실 제일 안쪽 칸의 사인펜 낙서는 초등학생의 것

이라고 하기엔 지나치게 선정적이고 악의적이었다. 양호 교
사는 양호실 침대의 두 아이가 잠든 동안 목소리를 낮춰 심각
한 표정으로 긴 전화 통화를 했다. 한 아이는 잠든 것이 아니
었다. 누이는 단발머리에서 달콤한 과일향이 나는 젊은 기간
제 여교사 곁에 잠시 눈을 감고 서 있기도 했다. 그녀는 교무
실 구석 자리에서 받아쓰기 채점을 하고 있었다. 즐겁은, 반
짠반짠, 재미있개, 작은 토키, 아룸다은, 놀았씁니다.

하교하는 아이들을 따라 교문을 나온 누이는 아파트 단지
의 상가들을 차례로 찾았다. 학원과 문구점과 슈퍼마켓의 과
자 진열대 앞에서는 오가는 아이들의 얼굴을 더욱 유심히 살
폈다. 3월의 둘째 주, 계절은 간신히 봄이기도 했고, 여태 겨
울이기도 했다. 잠시 거리의 작은 상자 같은 구두수선소 안을
들여다보았다. 찻길을 건너자 아파트 14단지였다.

놀이터의 첫번째 시소는 오른쪽으로 기울어져 있고, 세번
째 시소는 왼쪽으로 기울어져 있다. 가운데 두번째 시소는 수
평을 이루고 있다. 미동도 없이 아주 정확한 수평이다. 한쪽
끝에 누이가 앉아 있기 때문이다. 비어 있는 시소는 어느 한
쪽으로 기울어지게 마련이다. 시소는 저울이 아니므로. 여느
아이들처럼 발을 굴러 널을 뛸 수는 없지만, 누이는 대신 시
소의 균형을 잡을 수 있다. 비어 있는 시소가 수평을 이루고
있다는 것은 신기한 일임에 분명하다. 그러나 지금 아무도 신
기해하지 않는다. 신기해할 누군가가 놀이터에 없기 때문이

기도 하지만, 누군가가 놀이터에 있다 해도 무엇을 신기해해야 할지 알아채지 못할 가능성이 다분하기 때문이다. 어둠 속 수평의 시소. 마스크를 쓴 경비원 복장의 노인이 자전거를 타고 놀이터 옆을 느리게 지나쳐 간다.

누이가 정면으로 올려다보고 있는 1402동에는 135세대, 529명의 사람들이 살고 있다. 그중 207명은 아직 귀가하지 않았다. 다섯 집은 며칠째, 두 집은 몇 주째 비어 있다. 그 이유까지는 누이도 알지 못한다. 지금 여섯 대의 세탁기가 빨래를 하고 있다. 임신한 여자가 셋 있다. 그중 한 명은 아직 그 사실을 모른다. 다른 한 명은 미혼이다. 또 다른 한 명은 출산 예정일을 이틀 넘긴 만삭이다. 무선 다리미가 예열 중이다. 전동 칫솔의 칫솔 머리가 돌아간다. 전기압력밥솥이 김을 내뿜는다. 번쩍번쩍 텔레비전, 깜빡깜빡 모니터, 백열등이, 형광등이, 삼파장 할로겐이, 칸칸이 나뉜 거대한 상자 속 같은 1402동이 희게, 푸르게, 환하게 빛난다. 수도꼭지가 잠기고, 서랍이 열리고, 초인종이 울린다. 타일 틈의 검은 곰팡이와 구급약 상자 속의 아스피린과 싱크대 위의 키친타월과 전화기 옆의 메모지와 옷장 구석의 습기 제거제. 김치냉장고와 적외선 옥돌 매트와 은나노 비데와 스팀 청소기와 산세비에리아 화분. 플라스틱 밀폐 용기 속에 오래도록 신선하게 보관 중인 듯한 부주의와 권태와 경멸과 죄책감과 조바심. 아흔을 넘긴 11층의 노인이 두루마리 화장지를 풀어 가래를 뱉는다.

2층의 고등어는 그만 너무 탔다. 9층의 중학생 소년은 저녁상이 차려지는 동안 제 방문을 잠그고 수음을 하고 있다. 15층의 중년 남자는 채권자로부터 집요하게 걸려오는 전화를 받지 않은 채 액정 화면의 발신자 번호를 노려보고 있다. 자꾸 거실에서 뛰면 아랫집에서 이놈 하고 올라온다고 했지! 어쩐 일인지 그 고함 소리는 몇 층에서 들려온 것인지 알 수가 없다. 누이는 많은 것을 알 수 있다. 그러나 모든 것을 알 수 있는 것은 아니다. 많은 것이 곧 모든 것은 아니므로. 모든 것을 알 수 있다면 벌써 아우를 찾지 않았겠나. 엘리베이터 안으로 다섯 사람이 들어간다. 저녁 식사를 하지 않고 잠든 사람이 둘 있다.

방한용 트레이닝복 차림에 조깅화를 신고 모자를 눌러쓴 늙은 여자와 젊은 여자가 팔을 재게 흔들며 경보를 하듯 빠른 걸음으로 놀이터 안을 대각선으로 질러간다. 젊은 여자는 한 달 전 이혼을 하고 자신의 어머니인 늙은 여자와 일주일 전부터 함께 살게 된 참이다. 모녀는 누이를, 수평을 이룬 시소를 알아보지 못한다. 그들의 걸음이 짐짓 절박하고 필사적임에도 불구하고. 다른 많은 사람들처럼.

밤이 된다. 누이는 시소에 앉아 계속 1402동을 올려다보고 있다. 그 몇 시간 동안 늦은 귀가를 하는 예순일곱 명의 사람들과 세 마리의 길고양이와 운전자의 얼굴이 잘 들여다보이지 않는 서른두 대의 자동차가 놀이터 근처에 나타났다 사라진다. 그중 지난해 길에 버려진 뒤 간신히 첫 겨울을 난 회색 줄무늬 고양이만이 누이를 알아보았다. 녀석은 귀를 젖히고 꼬리를 말고 부르르 몸을 떨었다. 한참 동안 뜸을 들여 오른쪽으로 기울어진 첫번째 시소 위로 폴짝 뛰어오르더니 더 이상 다가오지 않고 뜸을 들이며 누이를 살폈다. 여덟 번이나 시소의 위와 아래를 오르내리더니, 고양이는 다시 귀를 젖히고 꼬리를 말고 부르르 몸을 떨고는 놀이터 밖으로 사라져버린다.

이제 1402동 수백 개의 창문 중 불이 켜진 곳은 일곱 군데뿐이다. 문득 4층 어느 집에 불이 켜진다. 무언가 다급하다. 엄마! 누이가 시소에서 벌떡 몸을 일으킨다. 몸 없이도 몸이 일어선다. 낡고 더러운 분홍색 샌들 아래 시소의 균형이 위태롭게 흔들린다. 엄마! 가려워! 엄마아! 가려워어! 아토피를 앓는 아이가 제 몸을 긁어대느라 울며불며 잠을 깬 것이다. 잠을 자던 엄마가 잠옷 바람으로 안방에서 달려온 것이다. 아토피. 먼 나라에 살고 있는 금빛 속눈썹을 가진 소년의 이름 같은. 아토피. 작고 귀엽지만 튼실하고 늠름하게 자라날 말라뮤트 강아지의 이름 같은. 그러나 아토피. 아우도 그랬다. 한밤중 자다 말고 미친 듯이 목덜미와 팔다리를 긁어 어두운 방의 불을 켜게 했다. 잠옷 바람으로 달려올 엄마가 없었기에 옆에 누워 잠들어 있던 누이가 일어나 전등 스위치를 올렸다. 가려워, 긁지 마, 가려워, 긁지 마, 안 돼, 긁으면 안 돼. 그러나 지금 잠을 깬 아이는 아우가 아니다. 근처 유치원에 다니는 다섯 살 난 여자아이다. 가려워, 긁지 마, 가려워, 긁지 마, 긁지 마, 제발.

누이는 다시 자리에 앉는다. 수평을 맞추려는 흔들림이 잦아든다. 그러나 완전히 시소가 정지하기까지는 꽤 오랜 시간이 걸린다. 그러고도 한참 뒤, 4층 창문의 불이 꺼진다.

먹빛 밤, 차갑게 젖은 것이 누이의 뺨에 닿는다. 비는 아니다. 눈도 아니다. 체중도 그렇지만 누이에게는 체온이 없으므로 차갑게 젖은 것이란 말은 틀린 것일지도 모른다. 비인 듯도 하다. 눈인 것도 같다. 누이는 하늘을 올려다본다. 이것은 모르는 것이다. 물도 아니고 얼음도 아니어서 물과 얼음을 모두 닮은 것이 흩날리듯 쏟아져 내린다. 무언가 비정한 것. 두서없이 혼란스러운 것. 누이는 진눈깨비라는 낱말을 알지 못한다. 지난여름의 세찬 폭우도, 지난겨울의 하염없는 폭설도 아니다. 3월의 진눈깨비, 우리는 누이에게 그 이름을 일러줄 수 없다. 언제까지나 그렇다. 누이가 시소에서 내려선다.

누이가 아우의 이름을 부르기 시작한다. 누이는, 아우의, 이름을, 부른다. 손나팔을 하고 큰 소리로 큰 소리로 불러본다. 진눈깨비가 내린다. 가려운 몸을 긁느라 아우는 잠을 깼을지도 모른다. 14단지 아파트 곳곳을 향해 누이는 힘껏 아우의 이름을 부른다. 아무런 소리가 나지 않는 것일 수도 있다.

그래도 부른다. 고요하다. 두번째 시소는 천천히 오른쪽으로 기울다가 결국 왼쪽으로 내려앉는다. 누이는 아우의 이름을 부른다. 걷잡을 수 없이 진눈깨비가 쏟아진다. 어렵게, 밤이 간다.

*

전기톱을 든 남자가 나타난다. 누이는 동화책에 그려져 있던 빨간 모자에 멜빵바지를 입고 도끼질을 하는 나무꾼을 상상하고 있던 참이다.

골목 안이 소란스러워진다. 작업복 차림의 한 남자가 초조한 표정으로 다시 휴대폰을 꺼내 든다. 누군가와의 실랑이 통화가 이어진다. 잠시 후 한 여자가 골목 안쪽에서 걸어 나와 볼멘소리를 늘어놓는다. 그래서 며칠 전부터 협조 부탁드린다는 안내문 붙여놓지 않았습니까. 애들 아빠가 지방에 내려가고 없는데 어쩌란 말이에요. 적의와 몰이해가 불법 주차처럼 늘어선 골목. 세 번이나 채근 전화를 받은 여자는 짜증스러운 표정으로 자동차의 스페어 키를 남자에게 건넨다. 열쇠를 받아든 남자가 주차되어 있던 구형 갤로퍼에 오른다. 차가 빠져나간 바로 뒤쪽, 담장이 니은 자로 휜 좁고 야트막한 둔덕에 높이가 10미터를 훌쩍 넘는 아까시나무가 서 있다. 하필이면 거기서 그렇게 자랐나, 할 만한 곳이다. 햇빛과 바람과 구름과 신록이 실내악처럼 부드럽게 연주되는 날씨. 사치스럽게까지 느껴지는 화창함, 봄이다. 검고 거친 외피를 가졌지만 아카시아는 새로 돋아난 연녹색 둥근 잎들을 무수히 매달고 있다. 겨우내 그 속에 숨겨져 있던 것들이다. 사실 믿기 쉬운 일은 아니다. 나무가 내려다보고 있는 담장 너머는 굴삭기가 파놓은 땅에 집터를 다지는 일이 한창이다. 자동차 열쇠를 내준 여자가 무신경한 동작으로 슬리퍼를 끌며 돌아선다. 이파리가 많고 둥치가 굵은 커다란 아카시아. 전기톱을 든 남자가 나무 가까이 다가선다. 누이는 빨간 모자에 멜빵바지를 입고 도끼를 휘두르는 숲 속의 나무꾼을 상상했더랬다. 오늘은 이 나무의 마지막 날이다.

4월의 넷째 주, 은평구 갈현동, 구불구불 비탈진 골목들이 미로처럼 복잡한 주택가, 신축 아파트 단지가 되지 못한 낡은 동네는 오래도록 벌을 받고 있는 듯한 인상을 준다. 빌라나 다세대 주택이라도 되어야 하기에 허름한 단층 주택들은 차례로 철거의 수순을 밟는다. 그러나 그전에 비정상적으로 자리를 잡고 비정상적으로 자라난 나무를 베는 일이 먼저다.

누이는 분주히 움직이는 작업복 차림의 남자들 사이에 서서 고개를 쳐들고 나무의 맨 위쪽을 바라보고 있다. 연녹색의 아카시아 둥근 이파리들이 바람에 거품처럼 일렁인다. 누이는 지난 일주일을 이 아까시나무에서 지냈다. 날이 밝으면 근처 갈현동, 구산동, 대조동 일대를 돌아다니며 아우를 찾았다. 밤이 깊으면 이 골목으로 돌아와 나무 위로 기어 올라갔다. 나무가 틔워낸 아카시아 이파리는 4만 개가 조금 넘었다. 4만 개의 이파리를 하나하나 똑똑 떼어내며 아우를 찾는다, 아우를 못 찾는다, 찾는다, 못 찾는다, 찾는다, 못 찾는다……

　나무가 말을 걸어오거나 한 것은 아니다. 많은 말들이 이미 거기에 있었다.

　누이는 밤의 이파리들 사이로 얼굴을 묻었다. 단단한 가지를 단단히 끌어안았다. 인내처럼 가시가 돋쳐 있었다. 아무에게도 뿌리를 보인 적 없는 울울한 밤의 아카시아. 연녹색의 작고 둥근 이파리 책장들이 화르르르 쏟아지듯 들춰지고 뒤집히는 한 그루 책. 어둠과 바람 속에서 누이는 나무의 글을 읽는다. 나무의 말을 듣는다. 이미 알고 있는 낱말들과 미처 배우지 못한 낱말들이 가늘고 여린 잎맥을 따라 끝도 없이 수런거린다. 기도는 안다. 혹독함은 모른다. 거짓말은 안다. 모멸은 모른다. 얼굴은 안다. 욕망은 모른다. 시간과 기억과 꿈, 알지만 모르는 말도 있다. 기다릴게, 어디로, 지긋지긋하다, 막무가내, 누워봐, 천둥 번개, 끝났어…… 나무의 책갈피에 씌어진 슬픔과 애달픔과 비통함은 또 어떻게 다른가. 아카시아 속의 검은 하늘. 많은 말들이 있는 곳. 누이는 나무에 올라 나무를 끌어안고, 나무를 들이마시고, 나무를 녹여내고, 나무를 뚫고 들어가, 나무가 되어 아우의 이름을 부른다. 아우의 이름을, 이번엔 작은 소리로, 속삭인다, 속삭인다. 세상 모든 이름과 의미 사이로 가지가 뻗는다. 옹이가 배긴다.

누이는 기어오른다. 높이, 나무 끝까지 기어오른다. 손바닥 과 허벅지와 무릎으로 나무를 집게처럼 옴팡지게 그러안고 매달린다. 28년 3개월 11일 동안 한자리에 서 있던 아카시아 는 자신의 마지막인 꽃과 꿀을 모두 누이에게 준다.

남자가 모터에 연결된 줄을 잡아당기자 전기톱이 요란한 기계음을 내며 돌아가기 시작한다. 째지는 소음으로 골목 안 이 물속처럼 조용해진다. 톱날이 다가온다. 나무를 베지만 나 무꾼이 아닌 남자. 덤불 속에 쫓기는 사슴이나 토끼를 숨겨주 지 않음은 물론이다. 밑동에 톱날이 박힌다. 새와 벌과 진드 기와 나비와, 누이. 어지럽고 알싸한 생 내를 뿜으며 톱밥이 피처럼 날린다. 누이는 나무 꼭대기에 들러붙는다. 지금 나무 가 로켓처럼 솟아오를 수 있다면. 한순간, 둥근 이파리들은 이 나무를 한 번이라도 올려다본 적이 있는 지난 모든 사람들 의 얼굴이 된다. 아카시아 땅속 뿌리가 환하게 터진다. 하지 만 땅 위의 누구도 눈부셔하지 않는다. 포르노같이 적나라한 물관과 체관의 절단면. 마비와 경련, 나무 위 하늘이 알루미 늄 포일처럼 뜯겨 나간다. 4만 개의 이파리를 단 키 큰 아카 시아가 담장 너머로 베어 넘어진다.

톱밥과 이파리와 부러진 잔가지들이 말끔히 비질된 후, 갤 로퍼가 신속하게 제자리로 돌아온다. 담장 안쪽 베어진 나무가 썩썩 고기 뼈처럼 발리고 썰린다. 전기톱의 움직임이 짐짓 경쾌하고 능란하다. 나무는 토막이 된다. 과연 벌목이라기보다는 처리다.

4월의 넷째 주, 어느 나무의 마지막 날, 날씨는 맑고 화창하다. 많은 것들이 사라져버리지만, 많은 경우 어디로도 가지 못한다. 누이는 골목을 빠져나온다.

다시 늦은 저녁, 지하철 6호선 응암역 근처, 누이는 '이마트' 은평점 지하 주차장에 있다. 지하 4층 B구역. 누이는 흰색 마티즈에서 내려선 한 가족의 뒤를 따라간다. 막 30대에 들어선 동갑내기 부부와 두 달 후면 두 살 생일을 맞는 사내아이. 아이의 아빠가 매장 입구에 늘어선 철제 쇼핑 카트 하나를 끌고 온다. 아이를 안고 있던 엄마가 카트 안 작은 거치대에 아이를 앉힌다. 계단 없이 경사진 에스컬레이터를 타고 1층 매장에 도착했을 때 부부는 아이가 얼굴 가득 미소를 지은 것이 카트 타기를 놀이기구처럼 재밌게 여겼기 때문이라 생각한다. 그러나 아이가 웃은 것은 카트 안에 올라탄 누이를 비로소 알아봤기 때문이다. 이마의 반쪽이 떨어져 나갔다든지, 부러진 어깨뼈 때문에 등이 구부정하다든지, 오른쪽 귀가 짓이겨져 있다든지, 팔꿈치가 탈골됐다든지, 파열된 장으로 배가 불룩하다든지 하는 누이의 모습에 개의치 않고 아이는 동그란 눈을 가늘게 접고 부드러운 코를 벌름거리며 웃어준다. 누이도 9개월 13일 만에 미소를 짓는다.

오후 8시 27분의 이마트 은평점, 한 가족의 쇼핑 카트 안으로 물건들이 들어온다. 살아가는 데 꼭 필요한 것이라 여겨지는 것들이 가득가득 쌓인다. 일등영양왕란, 한솔지압슬리퍼, 아로마참숯변기시트, 두부종가부침두부, 크린랩지퍼백, 친환경참타리버섯, 입히는기저귀마미포코, 제스프리골드키위, 찬물에가루설록차, 누크베이비선크림, 양면계량스푼, 엘라스틴실크리페어7, 연세검은콩두유, 365홈키파허브에어졸, 웰빙우리혼식15곡, 아이센스식염수, 풀무원평양왕만두, 삼양수타면, 알카라인건전지AA, 청정원참빛고운올리브유, 메모리폼마우스패드, 울혼방구김방지신사바지, 데톨폼핸드워시, 당사도갯벌김, 오뚜기하프마요네즈, 살균칫솔건조기, 페이스베네통초박형그린칼라콘돔, 미닛메이드토마토주스, 동원살코기Q참치, 엘프자바라옷걸이, 여성용셔링민소매캐릭터T, 투톤주물프라이팬, 커피메이커용거름종이, 식이섬유통밀식빵, 몬테스알파카베르네쇼비뇽, 보솜이프리미엄물티슈. 두 달 후면 두 살이 되는 사내아이와 그 시각 그곳에서 그 아이만이 간신히 알아보고 있는 누이는 쇼핑 카트 안에서 언어가 아닌 말을 간간이 주고받는다. 살아가는 데 꼭 필요하다 여겨지는 물건들에 대한 내용은 아니다.

한 가족과 그 가족이 소비할 물건을 태운 마티즈 승용차가 이마트 은평점 지하 주차장을 빠져나온다. 정지신호가 걸린 횡단보도 앞에서 누이는 사내아이의 볼에 가만히 손을 가져다 댄 뒤 차에서 내려선다. 차창 밖으로 멀어지는 누이를 향한 사내아이의 알 수 없는 옹알이에 젊은 부부는 엉뚱하지만 딴은 그럴 수밖에 없는 대꾸를 해준다.

누이는 지하철 6호선 응암역 2번 출구의 계단으로 내려간다.

*

덥고 습하다. 장마도 삼복도 지난 8월의 끝자락이지만 연일 폭염과 폭우가 계속된다. 모든 것이 쇠고 과하다. 겹겹 탁하고 흐릿한 시간, 누이는 2년하고도 수개월 전 직접 몸으로 느꼈던 더위와 습기를 잘 기억해낼 수가 없다.

작게, 정오의 시보가 울린다. 지하철 1호선 신도림역 지상 승강장의 신문 판매소 안, 연신 부채질을 해대는 중년 여자 왼편에 놓인 라디오에서다. 아우는 없다. 작은 볼륨의 라디오에서 찜통더위, 불쾌지수, 일기예보 등의 단어가 들려온다. 주변 모든 것에 덥고 습한 점액질의 막이 둘러씌워 있는 듯하다. 승강장 플라스틱 의자에 앉아 누이는 지난날의 더위와 습기를 기억해보려 노력한다. 이런 한낮을 보냈던 멀고 희미한.

안내 방송이 흘러나오고 이내 의정부행 전철이 후텁지근한 바람을 일으키며 승강장으로 들어온다. 라디오 작은 소리는 뭉개진다. 출퇴근 시간이 아니어도 환승역인 신도림역은 늘 사람들로 붐빈다. 전철 안에서 에어컨디셔너가 없는 지상 승강장으로 쏟아져 나온 사람들이 한순간 같은 표정으로 미간을 찌푸리며 덥고 습한 공기를 들이켠다. 누이는 그들을 따라 2호선 환승 통로로 향한다.

무심히 지나칠 뻔한 것은 아니다. 눈에 띄지 않을 수가 없다. 환승 통로 구석진 타일 벽에 등을 기대고 술과 잠에 취해 바닥에 늘어진 남자. 불쾌지수를 늘리고 싶지 않은 행인들은 모두 남자에게서 멀찍이 떨어져 그곳을 잰걸음으로 벗어난다. 누이는 남자에게 다가간다. 아직 행려자까지는 아니라 해도 더없이 남루하고 불결한 행색. 불콰하게 달아오른 얼굴은 고개를 떨군 채지만 누이는 남자를 분명하게 알아본다. 남자의 발치께 구겨진 비닐봉지, 빈 팩 소주 곽들이 들어 있다. 그 안에 딱딱하게 말라비틀어진 쥐포 쪼가리 몇 점이 남아 있다는 것을 희망이라 부를 순 없으리라. 정오를 조금 넘긴 시각이다. 남자는 잠들지도 깨어나지도, 누이를 알아보지도 못한다. 돌이켜보면 언제나 그랬다. 누이는 남자를 내려다본다. 순간 더위와 습기가 언뜻 기억날 것도 같다. 누이는 남자를 부르지 않는다. 제 아비가 아니어서가 아니다.

남자가 누이와 아우를 위탁 보육 시설에 맡긴 것은 누이가 일곱 살이던 해의 가을이었다. 남자는 사라졌고 돌아오지 않았다. 한 번쯤 돌아왔다 사라지지도 않았다. 누이가 남자를 다시 만난 것은 3년 뒤, 과속의 퀵서비스 오토바이에 사고를 당하고 남자에게 바로 연락이 닿지 않아 스무 날을 시체 안치소 냉장고에서 보내고 난 다음이었다. 그때 아우의 새엄마 감으로는 티끌만큼도 마음에 들지 않았지만 남자에게는 동거하는 여자가 있어 누이는 그나마 다행이라 생각했다. 일용직이었지만 돈벌이도 있었다. 남자는 확인서에 날인을 하고 누이를 화장했다. 얼마 뒤 남자가 친권 포기 각서에도 도장을 찍어 아우는 어딘가로 입양되었다. 누이는 그 사실을 뒤늦게 알게 되었다. 2년하고도 몇 개월 전의 일이었다.

누이는 그렇다 쳐도, 남자의 모습도 역내 CCTV에 잡히지 않는 걸까. 하지만 결국 역무원들이 마지못해 남자를 부축해 데려갈 것이다. 어디로? 모르는 것은 알고 싶지 않은 것일 때가 많다. 남자가 흰 침을 흘린다. 환승 통로를 오가는 지하철 승객들은 약속이라도 한 듯 남자를 살피기 전부터 외면한다. 전 세계 어느 도시 어느 지하철역에서라도 볼 수 있는 풍경이다. 누이는 침으로 젖은 남자의 입매가 과연 아우와 닮았다는 생각을 한다. 하지만 소녀이기도 하고 계집애이기도 하고 여자아이이기도 한 누이는 오직 누이일 뿐, 딸이고 싶지 않다. 누이는 나직이 아우의 이름을 부른다. 남자는 듣지 못한다. 순간 신도림역 지상 승강장에 소나기가 쏟아지기 시작했음을 누이는 안다. 정오가 지났다. 덥고 습한 늦여름, 모든 것이 쇠고 과하다.

*

가을, 잎과 흙이 마른다. 새벽, 어둠과 안개가 흩어진다.

강의 섬, 한강의 밤섬. 이 섬은 1년 중 3개월, 겨울 동안에만 철새 관측용 망원경이 설치된 조망대로 일반 시민들의 접근이 허락된다. 서강대교를 사이에 두고 나뉜 윗섬과 아랫섬. 동쪽 윗밤섬, 잘박잘박 강물이 밀려오는 모래뻘 근처 갈대밭에 누이가 있다. 비스듬히 왼쪽으로 누워 있다. 이제 3년여 전, 누이는 여전히 그때 그 여름 샌들을 신고, 그때 그 반소매티셔츠와 7부 면바지를 입고 있다. 그때 머리를 포니테일로 묶었던 노란 끈은 끊겨 사라졌지만 어깨를 넘는 길이의 머리칼은 지금껏 조금도 자라지 않았다. 한강 밤섬의 갈대밭, 누이는 저녁부터 한자리에 누워 하현달이 밤하늘을 곡선으로 질러가는 것을 바라본 참이다. 처음에는 오른쪽으로 누워 있었다. 달이 바로 머리 위로 왔을 때 잠시 눈을 감기도 했다. 지난 몇 주 누이는 여의도에 있는 모든 아파트의 창문 안을 들여다보았다. 아우는 없었다. 밤새 달에서는 바람이 불고 물결이 쳤다. 달을 바라보고 있는 동안은 한 번도 아우의 이름을 부르지 않았다.

뱀이다. 바람처럼 갈라진 혀, 물결처럼 굽이치는 매끄러운 몸. 스스스슷 누이에게서 아무런 냄새를 맡을 수 없어도 뱀은 당황해하지 않는다. 제 몸의 온도를 조금 더 낮췄을 뿐이다.

까맣게 젖은 작은 눈에 서강대교의 불빛이 반사된다. 독 없이 아름답다. 누워 있는 누이의 목덜미를 기어 넘어 뱀은 조심스럽게 그러나 단호하게 목표물로 향한다. 다리가 없다는 것은 쓸쓸하지 않은 일일 수도 있겠다 누이는 생각한다.

새다. 막 잠에서 깨어나려는 새다. 철새 도래지의 작은 텃새다. 나뭇잎보다 가볍고 연한 깃털, 이 섬 근처를 날아오르는 무수한 날개들 중 가장 작은 것일 것만 같다. 지저귀는 소리를 들어볼 수 있다면 좋겠다 누이는 생각한다. 그러나 갈대밭 한가운데 어둠이 걷혀가는 새벽의 둥지는 너무도 허술하고 무력해 보인다. 강인한 겨울 철새들은 아직 먼 곳에서 도착하지 않았다. 새도 누이를 본다. 그러나 뱀을 먼저 봤어야 했다.

사투랄 것도 없다. 단번에 새를 삼킨 뱀의 목덜미가 고무공처럼 불룩해진다. 겨울이 되기 전에 되도록 많은 먹이를 섭취해둬야 하는 것이다. 커다란 새들은 잡아먹을 수 없고, 이 섬엔 포유류가 살지 않는다. 뱀 안에서 새가 발작처럼 꿈틀거린다. 잠을 깨기도 전에 갑자기 덧씌워진 죽음이 어리둥절한 것이다. 3년 전 누이도 그랬던가. 이내 뱀의 목덜미 아래로 밀려 내려간 새의 꿈틀거림이 잦아든다. 지난 저녁 날개를 펴고 날았던 기억이 마지막 비행임을 깨달았기 때문인가. 누이는 안다. 뱀도 새도 지난봄 모두 이 섬에서 태어난 것들이다. 뱀도 새도 알을 깨고 나왔다. 제 의지가 아니었다. 뱀은 불룩한 자루처럼 변한 몸뚱어리를 기형적으로 움직이며 조금밖에 남아 있지 않은 섬의 어둠 속으로 사라진다. 누이는 다시 하늘의 달을 올려다본다. 그새 손가락 한 마디쯤 자리를 옮겼다. 그새 밝아진 하늘만큼 희미해져 있다.

누이는 자리에서 일어선다. 서강대교 그늘 밑을 지나 아랫밤섬으로 간다. 가을 새벽이다.

아랫밤섬은 커다란 버드나무들의 군락지다. 하늘엔 여전히 물고기 비늘 같은 달이 떠 있다. 주위가 밝아질수록 달은 부옇게 흐려진다. 예의 아까시나무 이후, 누이는 나무에 오른 적이 없다. 바람이 분다. 가느다란 손가락을 닮은 수십만 개 버드나무 이파리들이 세상 모든 곡선을 그리며 물결친다. 사라지지만 어디로도 가지 못하는. 새다. 방금 전의 그 작은 새다. 뱀의 몸속에서 온전히 숨이 멎은 것이다. 질척하게 소화되기 시작한 것이다. 누이만이 지금 이곳에서 그 새를 알아본다. 어지러운 동선을 그리며 날던 새가 한순간 버드나무 이파리 사이로 날아든다. 누이는 나무를 기어오르기 시작한다.

이 섬은 40년 전 폭파되었었다. 다량의 다이너마이트가 사용되었다. 섬의 모래와 자갈은 근처 건설 공사장들로 퍼 날라졌다. 그보다 먼저 이 섬에 살고 있던 500여 명의 사람들이 뭍으로 내보내졌다. 파이고 깎여 분분이 나뉘었지만 애당초 밤톨을 닮아 붙여졌던 이름은 그 후로도 변하지 않았다. 섬은 사라진 것처럼, 죽임을 당한 것처럼 보였다. 그것을 부당하다 여기거나 그것에 괴로워하는 사람은 많지 않았다. 시간이 흘렀다. 많은 것이 변했지만 강물이 멈춘 적은 없었다. 흙과 모래와 이런저런 부유물이 상류로부터 계속 흘러내려왔다. 조금씩 조금씩 다시 섬이 자라기 시작했다. 퇴적이라 불리는 일이었다. 홍수 때면 섬은 강물 속으로 완전히 잠겨버리기도 했다. 물이 빠져 모습이 드러나면 밀려온 쓰레기가 가득하기도 했지만 섬의 높이와 넓이는 조금 더 늘어나 있었다. 풀이 돋고 새가 날아왔다. 습기에 강한 것들이 살아남았다. 이곳에 버드나무를 가져와 심은 사람은 없었다. 먼 곳으로부터 와서 모두 제 스스로 싹을 틔우고 뿌리를 내린 것들이었다. 섬은 계속 자랐다. 모래 몇 알갱이라도 알뜰히 쟁였다. 별수 없이 물살에 쓸려 내려간다 해도 연연해하지 않았다. 40년이 흘렀다. 섬은 여전히 자라고, 언젠가 윗섬과 아랫섬을 합쳐 밤톨 모양을 되찾을 심산인 듯하다. 뒤늦게 사람들이 섬의 재생에 관심을 갖기 시작했다. 그러나 사람들에게 그럴 자격은 거의 없었다. 이 섬이 저 스스로 해낸 일을 제외하고 한강의 기적 따위를 운운했기 때문인지도 모른다.

버드나무 꼭대기에서 누이는 새를 만났다. 새는 누이의 골절된 왼쪽 어깨뼈 위에 포르르 내려앉았다.

동쪽 하늘이 붉어진다. 누이는 고개를 휘둘러 달을 찾는다. 유리창 얼룩처럼 투명해졌지만 달이 있다. 서강대교의 가로

등이 꺼지고 자동차들이 하나 둘 늘어난다. 해다. 섬의 새들이 모두 깨어난다. 불쑥, 일부가 날아오른다. 아침노을이 새털구름을 물들인다. 강물 위에 곧게 펼쳐진 날개들의 그림자가 어린다. 10월의 둘째 주, 가을의 새벽을 지나 가을의 아침이다. 한강의 밤섬. 지난밤 이 섬에서 죽은 새는 모두 네 마리, 모두가 누이에게 날아온 것은 아니다. 누이의 부서진 왼쪽 어깨 위에서 작은 새가 작게 지저귄다. 그것은 또 누구의 이름인가.

강이 흐른다. 섬이 자란다. 풀잎의 이슬이 마르고 포식자 뱀이 잠드는 시간, 하늘에 해가 있고 달이 있다.

*

소한(小寒), 누이는 겨울에 도착했다. 작은 새와 함께 도착했다. 강동구 명일동의 한 보육원. 누이가 3년 몇 개월 전까지 3년 몇 개월 동안 살았던 곳이다. 아우와 함께 살았던 곳이다. 그새 본 적 없는 아이들이 일곱 명 늘었고, 함께 퍼즐을 풀곤 했던 두 아이의 모습이 보이지 않는다. 왠지 얼굴이 달라져 단번에 알아보지 못한 아이도 셋. 그저 아우를 찾아 헤맸을 뿐 이곳에 돌아오려 한 것은 아니다. 이곳에 돌아온 것은 어디까지나 우연이다. 그런데 아우가 있다. 아우가 먼저 돌아와 있다. 지난여름 입양되었던 집에서 파양(破養)

되어 아우는 이 보육원으로 다시 돌아왔다.

보육원 옥상 한구석에 코가 없는 눈사람이 꽝꽝 얼어 있다.
부엌 구석엔 싹이 난 감자와 양파, 며칠 전 자원봉사 단체에
서 놓고 간 쌀과 계란과 라면도 있다. 겨울밤, 자동 온도 조
절 장치를 18도에 맞춰둔 가스보일러가 윙 소리를 내며 돌아
간다.

누이는 잠든 아우를 살핀다. 감기에 걸려 있지만 나아가는
중이다. 그새 가루약 대신 알약을 삼키는 법을 익혔다. 콧구
멍 안에 맺힌 맑은 콧물이 천천히 말라가고 있다. 과연 키가
꽤나 자랐다. 완전히는 아니지만 아토피도 그럭저럭 가라앉
은 것 같다. 양말을 신은 채 열한 명의 아이들과 함께 베개
없이 자지만 아우는 이제 아홉 살이다. 누이는 아우의 책가방
을 열어본다. 캐스터네츠나 크레파스 같은 학교 준비물을 이
곳 아이들은 모두 함께 사용한다. 그래서 제 이름을 적어 넣
을 수 없다. 방학 숙제는 물론 아직이다. 그래도 아우의 공책
엔 글자와 숫자가 가득 적혀 있다. 누이도 이곳에서 글자와
숫자를 배웠다. 맞춤법과 계산이 틀렸어도 아우의 글자와 숫
자는 진하고 씩씩하다. 그림일기 아래 교사의 빨간 펜 글씨도
누이는 일일이 읽는다. 추운 밤 어두운 방이다.

누이는 아우의 머리맡에 앉아 아우의 얼굴을 바라본다. 아
우의 이름을 부르지 않아도 된다. 어깨 위의 작은 새가 내내
조용하다.

보육원 공부방 한쪽 벽을 가득 메운 아이들의 지난 크리스마스카드. 누이는 그 속에서 빨간 산타 모자를 쓰고 벙어리장갑을 낀 눈사람이 그려진 아우의 것을 찾아낸다. 누이는 겨울에 도착했다. 아우가 먼저 도착해 있었다. 작은 새가 색도화지로 만들어진 카드를 펼친다. 삐뚤빼뚤 연필 글씨, 누나, 마지막 줄, 큼직하게 누이의 이름이 적혀 있다.

소녀이기도 하고, 계집애이기도 하고, 여자아이이기도 한, 언제까지나 열세 살이 될 수 없는 누이는, 오직 누이다.

:

앨리스,

이상한 섬에 가다

:
:

1. 이륙(離陸)

　트렁크는 너무 무거웠다. 물론, 꼼짝도 하지 않았다, 는 것은 아니다. 앨리스는 바퀴가 달린 커다란 트렁크의 손잡이를 다시 한 번 기울여보았다. 기울이는 것만으로도 팔이 후들거렸다. **없는 토끼**가 시계를 보며 호들갑스럽게 말했다.

　"늦었어, 늦었어, 늦었다구. 이러다간 지각이야. 비행기를 놓치고 말 거라구!"

　앨리스는 엘리베이터가 없는 아파트 4층에 살고 있었다. 현관문 밖의 계단은 낡고 좁고 가팔랐다. 트렁크는, 절망적으로 무거웠다. 앨리스는 하릴없이 잠금장치를 눌러 트렁크를 힘겹게 열어젖혔다. 어젯밤, 빈틈없이 완벽하게 꾸려놓은 짐이었다. 없는 토끼가 혀를 끌끌 찼다.

"내 이럴 줄 알았어. 이럴 줄 알았다구. 여행을 가는 게 아니라 이민을 가나 보네. 쯧쯧, 노트북은 그렇다 쳐. 하나, 둘, 셋, 넷, 다섯…… 앨리스, 너 지금 고시 공부 하러 절에 들어가니? 책을 열한 권이나 가져가서 뭘 어쩌겠다는 거야? 빨리 빼내. 어서, 다섯 권, 아니 세 권만 가져가도 충분해. 소설, 소설책 몽땅 꺼내. 소설? 참 나, 어이없다. 빨리, 어서 서둘러. 이러다 정말 늦는다구!"

여행을 떠나기로 한 날 아침, 정신없이 허둥대는 것은 앨리스가 가장 싫어하는 것 중에 하나였다. 늦잠을 자다 소스라치듯 일어나, 미리 꾸려놓지 않은 짐을 부랴부랴 챙기고, 버스나 기차를 놓치지 않기 위해 허둥지둥 집을 나서는 일. 그 와중에 무언가 중요한 것을 빠뜨려 결국 낭패를 보는 일, 따위. 앨리스는 질색이었다. 그러나 늦잠을 잔 것도 아니고, 짐을 미리 꾸려놓지 않은 것도 아니고, 시간 여유를 두고 차를 탄다 해도 얼마든지 낭패를 볼 수 있다는 것—세 라 비. 앨리스는 알고 있었다.

없는 토끼가 제멋대로 책 세 권을 골라 앨리스에게 내밀었다. 마샬 버먼의 『현대성의 경험』, 김동춘의 『전쟁과 사회』, 가와이 하야오와 나카자와 신이치의 『불교가 좋다』. 다시 트렁크가 닫히는 순간, 휴대폰이 울렸다. 택시가 도착한 것이었다.

트렁크는 여전히 무거웠다. 없는 토끼는 저 혼자 벌써 아파트 계단을 폴짝폴짝 뛰어 내려가고 있었다. 앨리스는 2주 동안 빈집이 될 아파트의 현관문을 잠갔다. 어젯밤에 이미 창문과 가스 밸브를 잠그고, 전원 플러그를 뽑고, 화분에 물을 주었다. 그래도 알 수 없는 일이었다. 2주 동안 비어 있을 집. 그래도 할 수 없는 일이었다. 여덟 권의 책을 빼냈어도 트렁크는 여전히 무거웠다. 계단은 언제나처럼 낡고 좁고 가팔랐다. 필사적인 안간힘으로 팔다리가 부들부들 떨렸다. 집 밖을 100미터도 벗어나기 전에 필사적이 되어야 한다는 사실에 필사적이기도 힘에 부쳤다. 이내 앨리스의 등줄기에 땀이 찼다. 간신히, 그야말로 간신히 택시의 트렁크 안으로 여전히 무거운 앨리스의 트렁크가 들어갔다. 뒷좌석을 차지하고 앉은 없는 토끼는 쉴 새 없이 고갯짓을 하고 발끝을 까딱거리고 있었다.

정말 낭패를 볼지도 모를 일이었다. 택시비 4,800원을 주고 내린 H백화점 앞에 예상과는 달리 G공항으로 가는 좌석버스는 없었다. 공항 버스 전용 정류장이 있긴 했다. 그러나 모두 국제공항인 I공항으로 가는 직행 버스들뿐이었다. 많은 경우 일은 잘못되기 마련이었다. 없는 토끼가 또 호들갑을 떨었다.

"내 이럴 줄 알았어. 이럴 줄 알았다구. 그러니까 지하철을 타야 했단 말이야. 아니 아니, 그놈의 트렁크가 문제야, 너무 무거워서 문제야. 이제 어떡하지? 어떡해, 정말 늦었다구. 시계 좀 봐, 비행기가 쉬이익 그냥 날아가버릴 거란 말이야!"

없는 토끼가 손목에 차고 있는 것은 클로버 풀꽃 시계였다. 앨리스는 종종걸음으로 여전히 무거운 트렁크를 끌고 두 개의 횡단보도를 건넜다. 보도블록 위로 트렁크를 끌어 올리기 위해 현기증이 일 정도로 애를 써야 했다. 없는 토끼는 뒤도 돌아보지 않고 제가 발견한 모범택시를 향해 폴짝폴짝 뛰어 갔다.

가까스로 G공항에 들어섰다. 24,600원의 택시비는 물론 예상 경비에 포함되어 있지 않았다. 여전히 무거운 트렁크의 화물 수속을 마치자 탑승 시간은 약 9분쯤 남아 있었다. 낭패를 본 것은 아니었지만 앨리스는 낭패를 본 것처럼 피곤해져 버렸다. 없는 토끼가 언제 조바심을 냈냐는 듯 말했다.

"이봐, 앨리스. 짜증이 났을 때는 달콤한 걸 좀 먹어줘야 된다구. 캐러멜 라테, 어때? 아님, 화이트 초콜릿 모카?"

앨리스는 비행기 탑승구에서 스튜어드가 공손히 인사를 한 뒤 건네준 신문을 받아 들었다. 제자리를 찾아 앉은 뒤 앨리스는 여전히 무거운 트렁크를 생각했다. 비행기를 이용할 때 가장 두려운 것은 난기류나 추락, 공중 납치 따위가 아니라 짐을 잃어버리지나 않을까 하는 것이었다. 공항의 수하물 컨베이어벨트가 완전히 멈출 때까지 나타나지 않는 자신의 트렁크. 그것은 공포였다. 자신을 따라 도착하지 못한 트렁크. 어디에도 없는 트렁크. 그때 미아가 되는 것은 자신인가 트렁크인가. 없는 토끼가 안전벨트로 제 목을 조르는 시늉을 하다 말고 말했다.

"그런데, 주스는 언제 주는 거야? 국내선에선 맥주는 안 주지?"

비행기가 이륙했다. 앨리스는 스튜어드에게서 받은 신문을 펼쳐 읽기 시작했다. 건성도 아니고 꼼꼼히도 아니었다. 비행기는 남쪽으로 몸을 틀었다. 확인할 수 없었지만 J섬으로 간다면 그래야 했다. 종이 신문을 읽는 것은 꽤 오랜만의 일이었다. 앨리스의 왼쪽, 작은 창밖으로 작아진 강과 산과 집과 길이 내려다보였다. 사람은 보이지 않았다. 신문엔 이상한 이야기들이 잔뜩 실려 있었다. 그러지 않은 적이 없었으므로 그것은 그리 이상한 일이 아니었다. 스튜어디스 둘이 음료가 담긴 카트를 밀며 다가오고 있었다. 없는 토끼가 콧구멍을 벌름거리며 두 귀를 쫑긋 세웠다. 비행기가 구름 위로 올라섰다. 앨리스는 일간지의 21면 오른쪽 하단에 찍힌 **오스터**의 이름을 보았다.

며칠 전, 앨리스는 오스터를 만났다. 세 달씩 사이를 둔 세번째 만남이었다. 처음 만났을 때 겨울이 시작되고 있었고, 두번째 만났을 때는 꽃샘추위였고, 이제 여름이 시작되려 하고 있었다. 어, 앨리스를 발견하자 오스터는 정지 화면처럼 멈춰섰다. 오스터가 복도 끝의 어느 문을 열자 비상계단이 나왔다. 13층 공중이었다. 철골 구조물로 만들어진 비상계단 난간에서 앨리스와 오스터는 담배를 나눠 피웠다. 공기가 탁한

너운 오후였다. 발밑으로 가느다란 소용돌이 바람이 불어왔
다. 현기증을 느낀 것이 바람이나 높이 때문은 아닌 듯했다.
앨리스의 손가락은 담뱃재를 떨어내며 침착하려 태연하려 애
쓰는, 그러나 그런 자신을 들키고도 싶어 하는 오스터의 손가
락을 바라보았다. 문득 오스터의 손가락이 자신을 만지면 어
떤 느낌일까 하는 생각이 들어 앨리스의 손가락은 다소 당황
하고 말았다. 앨리스는 오스터에게 며칠 뒤 J섬으로 여행을
떠난다고 말했다. 오스터는 미소를 지으며 질투가 난다고 말
했다. 이 사람, 입기 싫은 양복을 오랜만에 입었구나, 매기
싫은 넥타이를 할 수 없이 맸구나, 넥타이 안쪽 와이셔츠 맨
윗 단추를 슬쩍 풀어놓았구나. 앨리스는 생각했다. 가늘고 긴
담배가 타들어가고 있었다. 13층 공중의 철제 계단 난간에서
였다. 앨리스는 오스터가 앨리스의 이야기의 주요 등장인물
일까 생각해보았다. 처음으로 생각해보았다. 희미한 현기증.
가느다란 소용돌이. 앨리스는 웃었다. 앨리스는 잘 웃는다고
알려져 있었다. 비상계단을 떠나며 타고 남은 담배꽁초를 어
떻게 했는지는 기억나지 않았다. 그의 것도, 자신의 것도.

　없는 토끼는 앨리스의 MP3를 제 귀에 꽂은 채 알아들을 수
없는 멜로디를 흥얼거리고 있었다. 당연한 얘기지만 토끼 귓
구멍과 사람 귓구멍이 같을 리는 없었다. 더구나 없는 토끼였
다. 앨리스는 신문을 접고 대신 기내 잡지를 펼쳐 들었다. 면
세 혜택을 받을 수 있는 명품 브랜드의 화장품과 시계와 가방

따위의 사진들이 가득 실려 있었다. 구름 위에서도, 땅속에서도, 바다 밑에서도, 사람들은 언제 어디서든 물건을 사고팔았다. 100년 전, 아니 50년 전만 해도 그러지 않았다고 한다. 거의 믿을 수 없는 일이었다. 비행기가 잠시 위아래로 흔들렸다. 앨리스는 기내 잡지 37쪽에 실려 있는 **루시**의 사진을 보았다.

사진 속의 루시는 테이블에 몸을 기댄 채 활짝 미소 짓고 있었다. 루시는 앨리스와 동종 업계 종사자였다. 루시는 비틀스를 좋아했다. 그것은 짐짓 중요한 일이었다. 그러나 그것은 그리 중요하게 다뤄진 적이 없었다. 어젯밤 앨리스는 루시의 이메일을 받았다. J섬으로 여행을 간다니 부럽다는 내용이었다. 잘 다녀오라는 인사와 함께 마지막 줄엔 '바닷가를 혼자 서성이다 이따금 발을 멈추고 먼 데를 바라보는 앨리스. 샌들 속의 발가락을 오므리네. 샌들은 무슨 색일까요. 모래 색일까요'라고 씌어 있었다.

휴대폰이 짧게 한 번 울렸다. 비행기가 이륙하기 전 휴대폰을 꺼달라는 기내 방송이 있었지만 앨리스는 그렇게 하지 않았다. 구름 위에서 받은 첫번째 문자메시지—J섬엔 왜 가는 거냐? **차우**였다. 차우는 어제도 그렇게 물었었다. 어느새 없는 토끼가 앨리스의 어깨 앞으로 고개를 들이밀고 있었다. 이내 휴대폰의 폴더를 덮어버렸지만 소용없는 일이었다.

"그러게, 앨리스. 진짜, 왜 가는 거야? J섬엔?"

스튜어디스가 종이컵에 따라준 감귤 주스를 두 잔째 마시고 있는 없는 토끼는 그야말로 한 대 때려주고 싶은 얼굴을 하고 있었다.

"답 문자, 안 보내? 궁금하다잖아."

앨리스는 휴대폰을 주머니에 집어넣고 기내 잡지의 책장을 팔락팔락 넘겼다. 차우는 앨리스 이야기의 주요 등장인물이었다.

비행기는 앨리스가 나고 자란 S시를 떠난 지 54분 만에 J섬 공항에 내려앉았다. 착륙을 위해 고도를 낮추는 동안 제일 먼저 앨리스의 눈에 들어온 것은 무덤이었다. 언덕배기나 밭 한가운데 무덤들이 종기처럼 솟아 있었다. 아무렇지도 않다는 듯 둥근 거품처럼 떠 있었다. 그런데 그것들은 제각각 네모난 돌담에 둘러싸여 있었다. 네모난 돌담에 둘러싸인 둥근 무덤들이 비행기 속의 앨리스를 올려다보고 있었다. 종기 같은, 거품 같은, 섬의 무덤이었다. 육지의 그것과는 무척이나 다른 느낌을 주었다. 육지와는 죽음을 다르게 생각하는 때문인지 몰랐다.

잘 알려진 대로 J섬은 화산 폭발로 생겨난 섬이었다. J섬에는 강이 없었다. 논이 없었다. 도둑은 언제나 육지에서 왔다. 오랫동안 비바람이 불었고, 죄인들이 유배되었고, 숱한 사람들이 영문을 모르는 채 죽어갔다. 육지와는 많은 말〔言〕들이 달랐다.

2. 부유(浮遊)

J섬엔 많은 사람들이 온다. J섬에서 맞이한 첫날 밤, 앨리스는 티브이를 통해 J섬 방송국에서 자체 제작한 지역 뉴스를 보았다. 일기예보 직전에 나타난 화면은 무척 색다른 것이었다. 'J섬을 찾은 오늘의 관광객——10,268명'이란 커다란 자막이 화면에 떴다. 육지의 티브이 뉴스에서는 결코 본 적이 없는 것이었다. J섬에 있어 관광객의 숫자는 '오늘의 종합 주가 지수'나 '콜 금리' '원 달러 대비 환율' 이상으로 중요한 개념인 것이다. 앨리스는 그날 J섬을 찾은 10,268명 중에 한 명이었디.

잘 알려진 대로, J섬엔 많은 사람들이 온다. 사진을 찍으러, 해수욕을 즐기러, 회를 먹으러, 섹스를 하러, 말을 타러, 골프를 치러, 술을 마시러, 노래를 부르러, 이 나라에서 가장 높은 산에 오르러, 혹은 감귤이나 옥돔이나 백년초나 하르방을 사러, 여행 앞에 '수학'이나 '효도'나 '신혼' 따위의 타이틀을 붙여서. 10,268명 중의 한 명인 앨리스는 코를 골며 곯아떨어진 없는 토끼 옆에 누워 그 모든 것을 하지 않아야겠다고 생각했다. J섬에 머무는 동안 앨리스는 사진을 찍지도, 해수욕을 즐기지도, 회를 먹지도, 섹스를 하지도, 말을 타지도, 골프를 치지도, 술을 마시지도, 노래를 부르지도, 이 나라에서 가장 높은 산에 오르지도, 혹은 감귤이나 옥돔이나 백년초나 하르방을 사지도 않기로 하고, 잠이 들었다. 앨리스가 물론 수학이나 효도나 신혼 등의 단어를 좋아할 리도 없었다.

펜션부인은 앨리스가 마음에 든 눈치였다. 앨리스가 J섬에서 숙소로 정한 곳은 인터넷에서 찾아낸 '펜션 못지않은 민박'이었다. 홈페이지에 구구절절 늘어놓은 자랑대로 실제 시설이나 청결 상태는 웬만한 펜션 이상이었고, 장마를 앞둔 비수기였다고는 해도 가격 역시 저렴했다. 앨리스가 S시에서 문의 전화를 걸었을 때, 주인인 펜션부인은 아주 반색을 했다. 상황을 봐서 2주 정도 머무를 계획이라고 말하자 방값을 추가로 깎아주겠다고도 했다.

여섯 개의 방은 모두 비어 있었다. 앨리스가 머물 '장미실'은 욕실과 주방이 딸린 원룸 구조였고, 침구와 가전제품과 취사도구 등속은 거의 모두 새것이었다. 펜션부인의 남편은 3급으로 퇴직한 공무원이었고, 부부는 근처에 가시오가피 농장을 가지고 있다고 했다. 집은 잔디 마당과 작은 텃밭을 사이에 두고 주인 부부가 사는 안채와 6개의 방이 있는 세 개의 별채로 구분되어 있었다. 펜션부인은 자신과 남편 모두 J섬 토박이고, 세 자녀 중 둘을 앨리스가 살고 있는 S시에서 대학 공부를 시켰다는 말로 자기소개를 했다. 앨리스는 펜션부인에게 자기를 학위 논문을 준비 중인 대학원생이라고 소개했다. 그 거짓말은 더할 나위 없이 적절한 것이었다. 예전에 실제 그러한 적도 있었으니, 그리 양심에 가책을 느껴야 할 거짓말도 아니었다.

몇 년째 앨리스는 초여름의 생일이 지나면 혼자 여행을 떠났다. 그리고 장마가 시작될 즈음 돌아오곤 했다. 결코 근대가 완전히 해결됐다고 볼 수 없는 이 나라의 사람들은 아직도 미혼으로 보이는 여자 혼자 여행을 다니는 것을 무척이나 기이하게 생각했다. 아니, 아가씨가 왜 혼자 여행을 다녀요? 여행 중의 앨리스는 수도 없이 그런 질문과 시선을 받았다. 그 질문과 시선에 담긴 의구심과 호기심과 위협감을 누그러뜨릴 수 있는 최선의 대답으로 앨리스가 찾아낸 것이 바로 '논문을 쓰는 대학원생'이란 신분이었다. 그 말을 들은 사람들의 대다수는 그게 뭔지도 정확히 모르면서 진지한 표정으로 고개를 끄덕였다. 결코 근대가 완전히 해결됐다고 볼 수 없는 이 나라의 사람들은 아직도 가방끈이 길다는 것에 대해 무척이나 경외심을 가졌다. 아유, 공부 많이 하는 아가씬가 보네. 그로써 무술 유단자가 아닌 정체불명의 젊은 여자가 혼자 여행을 함에 있어 어느 정도 신분상의 신뢰와 신변상의 안전이 확보되는 것이다. 그때부터 책을 펼쳐들고 앉아 있거나, 노트북의 자판을 두드리고 있으면 사람들은 제법 발소리를 죽여준다. 저물녘 바닷가로 산책을 나섰다 돌아와도 필요 이상의 말을 걸어오지 않는다. 이상하게 여겨지겠지만, '소설'이란 단어를 들먹이는 것은 앨리스로서는 상상도 할 수 없는 일이었다. 여행 중에 오가며 만난 사람들에게 소설, 혹은 소설가처럼 이상야릇하고 엉뚱하며 난데없고 비현실적으로 느껴질 단어가 또 있을 수 있을까. 없는 토끼가 이죽거리듯 앨리스에게 말했다.

"너, 그것도 자의식 과잉이야."

"함부로 이해되기 싫을 뿐이야."

앨리스가 참을 수 없는 것은 '오해'라기보단 '함부로 이해되는 것'이었다. 다행히 펜션부인은 앨리스가 마음에 든 눈치였다. 때때로 '학생!' 하고 장미실의 창문을 두드린 뒤, 앨리스가 창문을 열면 삶은 감자 세 알, 손두부 한 모, 부추전 두 장, 그리고 한 움큼의 산딸기를 접시에 담아 건네주었다. 공부도 좀 쉬엄쉬엄 해야지, 머리도 식혀가며. 농장에서 직접 기른 가시오가피로 담근 것이라며 생수병에 담긴 술까지 인심을 썼다. 없는 토끼가 폴짝폴짝 뛰어오르며 반색을 했다. 쉬엄쉬엄 할 공부라는 말이 씁쓸하고도 우스웠지만 그래도 앨리스는 소설가라는 단어를 사용하고 싶은 마음이 전혀 없었다.

J섬에도 도시가 있다. J섬의 J시. 앨리스는 도시의 사용법을 잘 알고 있었다. 급할 건 아무것도 없었다. 수학도 효도도 신혼도 앨리스와는 아무런 상관이 없는 말들이었다.

앨리스는 긴 방파제가 있는 항구 옆 공원에서 자전거를 빌렸다. 하늘이 투명하게 맑지는 않았지만 햇살은 충분히 뜨거웠다. 앨리스는 자전거를 타고 방파제를 따라 난 산책로 위를 달렸다. 앨리스의 허리춤을 끌어안은 없는 토끼가 길게 휘파람을 불었다. 머리칼이 흩날리는 뺨의 오른쪽은 바다였다. 희뿌연 공중으로 비행기가 뜨고 내리는 것이 보였다. 자전거를 타는 것은 아주 오랜만의 일이었다.

앨리스는 KFC에서 네스티를 사들고 그 건물 5층의 복합 상영관으로 올라갔다. 바다와 20미터쯤 떨어진 극장이었다. 평일 낮 2시 10분, 관객은 없는 토끼를 제외하고는 모두 앨리스 또래이거나 몇 살 아래쯤으로 보이는 일곱 명의 여자들뿐이었다. 영화의 제목은 「연애의 목적」. 스크린에 다른 영화의 예고편이 나타났다 사라지는 동안 앨리스는 **뚜생**에게 문자 메시지를 보냈다──J시 바닷가 극장 영화 시작 5분 전. 뚜생 역시 루시와 마찬가지로 앨리스와 동종 업계 종사자였다. 뚜생은 몇 달 전까지 J섬에 살았다. J섬에 사는 동안 뚜생은 낚시에 빠져 있었던 듯싶다. 잡아 올린 생선의 사진을 파일로 보내주기도 했다. 2년 전쯤 앨리스는 뚜생의 글을 읽고 뚜생에게 전화를 걸었다. J섬에서 전화를 받은 뚜생이 말했다. 내가 지금 어디 있는지 알기나 합니까? 앨리스는 멋쩍게 웃은 뒤 알고 있다고 대답했다. 뚜생은 작업실 밖으로 보이는 바다에 대해 말해주었다. 앨리스는 몇 년 전 S시의 어느 어두운 상점들의 거리에서 뚜생을 만난 적이 있었다. 그때 뚜생은 짐

싯 심각한 목소리로 말했었다. 절대적으로 유니크해야 합니다. 뚜생은 이제 J섬에 없었다. 이번 여행에 도움을 주지 못해 미안하군요. 문자가 왔고, 영화가 끝났다. 마지막 장면, 주인공 여자의 하이힐이 가짜로 만들어진 눈 위를 뽀드득 밟았다. 초반부의 베드신을 보며 눈을 동그랗게 뜨고 코를 킁킁거리던 없는 토끼는 어느새 입을 벌린 채 잠이 들어 있었다.

앨리스는 방파제 끝까지 걸었다. 빨간 등대가 있었다. 다시 방파제 끝에서 끝까지 걸었다. 어딘가에 드러눕고 싶었지만 드문드문 꺼칠한 얼굴의 낚시꾼들이 숨겨졌던 덫처럼 모습을 드러냈다. 없는 토끼는 다리가 아프다며 투덜거렸다. 초여름의 해는 길었다. 그러나 바다는 처음부터 어두웠다.

앨리스는 J시의 이마트로 갔다. 이마트는 당연히 어느 도시에나 있었다. 앨리스는 쌀과 즉석 국와 계란과 김치와 라면과 햄과 냉동 만두와 사과와 플레인 요구르트와 토마토 주스와 베이글과 크림치즈를 바퀴가 달린 카트에 담았다. 그리고 의류 매장에서 가슴에 의미 없는 숫자가 씌어진 티셔츠 한 장을 샀다. 심사숙고 끝에 넓은 챙이 달린 흰색 모자도 골랐다. 앨리스는 무거운 비닐봉투를 들고 '펜션 못지않은 민박'으로 돌아가기 위해 버스 정류장을 향해 걸었다. 그러다 어느 쇼윈도 앞에 잠시 멈춰 섰다. 새먼 핑크 에나멜 소재의 스웨이드 끈으로 꼬임 장식이 있는 웨지 굽 뮬이 눈에 들어왔다. 앨리스는 매장에 들어가 가격을 물어보았다. 점원은 18만 7천 원이라고 대답해주었다. 한번 신어보라는 말은 진정으로 성의 없이 들렸다. 없는 토끼가 콧방귀를 뀌었다.

비가 왔다. 앨리스는 종일 '장미실' 안에 머물렀다. 가시오가피 농장의 일이 분주한 모양인지 펜션부인의 모습은 아침부터 보이지 않았다. 앨리스는 창문을 열어둔 채 비가 내리는 잔디 마당을 바라보며 담배를 피우고 커피를 마셨다. 키가 큰 왕벚나무 아래 바비큐 그릴과 하얀 플라스틱 의자와 둥근 코카콜라 테이블이 비를 맞고 있었다. 앨리스는 윈도 미디어 플레이어로 박효신과 콜드플레이와 루시드 폴과 나얼과 스완다이브와 시게루 우메바야시를 반복해서 들었다. 그리고 김동춘의 『전쟁과 사회』를 읽었다. 없는 토끼는 노트북의 터치패드 위에 털북숭이 손을 올려놓고 마작 게임을 하고 있었다. 『전쟁과 사회』에 J섬에 관련된 부분이 있었다. 이 나라의 다른 여러 곳과 마찬가지로 J섬에서도 학살이 있었다.

　　—토벌군은 게릴라들의 피난처와 물자 공급원을 제거한다는 목적으로 100여 곳의 산간 마을을 모두 불태웠으며 노인에서 젖먹이까지 남녀노소를 가리지 않고 주민들을 무조건 살해했다. 이러한 학살은 11월 17일 발표한 계엄령으로 정당화되었지만, 그 계엄령 자체의 적법성에 대해서도 의문이 제기되는 상황이므로 '토벌작전'은 사실상 대량 학살이라고 볼 수 있다. 당시 J섬에서 토벌대가 파악한 무장대의 수는 500여

명에 불과했지만 학살당한 사람은 모두 3만여 명이었다.

이어 제2대 국회 속기록 제59호, 152쪽에서 159쪽에 걸쳐 '토벌작전'이라고 불린 학살이 있은 후 J섬을 시찰한 S장관의 증언 자료가 있었다.──두 사람이 같이 가면서 얘기를 자유로 하거나 열흘 동안 있으면서 내 얼굴을 쳐다보는 동포를 보지 못했다. 〔……〕 J섬의 사람들은 길거리를 걸으면서 땅을 쳐다보고 비참한 꼴로 기운 하나 없이 다 죽은 기세로 그림자가 다니는 것처럼 걸어 다녔다.

빗줄기가 가늘어져 있었다. 앨리스는 책을 덮고 없는 토끼에게 말했다.

"산책 나가자. 그림자가 다니는 것처럼 걸어 다녀보자구."

없는 토끼는 이내 자는 척을 했다. 앨리스는 혼자 방을 나섰다. 그리고 우산을 쓰지 않고 한참 동안을 그렇게 걸어 다녔다.

며칠이, 다시 며칠이 흘러갔다. 매일 밤 잠들기 전 앨리스는 그날 갔던 곳들의 이름을 노트에 적었다. 딱히 소용에 닿을 거란 생각 때문은 아니었다. 앨리스는 침대 위에 J섬의 그림지도를 펼쳐놓고 다음 날의 동선을 정했다. 없는 토끼가 코를 골아도 앨리스는 제법 깊은 잠을 잤다. 물론 얼마 전부터 질이 좋은 약을 복용하기 시작한 때문인지도 몰랐다. 별다른 꿈은 꾸지 않았다. 반갑지만 확실히 이상한 일이었다. S시에

서와는 달리 아침 일찍 눈이 떠졌다. 앨리스는 케이블 채널이 나오지 않는 작은 티브이로 공중파 방송의 아침 정보 프로그램을 보며 식사를 했다. 그런 다음 작은 배낭을 꾸려 장미실을 나섰다. 이제는 무겁지 않은, 속을 비운 트렁크가 빈방에 남아 있었다. 앨리스는 의미 없는 숫자가 쓰여진 티셔츠를 입고 챙이 넓은 흰 모자를 썼다. 종종 선크림 바르는 것을 잊었다. 없는 토끼는 호들갑을 떨었다가 떼를 썼다가 시무룩해졌다가 투덜거렸다가 낄낄거렸다가 멍하니 있다가 콧노래를 흥얼거리는 것을 반복했다. 수학도 효도도 신혼도 아니었다.

여름이 시작되고 있었다. 앨리스는 J섬의 많은 곳을 갔다. 그림지도에 제각각 '명소'라고 표시되어 있는 곳──자연사박물관, 민속박물관, 역사체험관, 미술관, 유적지, 기념공원, 민속마을, 사찰, 해수욕장, 포구, 동굴, 폭포 그리고 오름…… 떠나오기 전날 차우가 말했었다. J섬엔 산이 세 개뿐이야. 나머지는 전부 다 오름이지. 바다보다는 오름을 보고 와라. 그렇지 않아도 이성복의 「오름 오르다」가 좋았던 터라 그럴 생각을 하고 있었지만, 차우의 말을 듣고 보니 앨리스는 왠지 그러고 싶지 않아졌다. 그날, 차우와 헤어져 집으로 돌아오는 길은 아주 멀었다.

앨리스는 오래 걸었다. 언제나처럼 많이 걸었다. 자전거를 타기도 했고 택시를 타기도 했다. 시외버스와 시내버스를 번갈아 탈 때가 많았다. J섬에 기차나 전철은 없었다. 그다지 마음에 드는 차종이 아니었지만 앨리스는 흰색 아반테XD를 렌트했다. J시 버스 터미널 상가의 PC방에서 가장 저렴한 렌트카 사이트를 찾아 가장 저렴한 차종을 검색했다. J시의 PC방에서도 가득가득 쌓인 스팸 메일을 지워야 했다. 없는 토끼는 커피 빈의 카푸치노 더블이 먹고 싶다고 땅이 꺼질 듯 한숨을 내쉬었다.

앨리스는 J섬의 많은 곳을 갔다. 명소가 아닌 곳, 아무 곳도 아닌 곳. 그러나 어디에도 있고 어디에도 없는 곳. J시 D동 Y아파트 단지의 어린이 놀이터, 운동장의 서쪽으로 바다가 보이던 G초등학교, 빨래 건조대에 다섯 장의 분홍색 수건을 널어놓지 않았다면 구멍가게인 줄 알았을 K미용실, 비린내가 나는 나무 상자들이 산처럼 쌓여 있던 어판장의 뒷골목, 이 나라의 가장 남쪽의 우체통의 열쇠를 보관하고 있을 S읍 우체국, 그냥 그토록 그저 그렇게 버려진 바닷가 텅 빈집, 색색의 수건을 머리에 쓴 노파들이 로봇처럼 움직이며 오이를 따던 비닐하우스. 앨리스는 그곳에 있다 그곳을 떠났다.

흙은 검고, 바위는 더욱 검다. 그 검음은 모두 옛날의 바다에서 왔다. 묽고 들큼한 습기가 어질머리 여름꽃을 피우고, 하지의 달이 섬의 공중을 구른다. 한 번도 비를 만든 적이 없는 구름, 바람은 모든 돌들의 구멍을 센다. 검은 층층계의 장조와 단조의 화음은 노래가 아니다. 은빛 지느러미 오래도록 뒤척일 때, 섬의 거미들만이 땅이 식는 이유를 안다.

　제1산록도로를 달리던 흐린 정오, 앨리스는 도로를 사이에 두고 무덤과 말이 마주 보고 있는 곳에 차를 세웠다. 제각각 네모난 돌담을 두른 무덤들이 마을의 이웃집처럼 옹기종기 모여 있었다. 맞은편 목책 안으로 여남은 마리의 말들이 벌판의 풀을 뜯고 있었다. 북북북, 소리를 내며 풀을 뜯고 있었다. 북북북, 풀들이 말들을 뜯고 있는 건지도 몰랐다. 북북북. 검은 어미 말이 검은 새끼 말을 핥고 있었다. 앨리스는 목책 위로 올라서 그 위에 걸터앉았다. 반지르르 윤기가 도는 갈색 털을 가진 말이 잠시 앨리스를 지켜보았다. 북북북, 다시 풀을 뜯었다. 말들이 들판의 풀을 뜯는 소리가 고요히 천지를 메웠다. 북북북, 종일 음악 시간인 우주였다. 없는 토끼는 서커스를 보여주듯 쉬지 않고 이 무덤 위에서 저 무덤 위로 텀블링을 했다. 녹슨 양철 구유 속 반쯤 담긴 물 위에 소금쟁이가 떠 있었다. 무덤 뒤는 검푸른 삼나무 숲이었다. 느린 화면으로 바람이 스쳐 지나갔다. 앨리스는 긴 밤 내내 이런 꿈을 꿀 수 있다면 좋겠다고 생각했다. 꿈처럼, 작고 검은 망아지가 앨리스에게 다가왔다. 거짓말처럼, 주저 없이, 온전히 위태롭게 빛나는 검은 새끼 말이 꿈처럼 일렁이며 다가왔다. 믿을 수 없을 만큼, 목이 메도록 안타깝고 뿌듯한 생명. 아스라이, 무덤 앞이었다.

J섬 서남쪽의 해안 도로. 앨리스는 아무도 없는 곳을 골라 여러 번 차를 세웠다. 카오디오에서는 「플라이 미 투 더 문」 이 흘러나왔다. 앨리스는 누웠다. 바로 아래 파도가 부서지는 바위 위에 앨리스는 누웠다. 엠시엠 선글라스 위로 새털구름 이 흘러갔다. 사실, 앨리스는 드러눕기를 좋아했다. 침대가 아닌 곳에, 천장이 없는 곳에. 햇살이 뜨거웠다. 바람이 불고 파도가 부서졌다. 모든 것은 그토록 멀었다. 앨리스는 휴대폰 의 폴더를 열었다. **테오**에게 문자 메시지가 와 있었다. 앨리 스는 **사비나**에게 문자 메시지를 보냈다. 잠시 뒤 앨리스는 **표 도르**의 전화를 받았다. 예상대로 차우는 전화를 받지 않았다. 앨리스는 휴대폰의 전원을 껐다. 모든 것이 그토록 멀었다. 자동차 뒷좌석에 엎드려 잠이 든 없는 토끼는 음악이 너바나 로 바뀌었음에도 깨어나지 않았다. 앨리스가 몸을 일으켰을 때 어딘가에서 나타난 신혼부부 한 쌍이 디지털카메라를 들 고 주저주저 미소를 지으며 다가왔다. 저, 사진 좀 찍어주시 겠어요? 하늘과 바다를 배경으로 그들은 웃었다. 신혼부부는 같은 디자인의 남색과 분홍색 푸마 스니커즈를 신고 있었다. 앨리스가 J섬에서 신혼부부의 사진을 찍어준 것은 그것으로 여덟번째였다. 세간의 확률대로라면 그들 중 세 쌍은 이혼하 게 된다. '행복하게 해줄게'와 '불행하지 않게 해줄게'는 다르 다. '해줄게'라는 말은 사실 더없이 이상한 말이다. 디지털카 메라 LCD화면 속의 그들 모두는 그것의 미묘하고도 중대한

차이를 애써 살피기엔 다소 부주의해 보였다.

3. 휘발(揮發)

눈치챌 사람들은 눈치챘다. 앨리스는 불안정했다. 지극히 불안정했다. 마음을 놓은 적은 단 한 번도 없었다. 그리하여 불안정한 앨리스는 지극히 불안정한 일에 몰두하고 있을 때 비로소 불안정하지 않았다. 그리하여 서른 살이 되기 전, 앨리스는 지극히 불안정한 일 세 가지를 찾아냈다. 지극히 불안정한 일 세 가지──글쓰기, 운전 그리고 연애. 눈치챌 사람들은 눈치챘다. 앨리스는 불안정했다. 불안정한 일에 몰두하고 있을 때 불안정하지 않았다. 그러나 물론, 눈치나 불안정이나 몰두나 연애라는 단어가 사람마다 제각기 다른 의미와 비중과 용도로 사용된다는 것쯤은 염두에 두어야 한다. 어쨌든 글쓰기, 운전 그리고 연애──어느 바람이 많이 불던 하루, 앨리스는 오직 그 세 가지 일만을 하며 하루 모두를 보냈다. 당연히, 행복했다는 것은 아니다.

스러지는 새가 말을 걸어온 것은 앨리스가 J섬에 온 지 일주일이 지난 어느 해 질 녘이었다. 앨리스는 버스에서 내려 '펜션 못지않은 민박'을 향해 걷고 있었다. 두 곳의 박물관과 폭포가 있는 해변에 다녀오는 길이었다. 마을을 향하는 진입로 양옆으로 벚나무와 금잔화가 줄지어 심어져 있었다. 벚꽃은 벌써 모두 졌다. 직접 본 것은 아니지만 그랬을 것이다. 없는 토끼는 몸살기가 있다며 거짓말을 하고는 배낭 위로 올라가 앨리스의 어깻죽지에 매달려 있었다. 그때, 어딘가에서 앨리스를 부르는 목소리가 들려왔다.

"얘! 얘, 앨리스!"

"……?"

"그래. 거기 너, 너 말이야. 앨리스, 이리 와봐!"

소리가 나고 있는 곳은 길가의 어느 벚나무 아래였다. 사방 100미터 안에 다른 사람의 모습은 보이지 않았다.

"얘, 이리 와보라니깐. 어서! 그래 너, 앨리스. 여기 너 말고 또 누가 있니? 네 등에 매달려 있는 건 없는 토끼잖아."

앨리스는 소리가 들려오는 벚나무 아래로 다가갔다. 거기, 스러지는 새가 있었다.

"너, 웃긴다. 어제 그제 계속 아침저녁으로 나 보고 지나갔잖아. 오늘 아침도 그랬고. 왜 갑자기 모른 척하고 그러니?"

맞는 말이었다. 앨리스가 그 새를 처음 본 것은 그제 아침 이곳을 지나치면서였다. 손바닥으로 가리면 보이지 않을 만큼 작은 새 한 마리가 벚나무 아래 놓여 있었다. 이미 굳어 있었다. 식어 있었다. 그날 해 질 무렵 민박집으로 돌아오며 앨리스는 다시 그 새를 보았다. 바글바글 개미가 끓고 있었

278

다. 바글바글 바글바글 개미가 끓고 있었다. 소름이 끼쳤지만 당연한 일이었다. 다음 날 아침, 앨리스는 다시 그 새 곁을 지나쳐 갔다. 새는 남아 있었다. 솜털 같은 깃털이 기운 없이 부풀어 오르고 있었다. 무언가가 빠져나갔는지 정확히 설명할 수 없었지만 새는 처음보다 가벼워 보였다. 무언가가 하루만큼씩 새에게서 빠져나갔다. 새는 점점 희미해져갔다. 사흘째, 마지막으로 오늘 아침 앨리스는 새가 곧 완전히 사라질 거라는 생각을 하고 이 벚나무 아래를 지나쳐 갔었다.

앨리스를 불러 세운 것은 그 스러지는 새였다. 스러지는 새가 앨리스에게 물었다.

"애, 앨리스, 그런데 말이지, 넌 누구니?"

"……?"

없는 토끼가 슬그머니 앨리스의 등 뒤에서 내려섰다. 몇 차례 헛기침을 한 뒤 어깨를 으쓱하고 앨리스에게 난처한 미소를 지어 보였다. 그러더니 나 몰라라 총총걸음으로 줄행랑을 쳤다. 스러지는 새가 다시 물었다.

"앨리스, 넌 누구냐니까?"

앨리스는 어이가 없었다. 그리고 좀 약이 오르기 시작했다. 스러지는 새 주제에……

"이것 봐. 그러는 넌 누구지?"

"그러게? 내가 누구지? 그런데 앨리스, 내가 먼저 물어봤잖아. 그러면 안 되지, 넌 누구야?"

"넌 이미 날 알고 있잖아."

"아니 몰라, 앨리스. 그게 도대체 무슨 소리야? 내가 널 알다니? 그럼 넌 날 알고 있다는 거니? 내가 누군데, 앨리스? 그럼 넌 누구야?"

"……"

해가 저물고 있었다. 앨리스는 몹시 지쳐버리고 말았다. 스러지는 새는 이제 자기도 앨리스를 따라다녀야 한다며 포르르 앨리스의 정수리 위로 올라앉았다. 이상하다고만은 할 수 없었다.

그 병원에는 비틀스가 많았다. 당연한 얘기겠지만 비틀스를 좋아하는 사람은 많기도 했다. 앨리스는 병원 대기실에 앉아 각 방의 문마다 붙어 있는 비틀스의 앨범 재킷 액자를 바라보았다. 러버 소울. 앨리스는 '러버 소울' 방으로 들어가고 싶다는 생각을 했다. 러버 소울, 러버 소울, 간절히 그러했다. 간호사가 앨리스의 이름을 불렀다. '옐로우 서브마린' 포스터가 놓여 있는 복도 끝에 '렛 잇 비' 방이 있었다. 문을 열고 들어가자 의사가 있었다. 음, 점수가 높네요. 의사가 앉아 있는 오른쪽 벽면에 비틀스 네 남자의 얼굴이 4등분되어 프린트된 달력이 걸려 있었다. 전 조지 해리슨 같은 남자를 좋아해요. 그래서 문제죠. 앨리스가 말했다. 의사는 뭐라 설명하기 어려운 표정으로 애매하게 웃으며 말했다. 조지 해리슨 같은 남자를 좋아한다는 게 무슨 뜻인지, 그게 왜 문제가 된다는 건지 전 잘 모르겠는데요. 거짓말. 앨리스는 '렛 잇 비' 방에서 나왔다. 결론은 더 이상 '렛 잇 비' 하면 안 된다는 거였다. 네, 뭐. 굳이 말하자면 표준편차에서 좀 많이 벗어난다고 할 수 있죠. 의사는 그렇게 말했고, 앨리스는 뜻밖에 별로 기쁘지 않았다. 의사도 기쁘라고 한 말은 아니었을 터였다. J섬으로 여행을 간다고 말하자 의사는 충고를 했다. 바닷가에 너무 오래 멍하니 앉아 있지 마세요.

언제 와? 언제 와? 스러지는 새는 제가 구관조나 앵무새쯤이라 착각하는 모양이었다. 언제 와? 언제 와? 앨리스는 머리가 지끈거렸다. 자동차 뒷좌석의 없는 토끼와 스러지는 새는 그야말로 시장 바닥의 약장수 콤비처럼 떠들어대고 있었다. 언제 와? 언제 와? 어젯밤 앨리스는 차우의 전화를 받았다. 한동안 아무 말이 없었다. S시의 익숙한 밤의 소리들이 그토록 멀리, 그토록 가깝게 들려왔다. 그리고 유리잔의 맥주 거품이 잦아드는 소리. 그리고 차우의 목소리가 들려왔다. 언제 와? 전화를 끊은 뒤부터 스러지는 새는 성대모사를 하는 개그맨처럼 수선을 피웠다. 없는 토끼가 이랬다저랬다 변덕을 부리고 호들갑을 떠는 스타일이라면, 스러지는 새는 그야말로 전위적인 아방가르드였다. 단 한나절 만에 마샬 버먼의 『현대성의 경험』을 독파해버리고는 파우스트와 마르크스와 보들레르를 줄줄 읊는 게 아닌가. 언제 와? 언제 와?

앨리스는 J섬의 휴화산을 넘어가는 도로를 달리고 있었다. 도로에 붙은 번호는 1100번이었다. 막 여름에 들어선 진초록의 이파리들이 하늘을 가릴 정도로 기운 좋게 뻗어 있었다. 햇살의 파편들이 투명한 초록에 부서져 희뜩희뜩 쏟아져 내렸다. 아름다운 것은 왜 고통스러운가. 스러지는 새가 누구 흉내를 내고 있는지 떠오르지 않았다. '노루 보호' 표지판이 자꾸만 커브를 틀었다. 끝없이 구불거리는 오르막길을 따라 흰색 아반테XD가 여름 속으로 깊숙이 빨려 들어갔다. 수상하고 끈끈한 열기와 습기가 공기를 채우고 있었다. 스러지는 새가 말했다. 경건하든 또 괴상하든 간에 살아 있는 존재의 태도와 제스처 및 그것들의 공간에서 빛나는 폭발을 동시에 표현해야만 한다. 보들레르였다. 없는 토끼가 배를 잡고 웃었다. 나다르가 찍은 보들레르 사진 본 적 있어? 당근, 완전 죽음이지!

길의 오른편으로 흰 꽃이 가득 피어 있었다. 앨리스는 그 꽃의 이름을 몰랐다. 그러나 앨리스는 그 꽃을 알고 있었다. 앨리스는 차를 세웠다. 지난날의 어느 아침, 앨리스의 흰 당나귀 같은 자동차의 보닛 위로 가만히 떨어져 내렸던 바로 그 꽃이었다. 아무도 그 꽃에 대해 말하지 않았다. 보고서도 말하지 않았다. 나타샤가 아니 올 리 없다. 부에나 비스타 소셜 클럽의 이브라힘 페레르가 노래한다. 그 꽃은 당신과 나의 심장이 될 거예요. 잊히지 않았다.

전화가 왔다. 아니, 아직도 J섬이란 말이에요? 참 나, 세월 좋네. 오스터였다. 앨리스는 알고 있었다. 지난 어느 가을밤 사비나와 함께 보았던 그 영화 속 대사처럼 사랑은 타이밍이다. 그러나 사랑에 대신은 없다. 생이, 시간이, 사랑이 다가와 온몸을 휘감아 뒤흔들고는 멀어져간다. 사라져간다. 2045, 2046, 2047…… 어쩌면 사랑은 정말 불가능한 것일지도 모른다,라고 말할 때에만 사랑은 간신히 가능한 것인지 모른다. 그 역은 성립되지 않는다.

앨리스는 카오디오의 볼륨을 높였다. 해발 1,100미터의 길 위에서였다. 음악은 마룬 파이브Maroon 5, 앨범의 제목은 〈송스 어바웃 제인Songs About Jane〉——일렉트릭 베이스 기타의 낮은 울림이 앨리스의 심장 속으로 강하게 삼투압해 들어왔다. 〈송스 어바웃 제인〉을 듣는 동안 앨리스는 오스터에게서 세 번의 문자 메시지를 받았고, 앨리스는 오스터에게 세 번의 문자 메시지를 보냈다. 열두번째 트랙, 「스위티스트 굿바이Sweetest Goodbye」가 흐르는 동안에 스러지는 새가 제 맘대로 볼륨을 줄여버리고 또 성대모사를 했다.

"인간성이 제공하는 새로운 즐거움에 비례해서 지속적으로 인간성을 새롭게 함으로써, 무한한 진보는 인간상의 가장 잔인하고 솔직한 고통이 아닐 수도 있는지, 인간성 자체에 대한 부정에 의해서 진보함으로써 인간성은 영원히 새롭게 되는 자살 형식으로 판명될 수는 없는 것인지, 신성한 논리의 강력한 순환에 짓눌려 인간성은 그 자체의 꼬리——진보, 즉 자체의 영원한 절망인 영원한 필요성——로 탁 쏘는 전갈처럼 되는 것은 아닌지와 같은 문제를……"

한숨을 내쉰 앨리스가 인상을 쓰며 말했다.

"알았으니, 보들레르. 이제 그만 입 좀 닥쳐주시지!"

앨리스는 취한 걸까. 아니, J섬에 있는 동안 술은 마시지 않기로 했었다. 초콜릿. 앨리스는 대신 초콜릿을 먹었다. 그리고 취했다. J섬에는 '초콜릿 박물관'이 있었다. 앨리스는 J섬에 온 뒤 가장 값비싼 먹을거리를 샀다. 아프리카산 카카오로 만든 최고급 수제 초콜릿이었다. 제각각 모양이 다른 20개들이 한 상자. 초콜릿의 이름은 '앤젤스 하트'——천사의 마음이었다. 앨리스는 달콤하고 아름답고 황홀한 천사의 마음을 먹었다. 그리고 취했다. 핸들을 잡은 손이 자꾸만 미끄러졌다. 브레이크 페달을 밟는 발바닥에 감각이 없었다. 초콜릿 속의 트립토판과 페닐에틸아민이 앨리스의 혈관 끝까지 소용돌이 쳐 흘러갔다. 끝없이 왁자지껄 떠들어대는 없는 토끼와 스러지는 새의 말은 이제 알아들을 수가 없었다. 앨리스는 길을 잘못 들고 말았다. 'R컨트리클럽'——똑같은 유니폼에 흰 모자를 쓰고 흰 장갑을 낀 캐디 세 명이 로비의 의자에 인형처럼 앉아 있다가 벌떡 일어나 운전석의 앨리스를 향해 깊이 허리를 숙이며 인사했다. 아니라고, 앨리스는 자기는 골프를 치러 온 손님이 아니라고 손을 내저었는데 그게 그만 답례로 손을 흔든 것으로 보였을까 봐, 그녀들을 놀린 게 되었을까 봐 앨리스는 아찔할 정도로 난감했다. 앨리스는 식은땀을 흘리며 미로 같은 골프장 입구를 빠져나왔다. J섬에서 태어난 많은 소녀들은 육지로 가지 못할 경우, 이제 해녀가 아니라 캐디가 되는 걸까. 앨리스는 취했다. 졸음이 밀려왔다.

어떻게 '화가의 방'에 도착했는지는 기억나지 않았다. 거기, J섬 S시에 전쟁 때 화가 L이 살았던 작은 초가집이 있었다. 가까이 바다가 보이는 언덕. 화가 L은 그 작은 초가집에서도 초가집 끄트머리에 딸린 제일 작은 방에 세 들어 살았다. S시, 앨리스가 혼자 살고 있는 낡고 작은 아파트, 그 작은 아파트의 욕조가 없는 작은 욕실보다 더 작은 방에서 화가 L은 아내와 두 아이를 데리고 살았다. 직접 남덕(南德)이란 새 이름을 지어준 일본 여자와 그 여자에게서 낳은 두 아들과 함께 살았다. 먹어도 먹어도 배가 고팠을 게를 잡아먹고 미역을 따 먹고 살았다. 영원히 슬프도록 가난했다. 먹어도 먹어도 자꾸만 배가 고파 일본으로 아내와 아이들을 보내고, 혼자 영원히 외롭게 배를 곯으며 화가 L은 그림을 그리고 편지를 썼다. '자, 힘껏 힘껏 서로를 껴안읍시다. 내 따뜻한 뽀뽀를 받아주시오, 강하게 강하게 껴안아 우리들의 소중한 아름답고 건강한 시간을 지키십시다. 큰 표현을 합시다. 한 주일에

한 번씩은 꼭 편지 주시오'라고 편지를 썼다. 편지를 쓴 종이
에 빛나는 해와 달과 별도 그렸다. 화가 L은 아내와 아이들을
만나지 못하고 영원히 가난하고 슬프고 외롭게 죽었다.

그 작은 방, 그 작은 벽에 담배에 불을 붙이는 화가 L의 흑
백사진과 화가 L이 지은 시가 붙어 있었다. 그 작은 방, 화가
L이 살았던 그 슬픈 방, 앨리스는 그 방 안으로 기어들어갔
다. 물론 들어가면 안 되는 거였다. 그러나 졸음이 밀려왔다.
앨리스는 화가 L이 살았던 그 작은 방에 쓰러지듯 누웠다. 사
실, 고단했다. 잠이 밀려왔다. 화가 L은 잠을 자는 동안 어떤
꿈을 꾸었을까. 없는 토끼가 조용히 다가와 앨리스의 신발을
벗겨주었고, 스러지는 새가 나른한 자장가처럼 벽에 걸린 화
가 L의 시를 읽어주었다. 그런데, 희미한 온기로 이마에 입을
맞춰준 건 누구였을까.

높고뚜렷하고참된숨결나려나려이제여기에고웁게나려두북
두북쌓이고철철넘치소서삶은외롭고서글프고그리운것아름답
도다여기에맑게두눈열고가슴환히헤치다*

---

* 이중섭의 시, 「소의 말」(연, 행, 띄어쓰기는 필자 생략).

4. 공(空), 책(册)

첫번째 노트—열두 살의 앨리스는 방과 후 곧잘 학교에 남았다. 담임인 여교사와 단둘일 때가 많았다. 물론 나머지 공부 따위가 앨리스의 이미지와 어울리지 않는다는 것을 열두 살의 앨리스 스스로도 잘 알고 있었다. 당연히 나머지 공부가 아니었다. 앨리스는 담임 여교사의 책상 바로 앞 책상에 앉아 교사의 과중한 업무를 분담해 반 아이들의 쪽지 시험 답안지를 채점했다. 심이 닳으면 실을 뜯어 종이 테이프를 벗겨내는 교사 전용 빨간색 연필을 사용했다. 열두 살의 앨리스는 서른 누 살의 교사처럼 능숙하고도 어른스럽게 빨간 동그라미를 칠 줄 알았다. 다음 날 채점이 된 쪽지 시험 답안지를 되돌려받은 아이들의 표정을 살피며 앨리스는 권능이라는 단어를 이해했다. 아무도 그 현란한 모양의 동그라미가 담임 여교사의 것이 아니라고는 의심하지 않았다.

앨리스가 반 아이들의 얼굴을 하나하나 떠올리며 쪽지 시험 답안지를 채점하는 동안, 담임 여교사는 제 책상에 앉아 아이들의 일기를 검사했다. 교사가 학생의 일기를 검사한다는 것이 아주 자연스러운 일로 여겨지던 시절이었다. 20년쯤 뒤에 그와 같은 행위가 국가인권위원회에 의해 인권침해의 소지가 있는 일로 시정 권고 받게 되리라고는 그때 거의 아무도 생각하지 못한 것 같다. 일주일에 한 번 분단별로 일기를 제출했다. 교사는 학생의 일주일치 일기를 읽고 마지막 일기 끄트머리에 빨간 글씨로 '지도 사항'을 적었다.

　종종 쪽지 시험 답안지를 채점하는 동안 앨리스의 마음이 그다지 편치 않았던 것은 바로 그 일기 때문이었다. 일기는 앨리스의 남다른 취약 분야였다. 글을 쓰는 일 자체가 문제될 것은 없었다. '매일매일 자신이 한 일과 자신에게 일어난 일과 그것을 통해 생각하고 느낀 점을 솔직하게 쓰는 것'이 일기임을 앨리스는 잘 알고 있었다. 만약 장학사나 교장이 수업 참관을 하다 '일기란 무엇인가' 질문을 해온다면, 얼마든지 야무지게 대답할 자신이 있었다. 그러나 앨리스에게 실제 일기를 쓰는 일은 정말이지 너무나도 막연하고 애매하고 거북한 일이었다. 이상할 정도로 힘겹고 어려운 일이었다. 무엇보다 '매일매일'과 '솔직하게'라는 단서가 그랬다. 어른처럼 능숙하게 타원형의 빨간 동그라미를 칠 줄 아는 앨리스는 종종 일기 때문에 어린아이다운 한숨을 쉬었다.

　학년이 끝나가던 어느 날, 담임 여교사에 의해 뜻밖의 '특별상'이 수여됐다. 상의 이름은 '우리 반의 일기왕.' 1년 동안 가장 성실하고 모범적으로 일기를 쓴 학생을 뽑았다는 것이었다. 앨리스는 그때 진정으로 충격을 받았다. 일기왕으로 이름이 불려 자리에서 일어난 것은 놀랍게도 H였다.

　H는 앨리스가 쪽지 시험 답안지를 채점할 때면 열 문제 중

동그라미를 네댓 개밖에 받지 못하는 아이였다. 1년 내내 변함이 없었다. H는 늘 같은 옷을 입고 다니는 아이였고, H의 실내화와 체육복은 이루 말할 수 없이 더러웠다. 과학 시간이나 미술 시간이면 준비물을 챙겨오지 않아 손바닥을 맞기 일쑤였고, 수업 중에 장난을 치다 교실 뒤에 꿇어앉는 일도 잦았다. H는 보온 도시락을 가지고 있지 않았고, 보잘것없는 학용품을 사용했으며, 결코 여학생들의 생일 파티에 초대된 적이 없었다. 용의 검사가 있는 월요일 아침이면 H는 자신의 때 긴 손톱으로 다른 손톱에 긴 때를 후벼 파곤 했다. 그러나 감지 않은 머리와 시커먼 목덜미 때문에 그것은 번번이 헛수고가 되고 말았다.

그런 H가 '일기왕'이 된 것이다. '매일매일 자신이 한 일과 자신에게 일어난 일과 그것을 통해 생각하고 느낀 점을 솔직하게' 썼다는 것이다. 담임 여교사는 모두 여섯 권의 노트를 송곳으로 뚫고 끈으로 이어 몇 년째 사용하고 있다는 H의 일기장을 반 아이들에게 보여주었다. 1년 동안 H가 칭찬을 받기 위해 자리에서 일어선 것은 그때가 처음이었다. 반 아이들의 박수를 받은 H는 그야말로 바보같이 히죽 웃어 보였다. 앨리스는 진정으로 충격을 받았다. 1년 동안 유려한 동그라미로 담임을 대신해 쪽지 시험을 채점한 앨리스에게 '특별상' 같은 것은 물론 수여되지 않았다.

다음 해, 열세 살의 앨리스. 여름방학이 끝난 뒤, 앨리스는

'전교의 일기왕'이 되었다. 상의 정확한 이름은 '방학 과제물 상—일기 부문'이었다. 앨리스는 진정으로 놀랐다. 그러나 우선 어리둥절했다. 일기로 상을 받을 거라고는 전혀 생각지 못한 것이었다. 일기는 여전히 앨리스의 취약 분야였다. 한 달이 넘는 방학 기간이 지나고 개학을 며칠 앞둔 어느 날, 앨리스는 자신이 여름 내내 꼭 다섯 번밖에 일기를 쓰지 않았음을 알게 되었다. 지난 신문을 들춰 보면 그만이었으므로 날씨 따위야 문제될 게 없었다.

앨리스는 결국 며칠 동안 두문불출 '일기 창작'에 들어갔다. 한 달 분량의 일기를 창작하는 동안 마감을 앞두고 피를 토하는 소설가의 심정을 이해하게 됐다는 것은 물론 과장이겠으나, 앨리스는 실로 창작의 고통이란 것을 실감했다. 그러나 한편으로는, 그것이 이상할 정도로 짜릿하다는 것도 알게 되었다.

다양한 소재와 그것의 적절한 안배가 필수였다. 등장인물의 독특한 캐릭터를 부각시켜야 했으며, 일기 검사를 할 교육자의 입장을 만족시킬 만한 교훈도 빠지지 않아야 했다. 가족과 함께한 바캉스, 남동생과의 다툼과 화해, 사촌들과의 영화 구경, 무더위에 얽힌 일화, 부모님의 심부름, 친구의 생일 파티…… 일기 속의 앨리스는 공중도덕을 지키지 않는 몰지각한 어른들의 행태를 고발했고, 끊이지 않는 북한 괴뢰의 만행에 치를 떨었으며, 일곱 가지 장래희망을 어떻게 모두 이룰 것인지 계획했고, 아이스크림을 너무 많이 먹어 배탈이 났다. 앨리스는 또한 이웃집 대학생 언니를 제 맘대로 결혼시켰는 가 하면, 본 적이 없는 교통사고의 목격자가 되었다. 방학이 되어 게으른 생활을 하고 있는 자신을 반성했고, 친구들과 선생님이 그리운 어느 날의 감상적 고백도 잊지 않았다. 간간이 집어넣은 창작 동시 몇 편은 힘들이지 않고 백지를 메우는 데 효과적이었다. 물론, 글씨도 또박또박 정성껏 써야 했다.

앨리스는 그렇게 '전교의 일기왕'이 되었다. 앨리스의 일기 는 교육적으로 완벽한 모범 사례였다. 단, '매일매일'과 '솔직 하게'라는 단서가 제외된다면. 앨리스는 진정으로 난감했다. 상장을 받으러 운동장의 교단으로 향하며 앨리스는 필요 이 상 두리번거렸다. 학년이 올라가며 H와는 다른 반이 되었다. H의 모습은 찾을 수 없었다. 방학 동안에도 H는 '매일매일' '솔직하게' 일기를 썼을 것이다. 그러나 일기왕은 H가 아닌 앨리스였다. 앨리스는 일기를 너무 지나치게 잘 썼던 것이다. 앨리스는 매일매일, 솔직하게 일기를 쓴 적이 없었다. 그 후 로도 오랫동안.

두번째 노트 ─ **할머니**는 그야말로 지독한 냄새를 풍기고 있었다. 그 어떤 냄새와도 닮아 있지 않았고, 그 어디서도 맡 아보지 못한 고약한 냄새였다. 단순히 구린 냄새라고도, 썩은 냄새라고도, 역겨운 냄새라고도 할 수 없었다. 그 모든 냄새

가 뒤섞인 시독한 냄새가 할머니의 몸으로부터 풍겨 나와 큰
아버지 집 전체를 장악하고 있었다. 에어컨이 흔치 않던 시절
의 여름이었다. 앨리스는 **외할머니**와 함께 할머니의 병문안
을 온 참이었다. 현관문을 열고 들어선 순간부터 코를 감싸
쥐지 않을 수 없을 정도였는데, 그것이 크게 예의에 어긋나는
일임을 아홉 살의 앨리스는 알고 있었다. 그러지 않기 위해
앨리스는 이상한 방식으로 숨을 쉬며 안간힘을 썼다. 금세 머
리가 어지러워졌다.

　할머니의 병명은 설암(舌癌)이었다. 혀에 생긴 암 덩어리
가 썩어가며 부풀어 올라 할머니는 고약한 입 냄새를 풍기며
반벙어리가 되어 있었다. 일주일에 한 번 방사선을 쬐는 혹독
한 치료를 받는다 했지만 가족 모두 할머니가 곧 죽게 될 것
이란 걸 알고 있었다. 앨리스의 외할머니는 앨리스의 할머니
가 있는 방으로 들어서며 눈물부터 글썽거렸다. 고약한 냄새
따위는 전혀 상관없다는 표정이었다. 사돈지간은 어렵기 마
련이라지만 앨리스의 할머니와 앨리스의 외할머니는 제법 의
좋게 지내온 터였다.

　몇 살의 나이 차가 있었지만 앨리스의 할머니와 앨리스의
외할머니는 1920년대에 태어난 여자들이었다. 그 연배의 여
자들이 평균적으로 어떤 삶을 살았는지 그로부터 50년이 더
지난 뒤에 태어난 앨리스로서는 알 수 없는 일이었다. 그녀들
은 둘 다 전쟁 때 과부가 되었다. 할머니의 남편은 재판 없이

총살을 당했고, 외할머니의 남편은 어디론가 끌려가 돌아오지 않았다. 그녀들의 나이 서른 안팎의 일이었다. 그녀들은 어려서 의무교육을 받지 못했고, 정신대에 끌려가지 않기 위해 이른 나이에 결혼을 했고, 다섯 명 이상의 아이를 낳았다가 한둘이 죽는 것을 지켜보아야 했다. 앨리스의 할머니는 인물값 하겠다는 소리를 들을 정도로 얼굴이 예뻤고, 앨리스의 외할머니는 들창코에 얽은 자국이 있는 박색이었다. 할머니는 홍시를 좋아했고 헤진 옷을 기우는 데 일가견이 있었고, 다소 새침하고 신경질적이었다. 외할머니는 참외를 좋아했고 만두와 식혜를 잘 만들었고, 약간 심술기가 있었지만 괄괄하고 유머러스했다. 둘 다 수절을 하지는 못했다. 중중 지 식들과 좁은 집에서 악다구니를 쓰며 물건을 집어던지고 의절을 운운하며 싸워야 했다. 그들은 안티프라민과 활명수를 만병통치약으로 알았고, 한 번도 세탁기를 사용해본 적이 없었고, 손자 손녀는 당연히 제 손으로 업어 키워야 되는 것으로 알았다.

병든 할머니가 고약한 냄새를 풍기며 기운 없이 앉아 있던 그 좁은 방에 앨리스도 들어가 앉았다. 할머니가 손으로 앨리스의 머리를 쓰다듬었는데, 그래서는 안 된다는 것을 알았지만 싫고 무섭다는 생각이 들었다. 앨리스는 외할머니의 발치에 더욱 가까이 붙어 앉았다. 그리고 앨리스는 보았다. 병든 할머니의 베갯머리맡에 놓여 있던, 사촌의 것으로 보이는 초등학생용 노트 한 권과 연필 한 자루. 앨리스의 할머니가 그 노트를 펼쳤다. 그리고 그럴 필요가 없음에도 굳이 연필심에 침을 묻혀 힘겹게 글씨를 쓰기 시작했다. 혀뿌리에 암이 생긴 할머니는 말을 할 수가 없었다. 앨리스의 외할머니와 '필담'을 나누려는 것이었다.

노트엔 어지러운 글자들이 가득했다. 아홉 살인 앨리스가 보아도 엉망인 맞춤법이었다. 사부인, 내 알지, 알아. 나는 사부인 마음 다 알지. 앨리스의 외할머니 역시 맞춤법을 제대로 알 리 없었지만, 할머니의 글씨를 읽고는 그렇게 맞장구를 쳤다. 병들어 검게 변한 얼굴을 힘겹게 일그러뜨리며 앨리스의 할머니는 뭔가를 말하려 필사적으로 애를 쓰고 있었다. 또 연필에 침을 묻혀 뭔가를 힘겹게 적어나갔다. 앨리스는 무섭고 덥고 어지러웠다. 폭폭하다.

내가 폭폭해서 못 살아. 할머니는 부정확한 발음으로 그렇게 말하고 그렇게 썼다. 그리고 가슴을 쳤다. 주먹으로 팍팍 가슴을 쳤다. 외할머니는 고개를 끄덕이고 옷자락으로 연신 눈물을 찍었다. 폭폭하다. 앨리스가 그 말이 어느 지방의 사투리이고 무슨 뜻을 가진 단어인지 정확히 알게 된 것은 그로부터 한참이나 후의 일이었지만, 앨리스는 그날 그 순간 폭폭하다라는 단어의 뜻을 온몸으로 완벽하게 이해했다.

앨리스의 할머니는 삼복더위에 죽었다. 죽은 후에는 이상하게도 더 이상 악취가 풍기지 않았다는 말들이 오고 가는 걸

아홉 살의 앨리스는 들었다. 그 노트가 어떻게 되었는지 궁금하다는 생각을 한 건 앨리스가 어른이 된 이후의 일이었다. 노트의 행방은 전혀 알 수 없었다. 앨리스가 판단하기로 앨리스의 가족 중 그것을 따로 챙겨 간직할 만한 사람은 아무도 없었다. 이제 직업상의 이유로 앨리스는 종종 그 노트의 존재가 절실할 때가 있었다.

외할머니. 앨리스의 외할머니는 앨리스의 할머니가 죽은 후로 20년을 더 살았다. 죽음은 여러모로 이상한 일이었다. 외할머니가 할머니처럼 암에 걸려 지독한 냄새를 풍기거나 한 것은 아니었다. 정신을 반쯤 놓아버린 앨리스의 외할머니는 죽기 약 한 달 전, 자신이 낳은 첫번째 자식의 집으로 왔다. 앨리스가 직접 운전을 해서 데려왔다. 외할머니는 자꾸 담배를 찾았다. 앨리스는 하루에 하나씩 자신의 담배를 외할머니에게 주었다. 빨대를 꽂아 건네주는 요구르트도 맛있게 먹었다. 그러나 기저귀를 차는 것은 못 견디게 싫어했다. 이상한 일이었다. 죽기 며칠 전부터 외할머니는 하루 종일 시도 때도 없이 앨리스의 이름을 불렀다. 기저귀를 차고 방 안에 누워 수십 번 수백 번 오직 앨리스의 이름만을 불러댔다. 왜 하필 나야! 앨리스가 자신이 업어 키운 첫번째 손주였다고는 해도 도무지 알 수가 없는 노릇이었다. 기저귀가 싫어 똥오줌을 참은 외할머니의 배는 풍선처럼 빵빵하게 부풀어 올라 있었다. 외할머니는 끝도 없이 오직 앨리스의 이름을 불렀다.

외할머니의 염을 할 때 상복을 입은 앨리스는 가만히 그 선
득한 이마에 손을 가져다 대보았다. 그때 할머니가 그랬던 것
처럼, 외할머니는 그저 자신이 폭폭했던 것을 앨리스에게 말
하려고 했던 것이다.

5. 이륙, 다시

J섬에 있는 동안 날씨는 단 한 번도 마음에 들 만큼 화창하
지 않았다. 그러나 구름 위로 올라가면 그뿐이었다. 날씨가
없는 성층권으로 올라가면 그만이었다.

화가의 방에서 잠을 깨었을 때 앨리스는 혼자였다. 한참을
기다려도 없는 토끼와 스러지는 새는 나타나지 않았다. '없는
토끼'와 '스러지는 새'가 '나타난다'는 것도 새삼 말이 안 되는
일이었다. 앨리스는 깊은 침묵 속에 어두운 도로를 달려 민박
집의 장미실로 돌아왔다. 혹시나 하는 기대로 문을 열었지만
빈방은 아무도 없었으므로 빈방이었다. 앨리스는 온전히 혼
자가 되었다.

앨리스는 J섬의 한 휴양림을 찾아갔다. 곧 비가 쏟아질 듯
흐린 날의 오후, 휴양림은 그야말로 텅 비어 있었다. 숲 속의
긴 산책로를 걷는 내내 앨리스는 정말 거짓말처럼 아무도 만
나지 못했다. 바람이 아직 푸른 단풍잎을 뒤집어 흔드는 소리

뿐이었다. 숲은 어둡고 깊고 울창했다. 길이 끝나면 다른 세계일 것만 같았다. 아무도 없었다. 오래도록 아무도 없었다.

전화벨이 울렸다. 앨리스는 전화를 받았다. 그토록 멀고 그토록 가까운 목소리가 물었다. 지금 어디에 있는 거니? 앨리스는 왠지 목구멍이 따끔거려 말을 할 수가 없었다. 폭폭했다는 것은 아니다. 그저, 말을 할 수가 없었다. 알 수가 없었다. 지금은 언제일까, 여기는 어디일까. 앨리스? 숲의 모든 이파리들이 앨리스 주위를 소용돌이쳤다.

단체 관광을 온 일곱 명의 수녀들과 중년의 가이드를 만난 것은 휴양림의 출구에 거의 다 이르러서였다. 회색 두건을 쓴 단정한 차림의 수녀들이 식수대 옆 평상에 둘러앉아 기도를 하고 있었다. 등산복 차림의 젊은 부부와 두 아이들이 조금 떨어진 벤치에 앉아 그 모습을 지켜보고 있었다. 일곱 수녀들이 입을 모아 찬송을 부르기 시작했다. 키가 크고 둥치가 굵은 삼나무들이 흐린 하늘을 향해 뻗어 있었다. 장마가 시작될 무렵, 이곳은 J섬의 한 휴양림이었다. 앨리스가 걸어 나온 숲 속의 산책길 쪽으로 노래 소리가 퍼져 나갔다. 앨리스, 공기의 인간.

다시, 집으로 돌아갈 시간이었다.

마음의 구름다리 놓기

권오룡

이제까지 이신조 소설들의 많은 인물들은 대단히 가벼웠다. 그들은 삶에 필요한 무게를 충분히 지니고 있지 못했다. 그래서 그들의 운명은 흔히 바람에 실려 날아가곤 했다.

아, 알 수 있다. 바람의 난간에 올라선 나의 그녀. 지금 그녀가 생각하고 있는 것은 누군가의 가슴을 뚫고 날아가 버린 흰 새다. 바람을 닮은 흰 새. 그녀와 나. 언제나 서로를 온전한 영혼으로 만들었던 그녀와 나. 서로의 영혼을 항상 바람에게 이끌었던 그녀와 나.

——「나의 검정 그물 스타킹」[1]

나는 전화벨 소리가 나는 공중을 향해 팔을 뻗는다. 막무가
내로 떠밀리듯. 그러나 사뿐히 발을 내딛는다. 발밑으로 거센
바람이 솟구쳐 불어온다.

――「새로운 천사」[2]

   이신조의 두 소설집의 표제작에서만 인용한 이 두 구절만
으로도 바람의 문제성은 충분히 드러난다. 바람의 이미지를
통해 이신조는 주관적으로 체험한 한 시대의 의미, 자신의 글
쓰기의 시대 인식을 드러내고자 한다.

   바람, 그것은 공기고 분위기다. 세상의 무거운 공기와 시대
의 암울한 분위기가 흉흉한 바람으로 휘몰아쳐 끝내는 그녀
들을 날려 보낸다. 그러나 바람에 실려 다른 세상으로 날아가
기 전부터 그녀들의 세상과 삶은 이미 끝난 것이었다. 이제
더 이상 아무도 자기를 인기 배우로 알아주지 않는 「나의 검
정 그물 스타킹」의 '그녀', 부모의 이혼으로 일찌감치 가족이
라는 목가적 집단에서 추방되어 삭막한 네트워크의 그물에
포박된 가여운 신세의 '천사', 이들이 공유하고 있는 것은 두
말할 나위도 없이 디스토피아의 쓰라린 체험이다. 인물들의
가슴에 절망감으로 각인되는 한 세상의 종말에 대한 서사를
통해 이신조는 IMF 사태 이후 한국 사회의 사회적 상상력을

1) 이신조, 『나의 검정 그물 스타킹』, 문학동네, 2001, p. 42.
2) 이신조, 『새로운 천사』, 현대문학, 2005, p. 135.

자기화한다.

그녀들의 운명을 그토록 가볍게 만든 바람의 정체는 무엇일까? 그녀들의 됨됨이로만 놓고 말한다면 그것은 거의 조급성에 가까운 조숙성이다. 열한 살 어린 나이에 '예쁜 어린이 선발 대회'에서 라이벌을 제치고 1등의 자리에 올랐지만 스무 살의 나이에 이미 '기습적'인 결혼과 이혼을 겪고 연이은 스캔들과 사고 이후 이제 서른두 살의 나이에 거의 창녀나 다름없는 볼품없는 처지로 전락해버린 「나의 검정 그물 스타킹」의 '그녀', 갓 초등학교를 졸업한 나이에 부모의 허울 좋은 이혼의 아픔을 생리의 고통으로 혼자 견뎌야 하는 「새로운 천사」의 재인. 이들 외에도 20대 초반의 나이에 가족과의 결별과 그 이후라는 단층면에서의 입사의례를 치러야 했던 다른 여러 주인공들. 삶의 쓰라림을 너무 일찍 맛본 이들 앞에 놓여 있는 세상은 그녀들이 따 먹을 수 없는 금지된 열매였다. 이들은 유토피아의 출구와 디스토피아의 입구 사이의 경계면에서 실종되어버린 것이다.

그러나 그녀들의 실종은 이신조 소설의 아이러니의 실종이기도 했다. 소설이 신 없는 시대의 서사시라는 헤겔의 명제의 의미는 그것이 아이러니를 골간으로 하는 서사 양식이라는 것이고, 이 아이러니란 다름 아닌 디스토피아에서 살아가기를 뜻하는 것이었다. 볼테르가 『캉디드』*Candide*에서 "우리의 정원을 가꾸어야 한다"고 했을 때 그 정원이란 기실 금지된 열매들을 재배하는 과수원을 가리키는 것이었고, 이러한 역설의 자세에 칸트는 '성숙함'이라는 이름을 부여했다. "길은 열리고 여행은 끝났다"라는 유명한 명제로 소설의 아이러니를 요약했던 루카치에게 있어서도 소설은 '성숙한 남성'의 문학이었다. 그러나 이신조의 소설들에 있어 바람에 실려간 그녀들의 때이른 죽음은 이들의 조숙성을 미숙성으로 완결지어버리는 것이었다. 사람들은 죽음의 의미를 묻지 않는다. 죽음은 그저 죽음일 뿐이다. 죽음은 그전까지의 모든 삶을 허무로 환원시킨다. 그래서 그녀들의 죽음은 안타까운 것이었지만 그 충격의 파장은 그리 크지 않았다. 이런 맥락에서 볼 때 이신조의 새로운 소설집 『감각의 시절』에 수록된 작품들 중에서 가장 먼저 주목되는 것은 성숙성의 차이를 확연히 드러내 보여주는 소설인 「흩어지는 아이들의 도시」다. '16세의 미혼모'인 이 소설의 주인공을 특징짓는 것도 조숙성, 혹은 조급성이다. 아울러 이 어린 주인공을 사로잡고 있는 것도 종말 의식이다. 더구나 이 종말 의식은 세상의 종말의 모습을 영상화한 영화들을 연상시키는 암울한 장면과 분위기의 묘사를 통해 보다 일반화된 존재론적 조건으로 전경화되어 있다. 이 음산한 종말의 풍경은 '출혈성 호흡기 면역 증후군'이라는 괴질로 인한 것이고, 이 괴질은 비둘기, 즉 새에서 온 것이다. 앞에서의 인용에서 보았듯 이신조에게 있어 새가 바람의 등

가물임을 싱기할 때, 이 소설에서도 어린 주인공을 세상의 경계로 내몰고 있는 것은 바람이다. 바람에 떠밀린 주인공이 지금 있는 곳은 어디인가? 그녀가 걸터앉아 있는, "발밑은 까마득할 것도 없는 37층"(p. 70) 건물 옥상의 난간은 예의 그 '바람의 난간'이다. 이제 미하라는 또 하나의 인물이 바람의 제물이 될 차례인가? 아니, 그렇지 않다. 위태위태한 바람의 난간에서 미하가 신고 있던 신발을 떨어뜨리는 실험을 통해 확인하는 것은 바람의 가벼움이 아니라 중력의 무거움이다.

　　앗, 미하는 깜짝 놀란다, 풍선인 줄 알았다, 떠오른 줄 알았다, 아아, 달. (「흩어지는 아이들의 도시」, p. 76)

떠오른 것은 풍선이라는 바람의 배에 실린 그녀가 아니라 달이라는 육중한 대지다. 이제 바람은 그녀를 폐허가 된 세상의 구석이나 변두리로 밀어낼 수는 있어도 떠오르게 할 수는 없다. 바람에 밀려 '도시의 어두운 거리'를 방황하던 미하가 마침내 찾아들어가게 되는 곳이 지하실이라는 사실은 이제 그녀의 운명을 지배하고 인도하는 것이 더 이상 바람의 양력(揚力)이 아니라 대지의 중력(重力)임을 분명하게 말해준다.

　　미하는 철제 계단을 내려간다. 어둠 속 깊이, 땅속 깊이, 아래로. 주린 짐승의 배 속처럼 텅텅 소리를 울리는 아래로 아래

로. (같은 글, p. 90)

이렇듯 놀라운 상상력의 반전에 의미의 반전이 뒤따르는 것은 당연하다. 폐허가 된 도시를 방황하며 미하가 한 행위들이란 건물 옥상의 쓰레기 더미에서 찾아낸 풍선 불기, 아기에게 먹이지 못해 불어난 젖 짜내기, 오줌 누기 따위의, 행위랄 것도 없는 짓들이었지만, 그녀가 대지의 중력권 안으로 편입되는 순간 이 짓들의 의미는 빈사의 세상에 젖 주기, 황폐한 대지에 거름 주기라는 것으로 돌변한다. 아기를 잃은 미혼모의 처지로 종말의 세상에 버려졌던 어린 소녀가 세상의 어머니, 대지의 경작자로 새로 태어나는 것이다. 미하가 분 풍선에 새겨져 있던 글자는 무엇이었는가. Happy Birthday! 이 새로운 탄생에 더욱 따뜻한 축하를 보내야 하는 까닭은 그것이 미하만의 실존적인 것이 아니라 세상과 함께 태어나기라는 공존적 전환이기 때문이다. 그리고 이런 의미에서 그 전환은 존재에서 윤리로의 전환이기도 하다. 이제 미하와 더불어 이신조의 '그녀'들은 험난한 세상에 홀로 '버려진 존재Geworfenheit'에서 '세상 속에 있는 존재être-dans-le-monde,' '남들과 함께 있는 존재être-parmi-les-autres'로 승격한다. 이런 점에서 "조각조각 자투리 천을 기워"(p. 96) 만든 옷을 입고 잠든 미하에게 한 여인이 나타나는 것은 당연하다. 미하의 옷은 아직 미완성이고, 홀연 나타난 "얼굴을 얽은 늙은 여자"(p. 94)는 추하지만, 이제 그녀들은 함께 세상을 아름답게 완성해나가 게 될 것이다. 그녀들은 그녀들의 정원을 가꾸게 되리라.

나와 세계, 나와 타자를 윤리적 차원에서 결속시켜주는 것 은 무엇인가? 한나 아렌트에 의하면 그것은 말과 행위다. 우 리는 나중에 이신조가 한나 아렌트를 어떻게 전복하는가를 보게 될 것이지만, 일단 한나 아렌트의 견해를 참고하면 "말 과 행위로서 우리는 인간 세계에 참여"하는 것이며 "말과 행 위가 없는 삶은 문자 그대로 세계에 대해서 죽은 삶이다."[3] 그렇다면 「나의 검정 그물 스타킹」의 주인공이나 「새로운 천 사」의 재인은 이런 의미에서 이미 죽은 존재들이었다. 「나의 검정 그물 스타킹」은 주인공인 그녀의 회고적 고백에 가까운 것이지만 정작 화자는 결코 화자로 적합하지 않은 사물, 즉 그녀가 신고 있는 스타킹이다. 이러한 형식의 파격은 인기 스 타에서 창녀나 다름없는 존재로 가파르게 추락한 그녀의 인 생 역정이 그녀로서는 차마 자기 입으로 말하기 어려운 것이 었다는 이유에서 불가피한 것이었다. 이 소설이 서사성을 최 소화하여 하나의 이미지로 압축 가능한 장면들의 연쇄 형식 을 택하고 있는 것은 이런 이유에서다. 사람에게 가장 큰 고 통이 말할 수 없는 고통이라는 것은 이 언표의 약간의 유회적

3) 한나 아렌트, 『인간의 조건』, 이진우·태정호 옮김, 한길사, p. 237.

외양에도 불구하고 내용과 방식의 이중적 의미에서 진실이다. 「새로운 천사」의 재인은 어떠한가. 조금 달라 보이기는 해도 재인 또한 말이 박탈된 존재임에는 다를 바 없다. 그녀는 엄마, 아빠, 친구, 과외 선생 등을 상대로 끊임없이 대화하지만, 그러나 그녀의 대화는 모두 핸드폰을 통해 이루어진 것일 뿐, 그날 그녀는 "아무도 만나지 못했다"(「새로운 천사」, 앞의 책, p. 135). 생리라는 입사의례의 문턱을 넘어 그녀가 첫발을 내디던 세계는 인간이 추상되어버린 세계, 말이 소리로만 남아 있는 세계였다. 진정한 말의 세계에서 추방된 재인은 자신을 "전화선 위에 앉아 있는 새"(「새로운 천사」, 앞의 책, p. 113)에 비유한다. 이제 그 새는 곧 바람에 실려 날아가게 될 것이었다.

작품 활동의 초기에서부터 이신조의 글쓰기를 견인했던 주제 가운데 하나는 말할 수 없는 자들에게 말할 수 있게 해주기, 말이 박탈된 존재들에게 말을 되돌려주기라는 것이었다고 할 수 있다. 이러한 주제적 맥락은 새 소설집에도 이어져 있다. 그 대표적인 작품으로 꼽을 수 있는 것은 「조금밖에 남아 있지 않은」이다. 이 소설에 등장하는 누이는 기실 2년여 전에 열 살의 어린 나이로 죽은 누이의 영혼이다. 유령이 되어 '3월의 둘째 주' 상계동에 처음 나타난 누이는 다음 해 소한(小寒)이 될 때까지의 오랜 기간 동안 서울의 곳곳을 돌아다닌다. 이러한 배회의 이유는 동생을 찾기 위해서다. 마침내 누이는 애당초 함께 맡겨졌던 보육원에서 입양 후 파양되어 다시 그곳에 돌아와 있는 동생을 찾아내지만, 이로써 끝일 뿐이다. 그토록 애타게 찾아 헤맸던 동생에게 누이는 한마디 말도 해줄 수 없고 쓰다듬어줄 수도 없다. 말과 행위가 박탈된 유령이기 때문이다. 작가가 말하고 있는 것은 바로 누이의 말할 수 없음 자체다. 이신조가 생각하는 유령은 말과 행위는 할 수 없는 채 마음만 남아 있는 비존재인 것일까?

그러나 이러한 연속성에도 차이는 있다. 이 차이는 이신조 소설의 진화를 짚어보는 데 있어 매우 중요하다. 어떤 차이인가? 「나의 검정 그물 스타킹」이나 「새로운 천사」 같은 예전의 소설들에 있어 그녀들의 말을 박탈한 것은 경험적이거나 사실적인 현실들이다. 스캔들, 이혼 등. 이에 비해 「조금밖에 남아 있지 않은」에서 말할 수 있음/없음을 가르고 있는 것은 삶과 죽음 사이의 불가역적 경계다. 이는 이신조가 말할 수 없음이라는 고통을 우연성contingency의 차원에서가 아니라 존재론적 사태로 사유하고 있음을 뜻한다. 조금 관점을 달리해서 말하면, 세상이 불모의 황무지고 타인이 타자인 것은 이러저러한 사회적, 인간적 환경 속에서 결핍된 삶을 살아가는 사람들 개개인의 문제가 아니라/이기도 하지만, 이에 앞서 말의 박탈에서 말미암은 존재론적 단절 때문이라는 것이 작가의 진단인 것이다. 세계로부터의 소외, 인간으로부터의 격리, 이런 사태들의 중심에 놓여 있는 것으로 이신조가 파악하고 있는 것은 말, 즉 언어. 이러한 인식과 더불어 이신조의 시선의 지평은 개인의 존재에서 개인들 사이의 관계로 전환되고 확대된다. 이제 이신조는 절대적 타자로 삶의 세계로부터 추방되는 개인에 대한 동정적 기록에서 벗어나 말을 공유하는, 혹은 하지 못하는 사람들 사이에서 벌어지는 이접(離接)의 양상에 주목하고자 한다. 「음악을 듣거나 책을 읽거나 너를 기억하기 위해 필요한 고독」과 「베로니크의 이중생활」, 이 두 소설의 문제성은 이런 맥락에서 포착된다. 우선 「음악을 듣거나 책을 읽거나 너를 기억하기 위해 필요한 고독」을 보자. 이 소설은 두 개의 행위의 층위를 갖는다. 하나는 사랑이라는 행위고 다른 하나는 기억이라는 행위다. 우선 사랑의 층위부터 살펴보자. 사랑하는 한 쌍의 남녀가 있다. 그러나 이들의 사랑은 결국 이루어지지 못한 채 헤어짐으로 끝난다. 이들은 왜 결합할 수 없었을까? 그것이, 소설 속에 얼핏 암시되어 있는 것처럼, 불륜의 사랑이기 때문인가? 이 소설은 이런 문제와는 아무런 관련도 없다. 이들이 결합할 수 없었던 이유, 그것은 서로의 말이 다르기 때문이다.

네가 내게 준 첫 책은 **사전**이다. 아주 크고 아주 이물스러운 사전이다. 내게 주겠다며 네가 국경 너머에서 사 온 사전이다. 그 사전의 '사랑'은 내가 사용해왔던 사전과 마찬가지로 네 가지 뜻으로 풀이되어 있다. 누음법칙이 적용되지 않아 '연인'은 '런인(戀人)'으로 표기되어 '이성으로서 마음속으로 그리며 사랑하는 대상을 이르는 말'이라 적혀 있다. '열정(熱情)'이란 단어는 뜻밖에도 사전 어디에도 없다. 대신 '정열(情熱)'과 '(남녀 관계에서) 정욕만 추구하는 저렬한 마음'이라 풀이된 '렬정(劣情)'이 존재한다. (「음악을 듣거나 책을 읽거나 너를 기억하기 위해 필요한 고독」, p. 14)

언어상대주의적 관점에서라면 아마 사람과 사람 사이의 만남도 상이한 두 개의 언어 체계의 교류로 정의될 것이다. "네가 내게 준 첫 책"이 사전이라는 진술의 의미는 이렇게 해석된다. 그러나 그가 준 사전, 다시 말해 그의 어휘 체계에는 사랑과 동의어로서의 열정은 존재하지 않는다. 그 열정의 빈자리를 채우고 있는 것은 '저렬한 마음', 즉 사랑을 저렬한 감정, 아니 꼭 저렬한 것은 아니더라도 그의 사전에서 중요하게 취급되어 있는 '혁명' '투쟁' '계급' 등과 같은 단어들이 환기하는 어떤 활동에 비해 덜 중요한 것으로 생각하는 '편견'이거나, 이게 아니라면 "달콤함과의 불화"로 인해 가져야만 하는 "죄의식"(p. 16) 같은 것이다. 그러므로 이들에게 말은 언제나 정곡에서 벗어난다. "내가 네게서 보는 것은, 그러나 정작 네가 내게 말해주지 않은 것"(p. 22)이고 어떤 말을 하면서도 "실은 **다른 말**을 하고 싶었던 것"(p. 26)이었다고 자백한다.

308

결국 언어의 다름이 타자를 만든다. 그래서 이들은 동일자로 결속되지 못하고 영원한 타자로 분리된 채로 남을 수밖에 없다. 이것은 그들의 숙명이자 말의 숙명이다.

그렇다면 기억의 층위는 무엇인가? 그들의 사랑을 가로막은 근원적인 장벽이 언어였다면 이 또한 언어 행위인 기억은 과연 가능할까? 소설의 시작과 더불어 화자는 대뜸 "모든 것을 낱낱이, 생생히, 온전히 기억한다는 거짓말"(p. 9)이라고 기억의 재현 가능성을 일축한다. 그러고서도 이내 "너에 대한 나의 기억을 완성해야 한다"고 다짐하면서 "내가 세계를 만들어낼 수 있는 방법은 이것뿐이"(p. 10)라는 의미심장한 단언을 덧붙인다. 이러한 모순에는 언어의 숙명적 한계를 마주 보고 있는 작가의 글쓰기에 대한 미학적 선택이 내포되어 있다. 기억이 거짓말이라는 단언은 언어의 재현적 기능에 대한 부정에 근거한다. 기억은, 즉 언어는 언제나 '침략'하고 '위반'하는 '횡포'를 부린다. 기억의 이러한 횡포는 화자가 기억하고자 하는 사랑을 왜곡, 변형시켜 마침내 '실종'시켜버릴 것이다. 이것의 대안으로 화자가 찾아내는 방법이 "세계를 만들어낼 수 있는 방법"으로서의 글쓰기다. 이제 그들의 사랑은 글쓰기와 더불어 현존하게 될 것이다. 그러나 이렇게 하기 위해서 "기억은 모험을 떠"(p. 10)나야 할 필요가 있다. 언어의 한계를 걸고 넘어가는 그런 모험 말이다. 「음악을 듣거나 책을 읽거나 너를 기억하기 위해 필요한 고독」이라는 소설 자체를 이 모험담으로 이해한다면 이 모험이란 글 쓰는 행위 자체, 그리고 이에 의한 존재의 생성이라는 이중적 행위의 프로세스의 가능성에 대한 탐색이라고 말할 수 있다.

그러므로 기억의 층위에서 이들의 이야기는 연애담이 아니라 모험담으로 읽혀야 한다. 그렇다면 그들의 사랑의 실패는 모험의 실패일 것이다. 그들이 이루고자 했으나 이루지 못한 모험, 그것은 어떤 것인가? 서로를 자신의 어둠으로 데려가는 것이었다. 그들의 격렬한 육체적 결합이 이루어졌던 "너의 가장 어두운 곳"(p. 18)에서 화자는 "너의 어둠과 충동이 정확히 나를 향하고 있는 것"은 아니며 "너의 것이지만 네가 장악하지 못하는"(p. 19) 것임을 간파한다. 더구나 화자 자신의 어둠으로는 '너'를 데려가지도 못한다. 이들의 욕망을 따라 읽는다면 이 어둠이란 언어와 존재 모두를 빨아들여 폭발시켜버림으로써 새로운 탄생과 창조를 기약할 수 있게 해주는 블랙홀과 같은 것이리라. 그 신생과 더불어 모든 차이와 타자성은 소멸될 것이지만, 그러나 이 모험은 불가능할 뿐만 아니라 무의미하다. 그 절대적 망각과 더불어 기억이나 기억의 욕망 또한 사라질 것이기 때문에. 그래서 이들이 모든 것을 완전히 파괴, 혹은 해체해버리지 못하고 응고된 기억으로 지니게 되는 것은 화자에게 있어서는 "네가 내게 말해주지 않은 것들"(p. 22), 예컨대 "허기가 지도록 헤엄을 치고 나와 서늘하게 물기를 말리던 소년"(pp. 22~23)의 모습이거나

'너'에게 있어서는 "그 작고 아릿한 씨앗 깊숙한 곳에 한 세계를 만들어내고 싶다는, 자신도 알지 못하는 뜨겁고 당돌한 열망이"(p. 34) 포착되어 있는 열두 살 소녀의 사진이다. 생성의 기원을 찾아 거슬러 올라가는 모험의 방향성은 이들이 기억처럼 각기 간직하는 그들의 모습을 어린 시절, 즉 과거의 어떤 지점에 고정시켜놓는다. 그러나 이것은 잠정적인 지점에 지나지 않는다. 그렇다면 도달 가능한 궁극적인 지점은 어디인가? 이 지점의 좌표는 「베로니크의 이중생활」에서 선명히 나타난다.

베로니크 파셍. 나는 1980년 5월 31일 한국에서 태어났고, 1982년 11월 9일 벨기에로 입양되었다. 입양 서류에 적혀 있는 한국 이름은 최선경. (「베로니크의 이중생활」, p. 41)

이 간략한 인물 소개는 이 소설의 거의 전부를 말해주고 있다. 뻔하지 않은가. 정체성의 혼란과 이를 극복하기 위한 뿌리 찾기 등. 그러나 조금 찬찬히 보자. 버려진 존재라는 점에서 베로니크는 우리가 앞서 보았던 이신조의 다른 인물들과 크게 다르지 않다. 그러나 베로니크의 경우에 있어서도 그를 감싸는 것은 바람이 아니라 대지의 중력이다. "늘 온전히 존재하는 지구의 어떤 힘들로 인해 나는 공중에 거꾸로 매달려도 아래로 떨어지지 않는다"(p. 63). 그렇다면 필요한 것은 이 '어떤 힘'의 발원 지섬까지 그녀를 따라가보는 일일 것이다. 그곳은 어디인가? '칠드런스 그랜드 파크', 즉 어린이대공원이다. 최선경은 거기 버려져 있었던 것이다. 그러나 이 대목에서의 한 가지 의문; 최선경과 베로니크는 동일인인가 아닌가? 언어의 차이가 나와 타자의 넘어설 수 없는 경계선이라면 어린이대공원을 칠드런스 그랜드 파크라고 불러야 하는 차이는 엄청나게 크다. 비록 이때의 언어가 존재의 집으로서의 언어가 아닌 문화적 도구로서의 언어라 하더라도…… 그러나 언어와 달리 이때 존재의 차이가 '나'와 '타자' 사이의 차이가 아니라 '나'와 '다른 나'의 차이라면 여기에는 언어의 차이에도 불구하고 시간을 거슬러 올라감으로써 찾을 수 있는 어떤 지양의 계기가 있다. '나'와 '다른 나'의 구분이 무의미해지는 그런 지점. 이런 의미에서 어린이대공원은 어떤 지점인가? 최선경에서 베로니크로의 이화(異化) 과정이 시작된 기원의 지점이 아니겠는가. 그전까지라면 최선경이 최선경이어야 할 필연적 이유는 없다. 그것은 최경선이어도 좋고 김선경이어도 좋다. 그전까지는 다만 1980년 5월 31일에 태어난 아기가 있었을 뿐이다. 베로니크의 뿌리로서의 최선경이라는 인물은 버려짐으로써 만들어진 것이다. 라캉 식으로 말하면 주체는 소외에 의해 만들어진다. 그러므로 그 지점은 이화만이 아니라 한 아기가 최선경이 되는 동화(同化)의 지점이기도 하다. 그러나 이 이접(離接)의 지점을 지배하는 힘은 아직 동화와 이화의 짝힘이다. 그 순간 베로니크를 사로잡는 의문은 "왜 굳이 나여야만 할까, 정말 꼭 나일 필요가 있을까"(p. 64)라는 것이다. 이런 의문의 필요 없이 나를 나일 수 있게 하는, 아니 이런 동일성의 자각조차 불필요하게 만들수 있는 하나의 힘, 중력의 발원 지점은 어디인가? 그 지점을 찾기 위해서는 최선경이라는, 혹은 베로니크라는 언어적 명명법에 의해 정체성이 만들어지기 이전의 지점까지 소급해 올라가야 한다. 이제 이신조의 글쓰기의 모험은 이름의 형태로 존재를 포박하는 언어의 기원까지를 넘어서는 고고학적 탐색의 작업으로까지 이어진다. 그렇다면 언어 이전에 무엇이 있었는가?

여기서 한 가지 짚고 넘어가야 할 사항은 우리의 논의가 적잖이 추상적, 관념적으로 이끌어져왔던 것과는 달리, 이신조의 소설들은 보다 더 구체적이고 사실적인 방식으로의 진화 과정을 밟아 나간다는 점이다. 앞서 우리는 이신조의 소설들이 역사적, 사회적 우연성의 차원에서 벗어나 존재론적 문제제기의 차원으로 이행한다고 말했었지만, 이는 주제적 차원에서 그렇다는 것이지 형상화의 방식에서 그렇다는 뜻은 아니었다. 루카치가 지적했던 것처럼 "우연적 요소 없이는 모든 게 죽은 것이고 추상적이다. 어떤 작가도 우연적 요소를 벗어나서는 아무것도 생생하게 그릴 수 없다."[4] 오히려 형상화의 방식에 있어 이신조의 최근 소설들은, 특히 언어 이전의 지대에 대한 사유의 단계에서부터 우연적 요소들, 즉 현실적 구체성이 더 증대되는 면모를 보여주거니와, 이를 통해 우연적 요소들과 필연성의 연관성은 감춰지면서 오히려 더욱 강화된다. 그러므로 언뜻 보아 일상의 한 단면을 그대로 옮겨놓은 것처럼 보이는 「하우스메이트」나 「엄마와 빅토리아」 같은 작품들에서 두드러지게 부각되는 특징인 일상으로의 접근이 내포하는 의미가 간과되어서는 안 된다. 지금까지 우리가 이신조의 소설들에서 보아온 소외나 타자화 등의 문제가 궁극적으로 언어의 문제라고 한다면, 이것의 진단과 이에 대한 처방은 말의 거래로 직조되는 삶의 현장인 일상성의 차원에서 찾아야 하지 않겠는가. 우리의 일상이야말로 말, 그리고 말을 넘어서는 어떤 것들에 의해 구성되는, 진부하면서도 언제나 새로운 세상인 것이므로. 그렇다면 다시 한 번 묻자. 언어 이전에, 말 너머에 무엇이 있는가?

「하우스메이트」의 설정은 매우 친근하고 익숙하다. 이혼 후 혼자 살고 있는 희수의 집에 친구 동생의 친구인 상은이 하우스메이트라는 신식 명칭으로 방 한 칸을 세 들어 살게 되면서 벌어지는 이야기다. 그러나 이처럼 친근하고 익숙한 이야기에도 불편함은 있다. 상은과 같이 살게 되면서 희수가 맨

---

4) Georg Lukács, *Problème du réalisme*, L'Arche Editeur, 1975, p. 132.

처음 느끼는 불편함.

　샤워를 마치고 상은이 욕실 밖으로 나왔을 때, '전화벨이 울
리던데'라고 말을 해주는 편이 좋을까, 듣지 못한 척 입을 다물
고 있는 편이 좋을까. 아니 그보다 그렇게 말하는 자신이 어디
에 어떻게 놓여 있는 게 좋을까, 하는 고민이 먼저였다. (「하우
스메이트」, pp. 159~60)

　과연 사르트르의 말처럼 '타인은 지옥'이다. 혼자라면 할
필요가 없는, 이런 쓸데없는 고민의 해결책으로 희수가 짜내
는 궁여지책은 등 돌리기다.

　딸깍, 잠겼던 욕실 문이 열리는 소리가 들렸다. 희수는 샤워
를 마치고 밖으로 나온 상은에게 싱크대 앞에서 유리 접시를
달그락거리고 있는 뒷모습을 보여주었다. (앞의 글, p. 161)

　그녀들은 서로 등 돌리고 있다. 그녀들이 같이 알고 있는
──같이 본 것이 아니라──영화라는 것도 서로 등을 돌리고
있는 남녀가 등장하는 영화다. 상대방의 뒤에서 훔쳐보기, 이
것이 그녀들이 제각각 택한 위치고 자세다. 희수와 상은이 각
기 상대방을 나름대로 파악하는 방식은 제삼자를 통한 뒷조
사다. 더구나 상은은 몰래 희수의 일기를 훔쳐보기까지 한다.

이 끔찍한 타자성에 대한 극복 가능성의 계기는 매우 엉뚱하게 찾아온다. 어느 날 새벽 2시가 넘은 시간, 상은은 희수의 전화를 받는다. '말짱한 정신'으로 깨어 있었음에도 "단잠을 깨고 잠긴 목소리로 받았어야 했을"(p. 181) 거라고 생각하는 상은에게 있어 타자성의 벽은 여전히 난공불락이다. 그러나 이렇게 호출되어 나간 상은이 희수를 만나 함께 하게 되는 일은 공원에 있는 벤치를 아파트로 들어 나르는 일이다. 새벽 3시가 넘은 야심한 시간에 여자 둘이서 공원의 벤치를 비닐로 포장해 아파트로 옮긴다는, 그야말로 황당하고 얼토당토 않고 말도 안 되는 '짓'! 그러나, 보라! 이런 '짓'을 통해 그녀들은 마침내 이심전심으로 소통하고 있지 않은가.

벤치를 불태워버리고 싶기도 하고 아무렇게나 길바닥에 내버리고 싶기도 하다는 생각을 둘은 동시에 하고 있었다. 잠시 걸음을 멈추고 벤치 위에 앉은 두 여자는 말없이 가쁜 숨을 골랐다. 말짱히 술이 깬 여자도, 졸음을 견디기 힘든 여자도 그대로 그 벤치에 누워 죽은 듯이 잠이 들고 싶다는 생각을 했다. 〔……〕

두 여자는 동시에 일어섰다. 그리고 다시 벤치의 양쪽 끝을 들어 올렸다. 하우스메이트와 함께 하우스로 돌아가는 것은 당연한 일처럼 느껴졌다. 서늘하게 땀이 식어 있었다. (앞의 글, pp. 187~88)

그녀들을 갈라놓고 등 돌리게 만들던 모든 장벽을 일시에 허물어버리는 것은 이 말도 안 되는 '짓'이다. 지금 "벤치의 양쪽 끝"을 맞잡고 서로 마주 보는 자세로 끙끙거리며 옮기고 있는 그 벤치에서 그녀들은 마침내 같은 방향을 바라보게 되리라. 혹시 「하우스메이트」는 "사랑은 마주 보는 것이 아니라 함께 같은 방향을 바라보는 것"이라는 생텍쥐페리의 사랑의 정의에 대한 이신조식 패러프레이즈였을까?

이신조식 고고학이 탐색해 들어가는 어떤 지점 너머에 있는 것, 그것은 '짓'이다. '짓'은 '질'과 더불어 행위로 승격되지 못한 모든 동작을 표현한다. 몸짓, 손짓, 발짓, 눈짓, 혹은 주먹질, 발길질, 계집질 등…… 그것은 가장 원초적이고 따라서 탈규범적인 동작이다. 합목적적이고 의미적합적인 행위가 만들어지기 이전에 있었던 것은 '짓'이고 이러한 가치 서열 구조에서 비하적 지위로 밀려난 '짓' 이전에 있었던 것도 '짓'이다. 파롤과 랑그의 대립쌍에서 랑그에 대응하는 것이 행위라면 '짓'은 개인적이고 탈문법적인 파롤에 대응한다. '짓'에 기표(記標)의 지위를 부여한다면 그것은 언어적 수준의 기표/기의(記意)의 대응 관계를 생략하고 기표/기심(記心)의 일치 관계로 훌쩍 도약한다. 행위와 언어 이전에 있었던 것, 그것은 '짓'과 '맘(마음)'이다. 천문학적 블랙홀은 아니더라도 고고학적 블랙홀을 통과하여 이신조가 찾아내는 깃은 '짓'과 '맘'이다. 현대인들에게는 마음이라는 것도 현실 논리에 의해 가장 흔하게 배반되는 것이 아닌가. 그러므로 이신조가 찾아낸 '짓'과 '맘'은 오늘날의 문학이 공적 영역의 수호의 도구이기보다는 사적 영역의 해방의 수단이라는 점에서 매우 소중한 발견이다. '짓'과 '맘'은 행위와 언어를 대체하거나 압도하지는 않지만 동격의 지위를 당당히 요구한다. 원초적인 것으로서 '짓'과 '맘'은 신생의 윤리를 정초하는 초석이다. 그렇다면 '짓'과 '맘'에 의해 꾸려지는 사람 살이는 어떤 모양으로 나타나는가? 「엄마와 빅토리아」가 그 소박한 단면을 보여준다. 이야기만의 수준에서 볼 때 「엄마와 빅토리아」는 「하우스메이트」보다 더 평범하다. 아니 진부하다고 말할 수도 있으리라. 서울 외곽의 한 작은 도시에 사는 한 아줌마의 가족 이야기와 일상 이야기가 전부이니 말이다. 그러나 이 평범하고 진부한 일상은 '짓'과 '맘'의 윤리가 가장 먼저 싹틀 수 있는 지점을 정확히 가리키고 있다. 가족과 일상은 합목적성과 의미적합성의 구속에서 완전히는 아니더라도 상당 정도 분리되어 있는 전근대적, 혹은 탈근대적 공간이다. 이러한 일상의 공간에서 박 여사가 저지르는 '짓'은 어떤 것인가? 그녀의 일상사에서 우리에게 가장 먼저 소개되는 것은 그녀가 매일 타고 다니는 좌석 버스를 같이 타고 다니게 된 흑인 부부와의 만남이다.

남자는 40대 초반쯤, 여자는 30대 후반쯤, 그러나 정확한 나이를 가늠하기가 어려웠다. 그들이 흑인이기 때문일까. 남자의 피부가 여자보다 확실히 더 검었다. 검은빛이 도는 아주 짙은 갈색 얼굴. 그러나 우락부락 험상궂은 얼굴은 결코 아니었다. 생각이 많은 듯 진지한 표정이 다소 까다롭다는 인상을 풍겼다. 순간 남자와 눈이 마주쳤다. 박 여사는 싱긋 미소를 지어 보였다. 바로 그 점이 다른 여느 예순두 살들과 자신이 구별되는 부분이라는 것을 그녀는 그다지 분명하게 인식하고 있지 못했다. (「엄마와 빅토리아」, p. 100)

　　이 장면은 원초적 '짓'이 문화적 '짓'으로 이화되면서 억압되는 정황을 예리하게 포착하고 있다. 눈짓이 있었고 그다음에 미소 짓는 표정이 있었다. 그러나 그것은 '다른 여느 예순두 살' 먹은 사람들이라면 하지 않았을 짓이기에 엉뚱한 짓이 되고 만다. 엉뚱한 짓이 아니라면 아줌마(예순두 살의 나이에 적합한 호칭인지는 모르겠으나)의 조금 주책없는 짓이라 할 수도 있겠다. 이 아줌마의 오지랖 넓고 그래서 대담한 짓에 자기중심적 목적이라고는 손톱 끝만큼도 없다. 하다못해 이렇게 사귀게 된 외국인 친구들의 이야기를 들려주었을 때 딸이 농담처럼 대꾸하는 "빅토리아에게 (영어) 개인 과외라도 받았으면 좋겠다"(p. 113, 괄호는 인용자)는 정도의 목적도 없다. 그저 "진심으로 궁금"(p. 102)한 것, 이것이 박 여사의 엉뚱한 짓의 동기 전부다. 지극히 사소한 이 궁금한 '맘'에서 박 여사의 엉뚱한 '짓'이 비롯되었다고 할 때, 이 '맘'과 '짓' 사이에는 언어가 거의 개입하지 않는다. 박 여사가 빅토리아의 가족과 주고받는 대화란 지극히 단순하고도 일상적인, 아주 초보적 단계의 친교적phatique 기능만을 수행하는 말일 뿐이다. 그것은 굳이 말이랄 것도 없이 '짓'과 섞여 구별되지 않는, '짓'으로 수렴되는 그런 말이다.

오케이, 오케이. 셋이서 다시 예닐곱 번쯤 반복하는 오케이와 미소와 예스와 *끄덕끄덕*. (앞의 글, p. 105)

이신조의 앞선 소설들에서 보았듯 언어의 차이가 타자를 만드는 것이었다면 언어가 배제된 채 '짓'과 '맘'으로 소통하는 박 여사와 빅토리아 가족 사이에 타자성이 가로놓일 여지는 전혀 없다. 그들은 '짓'과 '맘'으로 그들만의 독특하고도 완벽한, 훌륭한 소통 체계를 만들어,

알아들을 수 있는 단어와 그에 대한 되물음과 되풀이 설명, 말의 억양과 속도, 손짓과 표정과 눈치를 총동원하는 박 여사와 빅토리아의 의사소통은 그 자체로 둘만의 언어 체계를 만들어가고 있었다. (앞의 글, p. 131)

마침내는 박 여사의 입에서 '우리 빅토리아'라는 표현이 자연스럽게 나올 수 있을 정도로 친근한, 가족이나 다름없는 관계로 결속된다. 소통이라고 할 때 중요한 것은 의사소통이라는 의미 차원의 목적이 아니라 마음이라는 기표들 사이의 구름다리라는 것을 이신조는 「엄마와 빅토리아」라는 소박한 이야기를 통해 우리에게 일깨워준다. 과연 이러한 마음의 소통체계가 얼마나 일반적인 사회적 유효성을 지닐 수 있을까라는 물음은 매우 중요한 것이기는 하지만 문학이 반드시 답해야 할 성질의 문제는 아니다.

「엄마와 빅토리아」에서 타자 지향적 방향성 위에서 이루어졌던 '짓'과 '맘'의 윤리에 대한 이신조의 탐색은 「클라라라라라라」에서 한 개인의 삶의 기술art de vivre로 집약되면서 이 주제가 포괄할 수 있는 영역의 외연을 넓히는 모색의 모습을 보여준다. 실제 인물에 대한 전기를 방불케 하는 이 소설에서는 클라라 코헨이라는 한 영국 여가수의 삶이 적나라하게 묘사된다. 술과 마약, 섹스와 폭행 등으로 범벅된 클라라 코헨의 삶은 전기 형식의 서사 대상으로 조금도 손색이 없다. 그녀의 삶의 방식을 간단히 정리하면 '짓'과 '맘'을 조합하여 만들 수 있는 극단적 시나리오, 즉 할 짓 못 할 짓 가릴 것 없이 제 맘 내키는 대로 하고 싶은 짓 다 하며 산다는, 현실적으로 불가능에 가까운 절대적 자유의 이상과 욕망을 완벽하게 실현해

내고 있는 것이라고 요약해 말할 수 있다. 이신조가 그려내고 있는 클라라 코헨의 삶의 모습은 격렬하고 그 의미는 복잡하다. 이럴 수밖에 없는 것은 그것이 바로 짓이 행위와 부딪치며 그 원본성을 쟁취하려는 해방적 투쟁의 현장이기 때문이다. 물론 클라라 코헨이 이런 급진적인 삶의 기술을 체현할 수 있는 것을 그녀의 탁월한 음악적 재능 덕분이라 할 수도 있다. 그러나 단순히 뛰어난 재능의 소유자라고 해서 모두가 이렇게 살 수 있는 것은 아니다. 재능은 평균적 기준에서 벗어남으로써, 벗어나는 만큼 탁월한 것이 된다. 그러나 현대 사회에서 재능이란 천부적 자질이기도 하지만 사회적 인정의 산물이기도 하다. 오히려 천부적 자산으로서의 재능은 사회적 인정 여하에 따라 증대되기도 하고 고갈되기도 한다. 앞서 보았던 「나의 검정 그물 스타킹」의 주인공의 경우는 뛰어난 미모라는 천부적 자산을 사회적 인정으로 연결시키지 못함으로 해서 삶마저 고갈되어버린 경우일 것이다. 현대 사회에서 재능이란 관리의 결과물에 훨씬 가깝다. 특히 상업주의적 문화 산업의 자장 속에 놓인 대중문화, 대중예술에 있어 관리의 기술은 더할 나위 없이 교묘해진다. 재능에 대한 현대적 관리술은 사회적 인정이라는 보상을 미끼로 삼아 재능을 평범함의 향락과 소비 대상으로 전락시킨다. 현대 사회에서 진정한 재능, 특히 예술에 있어서의 진정한 재능은 일찍이 마르쿠제가 '보다 높은 수준으로의 의식적 초월'이라고 표현했던 자발적 소외에 의해서만 발휘된다고 말할 수 있다. 이 자발적 소외를 이끌어주는 것이 '짓'의 탈규범성과 '맘'의 비매개성, 무목적성이 아닐까? 그러므로 "적어도 유명해지기 위해서 말썽을 피우진 않"(p. 220)는다는 클라라 코헨의 예술과 삶의 진정성을 더도 덜도 아닌 이런 이유만으로 인정한다면, 그녀의 재능에 대해서도 도덕으로 위장된 사회적 억압과 예속의 요구에 조금도 굴하지 않고 절대적 자유를 추구하는 그녀의 고갈되지 않는 해방적 정열의 땔감이라고 말할 수 있을 것이다. 기행, 추행, 악행, 폭행 등, 행위 아닌 '짓'들로 점철된 그녀의 삶을 모범적이라고는 결코 말할 수 없지만, 그것이 행위의 규범에 포획되어 있는 노예적인 삶의 모습을 비추는 거울의 구실을 한다는 사실을 인정하는 데에 인색할 필요는 없다. 이 클라라 코헨이라는 거울에 이신조가 비춰 보여주는 라라라는 '잉카 얼음 소녀'의 삶. 그것은 삶과 죽음의 선택의 권리마저 박탈된 채, 살아서건 죽어서건 오직 침묵하도록 처단된 미라로서의 삶이다. 이러한 투영 관계를 통해 이신조는 이 라라라는 또 하나의 말을 박탈당한 존재에게 직접 말을 돌려주는 대신 독자의 입장에서 라라의 삶을 재서술redescription할 수 있는 비어 있는 서사의 공간을 마련해준다. 클라라 코헨은 자신의 온몸을 투신하여 쟁취한 절대적 자유의 공간을 자신과 라라만의 은밀한 대화의 장으로 독점하지 않고 모든 사람들이 자유의 의미와 실현 방식을 되새김하도록 만드는 공론의 장으로 개방한다. 「클라라라라라라」를 페미니즘의 관점에 입각하여 읽을 수도 있겠지만, 이 소설에 내장된 해방의 프로그램은 이런 관점의 제한적 설정을 불필요한 것으로 만든다는 점에서 가히 발본적이라 말할 수 있다. 모두에게 열려 있는 이 빈 서사 공간이야말로 절대적 자유를 실현하고 만끽할 수 있는 해방된 공간으로 이신조가 마련해놓은 것이리라.

클라라 코헨을 앞장세워 벌였던 모험과 투쟁이 너무 격렬해서였을까? 이신조는 앨리스가 되어 토끼와 함께 이상한 섬으로 휴가를 떠난다. 그 휴가는 즐거웠을까? 그러나 「앨리스, 이상한 섬에 가다」는 많이 모호하다. 동화의 모티프를 이용하고 있음에도 불구하고, 그리고 동화에서 불려 나온 토끼가 연방 까불어댐에도 불구하고 이 소설의 분위기는 그리 발랄하거나 경쾌하지 못하고 어딘가 모르게 답답함과 울적함의 그림자가 깔려 있다는 느낌을 풍긴다. 이 소설에 일화처럼 삽입된 두 개의 이야기에서 오는 느낌일까? 이 두 개의 이야기, 즉 앨리스가 열두 살 때 '창작'처럼 지어낸 일기로 '일기왕'이 되었던 이야기와 할머니와 외할머니의 죽음에 관한 이야기가 이 소설에서 지니는 구성적 연관성은 어떤 것인가? 하나씩 풀어나가보자. 앨리스가 J섬에 간 이유나 목적은 무엇인가? 앨리스에게 그것은 몇 년째 "초여름의 생일이 지나면 혼자 여행을 떠났"(p. 267)던 연례행사 같은 것이다. 그러나 몇 년째 되풀이되는 일임에도 불구하고 여행은 처음부터 삐걱거린다. 트렁크는 너무 무겁고, "계단은 언제나처럼 낡고 좁고 가"파르고 "G공항으로 가는 좌석 버스는 없"(p. 259)다. 요컨대 되풀이되는 일에서 충분히 기대함 직한, 익숙함에서 오는 안정감이 전혀 없다. 실제로 "앨리스는 불안정했다. 지극히 불안정했다". 앨리스를 불안정하게 만드는 세 가지 일인 '글쓰기, 운전, 연애' 중에서 지금 앨리스를 불안정하게 만드는 것은 무엇인가? 우선 연애는 아니다. 왜냐하면 앨리스는 "불안정한 일에 몰두하고 있을 때 비로소 불안정하지 않"(p. 277)기 때문이다. 혼자, 아니, '없는 토끼'만 달랑 데리고 온 여행에 몰두할 수 있는 연애 상대자는 없다. 그렇다면 글쓰기와 운전만 남는다. J섬에서 앨리스는 차를 렌트하여 이곳저곳을 돌아다닌다. 차를 운전하여 다니는 곳은 아니더라도 앨리스는 J섬의 도시를 돌아다니며 영화를 보기도 하고 "방파제 끝에서 끝까지"(p. 270) 걸어 다니기도 하고 마트에 들러 장을 보기도 한다. 이외에도 앨리스가 돌아다니는 곳은 많지만 이런 산책 아닌 산책은 물론이고 그녀를 불안정하게 만드는 운전에도 그녀는 몰두하지 못한다. 운전 도중 앨리스는 "길을 잘못 들"(p. 284)기도 한다. 그렇다면 운전도 아니다. 남은 것을 글쓰기뿐. 앨리스는 소설가다. 그러나 앨리스는 자신을 소설가라고 밝히지 않고 "학위 논문을 준비 중인 대학원생이라고 소개"(p. 266)한다. 이런 앨리스에게 "없는 토끼가 이

죽거리듯"(p. 268) 말한다. '자의식 과잉'이라고. 과잉은 은
폐를 부른다. 앨리스가 소설가임을 감추려 하는 것이나 소설
을 쓰는 일과 관련된 이야기가 하나도 없는 것은 이 은폐의
소산이다. 그러니까 이 감춰진 부분을 까발려 이야기하면 이
렇다. 앨리스는 소설을 쓰기 위해 J섬에 온 것이다. 글쓰기라
는 불안정한 일에 몰두하여 불안정을 지우기 위해. 그러나 글
은 좀처럼 씌어지지 않는다. 그래서 앨리스는 운전이라는 또
하나의 불안정의 요인에 매달리는 것이지만, 지금 당장은 글
쓰기나 운전 그 어떤 것도 앨리스로 하여금 불안정을 지울 수
있게 해주는 몰두의 대상이 되지 못한다. 앨리스가 운전에도
몰두할 수 없는 이유는 글쓰기에 대한 조바심—몰두가 아니
라—이 가로막고 있기 때문이다. 앨리스에게 글쓰기는 왜
이렇게 어려운가? 이 물음에 대한 단서가 아마 일기 이야기
와 할머니 이야기에 들어 있을 것이다. 우선 그것은 어릴 적
의 일기 사건이 앨리스에게 상처처럼 남겨준 자의식 때문이
다. 꾸며서 지어낸 이야기가 아니라 진실된, 아니 엄격하게
말해 진실다운 이야기를 써야 한다는 것. 진실과 진실다움은
다르다. 편의상 라캉의 용어를 빌려 간단히 그 영역을 가르면
진실vrai이 실재계le réel에 속하는 것이라면 진실다움
vraisemblance은 상징계le symbolique에 속한다. 그러므로
진실답게 쓴다는 것은 실제 있는 사실을 쓴다는 것이나 사실
적으로 써야 한다는 것과는 전혀 의미가 다르다. 이 진실다운

이야기들이 어떤 것인가를 밝힐 방도는 없지만 그것의 메타
포로 앨리스가 간직하고 있는 것은 '폭폭함'이다.

　　노트엔 어지러운 글자들이 가득했다. 아홉 살인 앨리스가 보
　아도 엉망인 맞춤법이었다. 사부인, 내 알지. 알아. 나는 사부
　인 마음 다 알지. 앨리스의 외할머니 역시 맞춤법을 제대로 알
　리 없었지만, 할머니의 글씨를 읽고는 그렇게 맞장구를 쳤다.
　병들어 검게 변한 얼굴을 힘겹게 일그러뜨리며 앨리스의 할머
　니는 뭔가를 말하려 필사적으로 애를 쓰고 있었다. 또 연필에
　침을 묻혀 뭔가를 힘겹게 적어나갔다. 앨리스는 무섭고 덥고
　어지러웠다. 폭폭하다. (「앨리스, 이상한 섬에 가다」, p. 294)

　여기서 우리는 이신조의 기표/기심의 테마와 다시 합류하
게 된다. 말할 수 없는 존재에 말 돌려주기, 그리하여 마음으
로 소통하기. 앨리스의 글쓰기를 힘들게 만들었던 것은 마음
으로 통할 수 있는 이야기를 진실하게 해야 한다는 자기 다짐
이었다. 글쓰기의 초심이라 할 이 소박하면서도 소중한 화두
때문에 앨리스는 그렇게 안절부절못했던 것이다. 클라라 코
헨이 과격한 몸짓으로 실천했던 것을 앨리스는 글쓰기에 임
하는 소심한 마음으로 꼭꼭 간직하려 한다. 글쓰기에 임하는
이신조의 여리면서도 강인한 심지가 돋보이지 않는가? 윤리
에 대한 사유가 글쓰기의 자세에 대한 다짐으로 매듭지어지

는 이 대목은 우리에게 귀중한 감동과 든든한 믿음을 동시에 안겨준다.

이제 정리하자. 앨리스는, 아니 이신조는 불안정하다. 그럴 수밖에 없다. 고고학적 탐색으로 이어진 앞길은 험하지만, 아니 어쩌면 보이지도 않지만, 그렇다고 해서 뒤로 돌아서면 거기에는 '바람의 난간'이 도사리고 있으니…… 이신조의 소설이 성숙함의 증표로 보여주는 아이러니란 말할 수 있음/없음의 경계를 나누고 이어주는 마음의 구름다리 같은 것이다. 구름과 구름 사이에 놓여 있는 것이기에 그것은 필경 불안정할 수밖에 없지만, 그러나 어쩌랴, 불안정에 몰두하라고 할 수밖에……

작가의 말

─옛날 영화를 보러 갔다

내게 '그 일'이 일어난 다음 날 새벽, 나는 내게 그 일이 일어난 줄도 모르고 담요를 둘러쓴 채 몇 시간 전 껐던 티브이를 다시 켰다. 케이블 영화 채널에서 「아웃 오브 아프리카」가 막 시작되고 있었다. 과거, 문학소녀였기보다 영화소녀였던 내가 「아웃 오브 아프리카」를 보지 않았을 리 없다고, 적어도 두 번 이상은 봤을 거라고, 나는 굳게 믿고 있었다. 그러나 내게 그 일이 일어난 다음 날 새벽, 나는 어떤 의미에서 분명 「아웃 오브 아프리카」를 처음으로 보았다.

데니스(로버트 레드포드)가 카렌(메릴 스트립)의 머리를 감겨주는 장면 같은 거 말고, 축음기를 틀어놓고 모차르트 선율

속에서 둘이 춤을 추는 장면 같은 거 말고. 아프리카의 창공을 나는, 생텍쥐페리가 탔을 법한 옛날 비행기. 나도 저런 가죽 고글 써보고 싶어, 나도 새들 위에서 새들이 날아가는 모습을 내려다보고 싶어, 그런 생각하는 거 말고.

더 이상 소녀가 아닌 나는, 더 이상 소녀일 수 없는 나는 '그런 장면이 아닌 장면'을 보고 있었고, '그런 생각이 아닌 생각'을 하고 있었다. 소녀일 때는 보이지 않았던 장면, 소녀일 때는 하지 못했던 생각.

나는 처음 본 게 아닌 영화 「아웃 오브 아프리카」에서 처음으로 보았다. 매독균에 감염된 카렌이 케냐에서 고국 덴마크로 돌아가 1년 동안 끔찍한 치료를 받고 다시 케냐로 돌아오던 모습을, 데니스가 비행기 사고로 죽었다는 소식을 전남편이 전해주자 손에 들고 있던 담배를 한 모금 빤 뒤 "그걸 왜 당신이 알려주는데?" 말하던 그녀의 눈동자를, 연인의 관 위로 끝내 흙 한 줌을 뿌리지 못하고 돌아서던 그녀의 뒷모습을.

나는 알게 되었다. 카렌 블릭센이 실존 인물이라는 것을, 아프리카에서의 16년을 뒤로하고 덴마크로 돌아간 그녀가 할 수 있는 유일한 일은 다름 아닌 소설을 쓰는 일이었다는 것을. 그리고 얼마 뒤 나는 또 알게 되었다. 내게 바로 '그 일'이 일어났다는 것을.

과도한 감정이입이나 비장한 동일시는 여전히 소녀적이랄 수 있겠다. 내가 매독에 걸렸다거나 내 연인이 비행기 사고로

330

죽었다거나 하는 것은 물론 아니다. 그러나 그것이 메타포라면 얘기는 달라진다.

── 내가 살았던 집

9동 404호. 나는 그 집에 4년 4개월간 살았다. 그 집은 1971년에 지어진 집이었고, 나는 그 집에 살았던 마지막 사람이 되었다. 좁은 집이었다. 좁은 방이 있었고, 좁은 욕실이 있었고, 좁은 베란다가 있었고, 좁은 침대와 좁은 옷장과 좁은 식탁이 있었다. 좁은 집이었지만, 그것이 다인 집은 아니었다.

4년 4개월, 감각의 시절이었다.

── 1973년의 핀볼

나도 '208' '209' 쌍둥이를 데리고, 차를 몰고, 비가 내리는 먼 저수지로 배전반을 장례 치러주러 가고 싶었다. 그럴 수가 없어서, 나는 혼자, 버스를 타고, 흐린 오후에, 배전반 대신 다른 것을 가지고 시간의 정원으로 갔다.

208, 209 쌍둥이처럼 A와 B를 데려왔으면 어땠을까 생각했다. 소설 속에서처럼 셋이 세 종류의 쿠키를 불공평해지지 않도록 정확히 삼등분해서 먹었을까. 그랬다면 나는 말했을 것이다.

"쿠키와 비스킷이 어떻게 다른 건지 알아?"

마지못해 B가 먼저 입을 열었을 것이다.

"뭐 그런 거까지 알아야 돼?"

끝내 입을 다물고 있으려던 A가 말했을 것이다.

"난 단 거 안 먹는다."

쿠키와 비스킷을 구분할 필요를 느끼지 않는다는 B와 단것을 먹지 않는다는 A와 쿠키와 비스킷을 구분할뿐더러 단것을 꽤나 좋아하는 나. 그 때문에 우리가 쿠키를 삼 등분해서 나눠 먹는 일이 일어나지는 않을 것이다.

분명한 것은, 그렇게 말한 A와 B가, 그렇게 말했으면서도, 쿠키와 비스킷의 차이를 설명하는 내 말에 귀를 기울였으리란 것이다. 나는 아마 이렇게 시작했을 것이다.

"개미와 코끼리만큼은 아니겠지만, 쿠키와 비스킷은 개미와 벌만큼이나 달라. 각각 거느리고 있는 우주가 다르다고⋯⋯"

A는 계속 단것을 먹지 않겠지만, B는 계속 쿠키와 비스킷을 구분하지 않겠지만, A와 B는 내가 들려준 이야기를 기억했을 것이다. 잊지 않았을 것이다. 그런 것까지 알고 있는 내가, 그런 것을 구분하는 내가 좋았던 것이므로. 돌이켜보면, 아닌 척, A와 B는 나를 꽤 잘 따랐다.

과연 그런 것까지 알고 있어야 하는 건 아니지만, 사실 단것은 몸에 좋지 않지만, 쿠키와 비스킷은 다르다. 엄연히 다르다.

나는 배전반 대신 가져간 푸르스름한 빛깔의 작은 유리 재떨이를 시간의 정원 연못 속으로 힘껏 던졌다. 불가사리 같기도 하고 별 같기도 한, 삼각형의 유리 재떨이, A와 B가 알고 있는 유리 재떨이. 소설에서처럼 칸트를 한 구절 읊어주려 했으나 그러지 못했다.

아무튼 쿠키와 비스킷은 다르고, 내가 살고 있는 세상은 내가 원하는 만큼 섬세하지 않고, 나는 아직 세상의 경이롭고 위대한 섬세함을 모두 발견하지 못했다.

──여기, 우리가 만나는 곳

이제 휴대폰 전화번호부엔 내가 글을 쓰는 사람이 되었기에 알게 된 사람들의 번호가 그렇지 않은 사람들의 번호보다 압도적으로 많다. 다행일까, 다행일 것이다.

정말 얼굴이 너무나 환하더라는 그런 꿈을 대신 꾸어준 언니 현영, 사려 깊고 배려 깊은 친구 지민, 추운 날 함께 오래 기다려준 동생 선화, 세 벗들에게 각별한 사랑과 감사의 말을 전한다.

처음으로 인연을 맺게 된 문학과지성사 식구들, 해설을 맡아주신 권오룡 선생님께도 감사의 인사를 드린다.

기껏 스물둘 혹은 스물셋, 그때, 굳이 그 구절을 중얼거릴 필요가 없었던 그때, 애써 좋아할 이유가 없었던 그때, 아직 멀었음에도, 어림없었음에도, 그 구절이, 그 시가, 그 시집이 너무나 좋았다. 더 이상 내가 젊지 않은 것은 아니겠으나, 이제 분명 청춘은 아니다.

지금 이 순간, 너무 일찌감치 좋아했던 그 구절을 자연스럽게 중얼거릴 수 있다. 나쁘지 않다.

— 잘 가라, 내 청춘

2010년 5월
이신조

수록 작품 발표 지면

음악을 듣거나 책을 읽거나 너를 기억하기 위해 필요한 고독 『현대
문학』 2007년 12월호

베로니크의 이중생활 『한국문학』 2006년 가을호

흩어지는 아이들의 도시 『문학과사회』 2007년 여름호

엄마와 빅토리아 『현대문학』 2009년 9월호

하우스메이트 『현대문학』 2006년 11월호

클라라라라라라 『한국문학』 2009년 가을호

조금밖에 남아 있지 않은 테마소설집 『서울, 어느 날 소설이 되다』 (강,
2009)

앨리스, 이상한 섬에 가다 『문학동네』 2005년 겨울호